Agatha Christie®

Convite para um homicídio

Tradução de Alessandro Zir

www.lpm.com.br

L&PM POCKET

Coleção **L&PM** POCKET, vol. 1006

Texto de acordo com a nova ortografia.
Título original: *A Murder is Announced*

Primeira edição na Coleção **L&PM** POCKET: fevereiro de 2012
Esta reimpressão: dezembro de 2024

Tradução: Alessandro Zir
Capa: Nick Castle © HarperCollins/Agatha Christie Ltd 2007
Preparação: Elisângela Rosa dos Santos
Revisão: Marianne Scholze

CIP-Brasil. Catalogação na Fonte
Sindicato Nacional dos Editores de Livros, RJ.

C479c

Christie, Agatha, 1890-1976
Convite para um homicídio / Agatha Christie; tradução de Alessandro Zir. – Porto Alegre, RS: L&PM, 2024.
304p.; 18 cm (Coleção L&PM POCKET; v. 1006)

Tradução de: *A Murder is Announced*
ISBN 978-85-254-2569-0

1. Ficção policial inglesa. I. Zir, Alessandro. II. Título. III. Série.

11-8411. CDD: 823
CDU: 821.111-3

Rua Comendador Coruja, 314, loja 9 – Floresta – 90220-180
Porto Alegre – RS – Brasil / Fone: 51.3225.5777

Pedidos & Depto. Comercial: vendas@lpm.com.br
Fale conosco: info@lpm.com.br
www.lpm.com.br

Impresso no Brasil
Primavera de 2024

Agatha Christie
(1890-1976)

Agatha Christie é a autora mais publicada de todos os tempos, superada apenas por Shakespeare e pela Bíblia. Em uma carreira que durou mais de cinquenta anos, escreveu 66 romances de mistério, 163 contos, dezenove peças, uma série de poemas, dois livros autobiográficos, além de seis romances sob o pseudônimo de Mary Westmacott. Dois dos personagens que criou, o engenhoso detetive belga Hercule Poirot e a irrepreensível e implacável Miss Jane Marple, tornaram-se mundialmente famosos. Os livros da autora venderam mais de dois bilhões de exemplares em inglês, e sua obra foi traduzida para mais de cinquenta línguas. Grande parte da sua produção literária foi adaptada com sucesso para o teatro, o cinema e a tevê. *A ratoeira*, de sua autoria, é a peça que mais tempo ficou em cartaz, desde sua estreia, em Londres, em 1952. A autora colecionou diversos prêmios ainda em vida, e sua obra conquistou uma imensa legião de fãs. Ela é a única escritora de mistério a alcançar também fama internacional como dramaturga e foi a primeira pessoa a ser homenageada com o Grandmaster Award, em 1954, concedido pela prestigiosa associação Mystery Writers of America. Em 1971, recebeu o título de Dama da Ordem do Império Britânico.

Agatha Mary Clarissa Miller nasceu em 15 de setembro de 1890 em Torquay, Inglaterra. Seu pai, Frederick, era um americano extrovertido que trabalhava como corretor da Bolsa, e sua mãe, Clara, era uma inglesa tímida. Agatha, a caçula de três irmãos, estudou basicamente em casa, com tutores. Também teve aulas de canto e piano, mas devido ao temperamento introvertido não seguiu carreira artística. O pai de Agatha morreu quando ela tinha onze anos, o que a aproximou da mãe, com quem fez várias viagens. A paixão por conhecer o mundo acompanharia a escritora até o final da vida.

Em 1912, Agatha conheceu Archibald Christie, seu primeiro esposo, um aviador. Eles se casaram na véspera do Natal de 1914 e tiveram uma única filha, Rosalind, em 1919. A carreira literária de Agatha – uma fã dos livros de suspense do escritor inglês Graham Greene – começou depois que sua irmã a desafiou a escrever um romance. Passaram-se alguns anos até que o primeiro livro da escritora fosse publicado. *O misterioso caso de Styles* (1920), escrito próximo ao fim da Primeira Guerra Mundial, teve uma boa acolhida da crítica. Nesse romance aconteceu a primeira aparição de Hercule Poirot, o detetive que estava destinado a se tornar o personagem mais popular da ficção policial desde Sherlock Holmes. Protagonista de 33 romances e mais de cinquenta contos da autora, o detetive belga foi o único personagem a ter o obituário publicado pelo *The New York Times*.

Em 1926, dois acontecimentos marcaram a vida de Agatha Christie: a sua mãe morreu, e Archie a deixou por outra mulher. É dessa época também um dos fatos mais nebulosos da biografia da autora: logo depois da separação, ela ficou desaparecida durante onze dias. Entre as hipóteses figuram um surto de amnésia, um choque nervoso e até uma grande jogada publicitária. Também em 1926, a autora escreveu sua obra-prima, *O assassinato de Roger Ackroyd*. Este foi seu primeiro livro a ser adaptado para o teatro – sob o nome *Álibi* – e a fazer um estrondoso sucesso nos teatros ingleses. Em 1927, Miss Marple estreou como personagem no conto "O Clube das Terças-Feiras".

Em uma de suas viagens ao Oriente Médio, Agatha conheceu o arqueólogo Max Mallowan, com quem se casou em 1930. A escritora passou a acompanhar o marido em expedições arqueológicas e nessas viagens colheu material para seus livros, muitas vezes ambientados em cenários exóticos. Após uma carreira de sucesso, Agatha Christie morreu em 12 de janeiro de 1976.

Para Ralph e Anne Newman, na casa de quem pela primeira vez provei a "Delícia Mortal"!

Sumário

Capítulo I

Convite para um homicídio

I

Todas as manhãs, exceto aos domingos, entre as sete e meia e as oito e meia, Johnnie Butt percorria as ruas de Chipping Cleghorn de bicicleta, parando de casa em casa e assobiando furiosamente antes de enfiar nas caixas de correspondência os jornais matutinos encomendados ao sr. Totman, dono da banca de revistas na High Street. Na casa do coronel Easterbrook e esposa, Johnnie entregava o *The Times* e o *Daily Graphic*. Na casa da sra. Swettenham, o *The Times* e o *Daily Worker*. Na casa da srta. Hinchcliffe e da srta. Murgatroyd, o *Daily Telegraph* e o *New Chronicle*. Na casa da srta. Blacklock, o *Telegraph*, o *The Times* e o *Daily Mail*.

Em cada uma dessas casas, e praticamente em todas as casas de Chipping Cleghorn, ele entregava também, sempre às sextas-feiras, um exemplar do *North Benham News and Chipping Cleghorn Gazette*, conhecido nas redondezas como a *Gazette*.

Sendo assim, nas manhãs de sexta, depois de uma rápida olhada nas manchetes do jornal

> *Situação internacional crítica! Reunião da ONU! Polícia no rastro do assassino da datilógrafa loira! Três minas de carvão paradas. Intoxicação alimentar mata 23 no Seaside Hotel etc.*

a maioria dos habitantes de Chipping Cleghorn abria imediatamente a *Gazette* a fim de acompanhar as notícias locais. Primeiro percorriam a seção de *Cartas* (em que fervilhavam as queixas e as rixas típicas da vida rural) para por fim dedicar-se à leitura da coluna dos classificados. Nela, encontravam-se misturados anúncios diversos de interesse àqueles que viviam na pequena comunidade de Chipping Cleghorn: vendiam-se produtos, procuravam-se empregados, animais perdidos, ferramentas para jardins e aviários.

Aquela sexta-feira, 29 de outubro, não era diferente das outras...

II

Espichando entre os dedos os belos cachinhos prateados que lhe caíam sobre a testa, a sra. Swettenham abriu o *The Times* e lançou um olhar embotado para as páginas principais. Se houvesse alguma notícia realmente interessante, o *The Times* daria um jeito de camuflá-la como sempre, de forma que nada parecia acontecer. Ela examinou a seção de *Nascimentos, Casamentos e Óbitos,* dedicando especial atenção aos falecimentos. Depois, com a sensação do dever cumprido, pôs o *The Times* de lado e apanhou a *Gazette.*

Minutos mais tarde, quando seu filho Edmund entrou na sala, ela já estava mergulhada na leitura dos anúncios.

– Bom dia, querido – disse a sra. Swettenham. – Os Smedleys estão vendendo o Daimler deles. De 1935. Um pouco velho, não é mesmo?

O filho da sra. Swettenham grunhiu, serviu-se de uma xícara de café e dois arenques defumados. Sentou-se à mesa e abriu o *Daily Worker*, que apoiou de encontro à torradeira.

– "Filhotes de bullmastiff" – leu em voz alta a sra. Swettenham. – Não sei como as pessoas fazem para alimentar esses cães. Realmente não sei. Hum... Selina Lawrence está procurando uma cozinheira de novo. É uma perda de tempo gastar com esse tipo de anúncio, eu devia ter dito a ela. E ela não colocou nem mesmo o endereço, só uma caixa postal. Um erro grave. Hoje em dia, os empregados querem saber para onde estão indo. Não vão para qualquer lugar, é certo... "Dentes postiços..." Não consigo entender por que são tão populares. "Paga-se o melhor preço... Belos bulbos ornamentais. Seleção especial..." Mas o anúncio é dos mais ordinários. E aqui há uma jovem querendo um "trabalho interessante. Disponível para viajar". E quem não estaria? "Dachshunds..." Nunca achei graça nesses cachorros. Não é por serem alemães, já passamos dessa fase, mas realmente não me atraem... O que é, sra. Finch? – perguntou ela quando a porta se abriu, deixando aparecer a cabeça e o busto de uma mulher de aparência sombria, vestindo uma velha boina de veludo.

– Bom dia, madame – disse a sra. Finch. – Posso começar a limpeza?

– Ainda não. Nós não acabamos – disse a sra. Swettenham. – Estamos quase terminando – acrescentou, com um meio sorriso.

Pousando o olhar sobre Edmund e seu jornal, a sra. Finch torceu o nariz e retirou-se.

– Eu acabei de começar... – defendeu-se Edmund, ao mesmo tempo em que a mãe dizia:

– Eu preferia que você nem lesse esse jornal. A sra. Finch realmente não gosta dele.

– E o que a sra. Finch tem a ver com as minhas opiniões políticas?

– Ainda se você fosse um proletário... – continuou a srta. Swettenham. – Mas você não faz coisa alguma...

– Isso não é verdade – respondeu Edmund indignado. – Estou escrevendo um livro.

– Estou falando de trabalho sério – disse a sra. Swettenham. – E temos de nos preocupar, sim, com a opinião da sra. Finch. Se ela se ofende conosco e não vem, onde é que arranjaremos outra empregada?

– Ponha um anúncio na *Gazette* – disse Edmund com um sorriso.

– Acabei de lhe dizer que é inútil. Ah, meu Deus! Hoje em dia, quem não tem uma velha empregada de confiança na família está perdido.

– Bem, e por que não temos uma empregada de confiança na família? Você devia ter pensado nisso há muito tempo. Que me lembre, eu não tinha nem babá.

– Você tinha uma aia, querido!

– Que falta de planejamento.

A sra. Swettenham estava de novo mergulhada na leitura dos anúncios.

– "Vende-se cortador de grama de segunda mão." Gostaria de saber o preço... Nossa, que caro! Mais dachshunds... "Escreva ou faça contato, Homem Desesperado." Que apelidos idiotas as pessoas inventam. "Cocker spaniels..." Você não se lembra de como Susie era adorável, Edmund? Tão humana. Ela entendia tudo o que você dizia... "Vende-se aparador Sheraton. Relíquia de família. Sra. Lucas, Dayas Hall..." Mas que mulherzinha mentirosa. Sheraton... até parece!

A sra. Swettenham soltou um suspiro e continuou a ler:

– "Foi tudo um mal-entendido, querida. Nosso amor é eterno. Te espero na sexta. J..." Uma briga de namorados, imagino... Ou seria uma mensagem em código de alguma quadrilha de assaltantes?... Mais dachshunds! Francamente, é um exagero. Como se não existissem outras raças. O seu tio Simon criava manchester terriers, que são tão bonitinhos! Eu gosto de cachorros *com pernas*... "Senhora que viaja para o exterior vende traje azul-marinho..." Mas ela não dá as medidas nem o preço... "Convida-se para um..." O quê? Nossa senhora! Edmund... *Edmund*! Preste atenção: "Convida-se para um homicídio, às 18h30, nesta sexta-feira, 29 de outubro, em Little Paddocks. Contamos com a presença dos amigos. Não haverá outra convocação". Que coisa mais estranha!

– Como? – perguntou Edmund, olhando por cima do jornal.

– Sexta-feira, 29 de outubro... Mas é hoje!

– Deixe-me ver – disse ele, levantando-se para apanhar a *Gazette*.

– Mas o que querem dizer com isso? – perguntou a sra. Swettenham, mordida de curiosidade.

Edmund Swettenham, confuso, esfregava o nariz.

– Algum tipo de festa, imagino. Vão se reunir para brincar de assassino, detetive e vítima, ou algo do gênero.

– Ah... – disse a sra. Swettenham, pouco convencida. – Mas colocar um anúncio assim no jornal? Que coisa de mau gosto. E justo Letitia Blacklock, sempre tão elegante. É esquisito.

– Deve ser coisa dos sobrinhos brilhantes que ela tem...

– É um convite em cima da hora. Para hoje mesmo. Você acha que devemos ir?

– O anúncio diz "contamos com a presença dos amigos" – observou Edmund.

– Bem, a verdade é que acho esses convites extravagantes um pouco cansativos – sentenciou a sra. Swettenham.

– Está bem, mãe. Você não precisa ir.

– Não, não preciso.

Houve um momento de silêncio.

– Você vai mesmo comer aquela torrada, Edmund?

– O que é mais importante? Que eu me alimente direito ou que essa velha rabugenta tire a mesa?

– Psiu, Edmund! Ela pode ouvir... Meu filho, o que acontece nesse jogo do assassino?

– Não sei muito bem... Acho que eles alfinetam um pedaço de papel na lapela de cada convidado... Não. Cada um retira um pedaço de papel de dentro de um chapéu. Você pode ser a vítima, o detetive... Apagam as luzes. Se alguém bater no seu ombro, você grita e finge de morto.

– Que interessante!

– Deve ser uma chatice. Eu não vou.

– Não seja bobo, Edmund – disse de repente a sra. Swettenham, de maneira resoluta. – Eu vou, e você vai junto. Está decidido.

III

– Archie – disse a sra. Easterbrook ao marido –, ouça isso aqui.

O coronel Easterbrook não lhe deu atenção. Ele já estava bastante irritado com um artigo do *The Times* que lia rosnando.

– O problema desses sujeitos – disse ele – é que não sabem nada sobre a Índia!

– Eu sei, querido, eu sei.

– Se eles soubessem, não escreveriam essas bobagens.

– Sim, eu sei. Archie, preste atenção por favor: "Convida-se para um homicídio, às 18h30, nesta sexta-feira, 29 de outubro, em Little Paddocks. Contamos com a presença dos amigos. Não haverá outra convocação".

Ela fez uma pausa e olhou confiante para o marido. O coronel Easterbrook limitou-se a lançar a ela um olhar indulgente, sem muito interesse.

– Assassino, detetive e vítima.

– Oh!

– É isso – disse ele, ajeitando-se na cadeira. – Pode ser bem divertido se jogarem direito. Vão precisar de alguém que seja organizado e conheça as regras. Faz-se um sorteio. Uma pessoa é o assassino, os outros não sabem. Apagam-se as luzes. O assassino escolhe a vítima. A vítima tem de contar até vinte e gritar. Depois é a pessoa sorteada como detetive que conduz o jogo. Ela interroga todo mundo. Pergunta onde estavam, o que estavam fazendo, tenta apanhar o assassino. É um jogo interessante se o detetive for alguém com experiência em investigações criminais.

– Como você, Archie! Está sempre lidando com casos complicados.

O coronel Easterbrook esboçou um sorriso e girou a ponta do bigode entre os dedos.

– É verdade, Laura. Acho que eu poderia dar algumas dicas – disse ele, empertigando-se.

– A srta. Blacklock deveria ter pedido a sua ajuda para organizar o jogo.

O coronel suspirou.

– Bem, ela tem aquele fedelho para ajudar. Ele é sobrinho dela, não? Essa ideia absurda de publicar isso no jornal só pode ser coisa dele.

– Estava nos classificados. Poderíamos nem ter visto. Você acha que é um convite, Archie?

– Um convite muito estranho. Vou lhe dizer uma coisa. Estou fora disso.

– Ah, Archie! – lamentou a sra. Easterbrook, levantando o tom de voz.

– O convite foi feito em cima da hora. Posso dizer que estava ocupado.

– Mas você não está ocupado. Está, querido?

A sra. Easterbrook baixou novamente a voz e acrescentou, em tom persuasivo:

– Eu acho que você tem de ir, Archie. Para ajudar a pobre da srta. Blacklock. Tenho certeza de que ela está contando com a sua presença para que o jogo seja um sucesso. Todo mundo sabe o quanto você é experiente e organizado. Será uma decepção se você não for. Vai parecer falta de educação.

A sra. Easterbrook inclinou para o lado a cabeleira artificialmente loira e arregalou os olhos azuis.

– Bem, se você pensa assim, Laura...

O coronel Easterbrook girou mais uma vez a ponta do bigode grisalho, dando-se um ar de importância. Depois olhou com indulgência para aquela mulher frívola que tinha trinta anos a menos do que ele e era a sua esposa.

– Se é isso o que você acha, Laura – disse ele.

– Você tem de ir, Archie – disse a sra. Easterbrook solenemente.

IV

A *Chipping Cleghorn Gazette* também tinha sido entregue em Boulders, um conjunto de três graciosos bangalôs conjugados habitados pela srta. Hinchcliffe e pela srta. Murgatroyd.

– Hinch?

– O que foi, Murgatroyd?

– Onde você está?

– Aqui, no galinheiro!

– Oh!

A srta. Amy Murgatroyd pisou com cautela sobre a grama crescida e úmida e aproximou-se da amiga, que acrescentava medidas precisas de ração balanceada a uma mistura repugnante de cascas de batata e cabeças de repolho que fumegava de um panelão.

A aparência das duas não podia ser mais diferente. A srta. Hinchcliffe vestia uma calça de veludo cotelê e uma jaqueta militar. Os cabelos curtos e a pele maltratada pelo tempo davam-lhe um ar masculinizado, que contrastava com o rosto redondo e amigável da srta. Murgatroyd. Esta vestia uma saia de tweed e um suéter folgado em tom azul royal brilhante. Seus cabelos grisalhos e indisciplinados estavam ajeitados num coque que lembrava um ninho de passarinho.

– Está escrito aqui na *Gazette* – disse ela, ofegante. – Não sei o que significa: "Convida-se para um homicídio, às 18h30, nesta sexta-feira, 29 de outubro, em Little Paddocks. Contamos com a presença dos amigos. Não haverá outra convocação".

Ela terminou a leitura sem fôlego e fez uma pausa, esperando por algum comentário esclarecedor.

– Ridículo – sentenciou a srta. Hinchcliffe.

– Sim, mas o que significa?

– Um drinque ou algo do gênero.

– Você acha que é algum tipo de convite?

– É o que vamos descobrir ao chegarmos lá. Bebida ruim, provavelmente... E você, Murgatroyd, é melhor sair da grama. Esqueceu-se de tirar as pantufas e agora elas estão encharcadas.

– Ah, meu Deus! – exclamou a srta. Murgatroyd, olhando espantada para os próprios pés.

Em seguida, ela perguntou:

– Quantos ovos?

– Hoje, sete. Aquela maldita galinha ainda está choca. Preciso colocá-la de volta no galinheiro.

– Esse convite... é um pouco esquisito, você não acha? – perguntou Amy Murgatroyd em tom melancólico.

Mas a amiga dela tinha uma natureza mais simples e resoluta. A srta. Hinchcliffe estava determinada a pôr ordem no galinheiro, e nenhum anúncio de jornal, por mais exótico e misterioso que fosse, iria desviá-la desse propósito.

Ela patinhou com dificuldade sobre a lama, arremetendo na direção de uma galinha, que soltou um guincho indignado.

– Prefiro mil vezes cuidar de patos... Dão muito menos trabalho – disse ela, enquanto a srta. Murgatroyd voltava para dentro de casa.

V

– Que delícia! – disse a sra. Harmon para o marido, sentado à sua frente na mesa do café da manhã. – Vai haver um homicídio na casa da srta. Blacklock.

– Um homicídio? – perguntou o marido, ligeiramente surpreso. – Quando?

– Nesta tarde, está marcado para as... seis e meia. Mas que azar, querido! É bem na hora da sua catequese de crisma. Que lástima. Você gosta tanto de homicídios!

– Do que você está falando, Bunch?

A sra. Harmon passou a *Gazette* para o marido. Suas formas arredondadas renderam-lhe o apelido de Bunch, que desde muito cedo substituíra o nome de batismo, Diana.

– Veja aí, bem no meio dos anúncios de pianos usados e dentes postiços.

– Extraordinário!

– E não é? – disse Bunch, parecendo contente. – Nunca pensei que a srta. Blacklock gostasse de homicídios, jogos e coisas desse tipo. Só se for uma invenção dos Simmons. E, mesmo assim, não deixa de ser estranho. Era de se esperar que Julia Simmons tivesse horror a homicídios. Mas aí está o convite, e acho lamentável que você não possa ir, querido. Mas eu vou e depois lhe conto tudo. Espero não me aborrecer muito. Jogos que ocorrem no escuro me assustam. Eu não gostaria de ser a vítima. Se alguém de repente põe a mão no meu ombro e sussurra "você está morta", é capaz de eu ter um baque no coração e morrer de verdade! Você não acha?

– Não, Bunch. Acho que você vai morrer bem velhinha ao meu lado.

– Morrer no mesmo dia e ser enterrada na mesma tumba? Que romântico!

Diante daquela perspectiva agradável, Bunch abriu um sorriso que ia de uma orelha à outra.

– Você parece realmente feliz – observou o marido, sorrindo.

– E quem não ficaria feliz estando no meu lugar? – disse ela, um tanto confusa. – Com você, Susan e Edward, que me amam mesmo eu sendo burra. E com o sol a brilhar! E nossa casa maravilhosa!

O reverendo Julian Harmon, passando os olhos pela sala de jantar, espaçosa mas vazia, assentiu com a cabeça, sem muita determinação.

– Algumas pessoas se desesperariam de viver nesse casarão labiríntico e cheio de correntes de ar.

– Bem, eu gosto de quartos espaçosos. Os aromas agradáveis da rua têm a chance de entrar e permanecer no interior. E você pode ficar à vontade, deixar as coisas mais ou menos onde estão, sem que elas pareçam atulhadas.

– A falta de eletrodomésticos e aquecimento central significa mais trabalho para você, Bunch.

– Não, Julian! Levanto às seis e meia, ligo a caldeira e começo eu mesma a trabalhar como uma locomotiva, de modo que às oito todo o serviço doméstico está feito. Você não pode sequer reclamar que a casa não fique bem-arrumada. Tudo encerado e polido, além de jarros decorados com folhas de outono. Manter uma casa grande não dá mais trabalho do que manter uma casa pequena. Você se movimenta mais livremente com o esfregão e tudo mais, sem ter de ficar desviando dos móveis, batendo neles quando se vira. E eu gosto de dormir num quarto amplo e frio. Gosto de me tapar até as orelhas com as cobertas, imaginando o frio que faz lá fora. Não importa o tamanho da casa, são as mesmas batatas a descascar e os mesmos pratos a lavar. Além disso, temos quartos disponíveis, onde Edward e Susan brincam tranquilos de trenzinho e boneca sem precisar desmontar e guardar tudo cada vez que a brincadeira termina. Podemos receber hóspedes. Se não fosse por nós, Jimmy Symes e Johnnie Finch teriam de ter ido morar com os sogros. E você sabe como é constrangedor morar com os sogros. Eu sei que você gosta de mamãe, mas imagine ter de começar a nossa vida de casados morando com ela e papai! Nem eu teria gostado. Eu me sentiria como uma criança.

– Mas você é uma criança, Bunch – disse sorrindo o sr. Harmon, que mesmo aos 35 anos havia sido talhado pela natureza como um modelo de sexagenário.

– Eu sei que sou burra...

– Você não tem nada de burra, Bunch. Você é bem inteligente.

– Não, não sou. Não sou nada intelectualizada. Apesar de que me esforço... E gosto muito de ouvir você falar de livros, de história e coisas assim. Mas essa ideia de ler Gibbon em voz alta durante os finais de tarde não foi nada boa. O vento frio chiando do lado de fora, o calor da lareira, tudo conspirava para que eu caísse no sono.

Julian soltou uma gargalhada.

– Mas gosto muito de ouvi-lo, Julian. Conte-me a história daquele vigário e o sermão sobre Assuero.

– Você sabe essa história de cor e salteado, Bunch.

– Ah, conte só mais uma vez, por favor!

Julian Harmon aquiesceu ao pedido da esposa.

– Aconteceu com o velho Scrymgour. Alguém entrou na igreja, na hora em que ele pregava fervorosamente a duas velhas faxineiras, inclinado sobre o púlpito. Ele sacudia o dedo em riste para elas, dizendo: "Ah! Sei muito bem o que estão pensando. Vocês pensam que o grande Assuero da primeira lição era Artaxerxes Segundo. Mas ele não era!". E concluiu, triunfante: "Ele era Artaxerxes *Terceiro*!".

Julian Harmon achava a história sem graça, mas era infalível que ela provocasse o riso divertido de Bunch.

Sua risada ecoou pela sala como uma cascata.

– O velho maganão! – exclamou ela. – Um dia, você vai acabar igual a ele, Julian.

Julian parecia constrangido.

– Eu sei – reconheceu ele pesaroso. – Sinto que nem sempre consigo abordar os temas de forma simples e direta.

– Não há com o que se preocupar – retorquiu a esposa, levantando-se e recolhendo numa bandeja a louça do café. – A sra. Butt me contou que o marido dela, que nunca ia à igreja e era considerado o ateu da cidade, tem aparecido na missa todos os domingos para ouvir o seu sermão.

E Bunch prosseguiu, imitando com perfeição a voz afetada da sra. Butt:

– "Ontem mesmo, madame, Butt dizia ao sr. Timkins, de Little Worsdale, que em Chipping Cleghorn nós temos cultura de verdade. Não é como em Little Worsdale, onde o sr. Goss fala com a congregação como se fossem crianças que estivessem indo ao colégio. Cultura de verdade, Butt disse, é isso que temos aqui! Os sermões do nosso pároco estão à altura da sua educação refinada, feita em Oxford, não em Milchester. Ele sabe tudo sobre os romanos e os gregos, sobre os babilônios e os assírios. E até mesmo o gato do nosso vigário, diz Butt, tem o nome de um rei assírio!" O seu futuro, portanto, é promissor – concluiu Bunch, triunfante. – Agora, tenho de começar a trabalhar, ou não termino nunca. Vamos lá, Tiglath Pileser, tenho para você umas espinhas de arenque.

Abrindo a porta e segurando-a habilmente com o pé, ela passou pelo umbral com a bandeja carregada, cantando em voz alta, em tom não muito afinado, sua própria versão da canção popular:

– É um belo dia para um homicídio
Um belo dia de primavera
E os detetives deixaram a cidade...

O barulho da louça sendo despejada na pia abafou as frases seguintes; porém, quando o reverendo Julian Harmon deixava a casa, ele ainda pôde ouvir a triunfante exclamação final:

– Que belo dia para um homicídio!

Capítulo 2

Café da manhã em Little Paddocks

I

Em Little Paddocks, também se tomava o café da manhã.

A srta. Blacklock, uma mulher de sessenta e poucos anos, a dona da casa, sentava-se à cabeceira da mesa. Ela usava um costume de tweed, uma gargantilha de pérolas tão grandes como falsas e lia a coluna de Lane Norcott no *Daily Mail*. Julia Simmons passava os olhos preguiçosos pelas manchetes do *Telegraph*. Patrick Simmons fazia as palavras cruzadas do *The Times*. A srta. Dora Bunner dedicava toda a sua atenção à leitura entusiasmada do semanário local.

A srta. Blacklock deixou escapar uma risadinha, Patrick murmurou:

– "Inapto" em vez de "inábil", foi aí que eu errei.

De repente, a srta. Bunner estalou a língua.

– Letty... *Letty*! Você viu isso? Não consigo entender...

– O que foi, Dora?

– Um anúncio esquisitíssimo. Refere-se a Little Paddocks, com todas as letras, mas não consigo entender...

– Deixe-me ver, querida...

A srta. Bunner alcançou o jornal para a srta. Blacklock, que lhe estendia a mão.

– Está bem aí, Letty – disse ela, apontando com o dedo trêmulo na direção do anúncio.

A srta. Blacklock conferiu o que estava escrito. Suas sobrancelhas se levantaram, e ela deu uma rápida olhada ao redor da mesa. Depois, leu o anúncio em voz alta:

– "Convida-se para um homicídio, às 18h30, nesta sexta-feira, 29 de outubro, em Little Paddocks. Contamos com a presença dos amigos. Não haverá outra convocação."

Em seguida, ela pousou os olhos sobre o belo rosto do jovem sentado do outro lado da mesa, à sua frente, e disse sem pestanejar:

– Isso foi alguma ideia sua, Patrick?

A resposta de Patrick Simmons foi imediata:

– De forma alguma, tia Letty. Por que eu faria uma coisa dessas? Que ideia!

– Achei que pudesse ser outra das suas gracinhas... – disse ela emburrada.

– Gracinhas? Não tenho nada a ver com isso – defendeu-se ele.

– E você, Julia?

– É claro que não – respondeu Julia, enfadada.

Olhando para um lugar vago na mesa, de alguém que já havia tomado o café, a srta. Bunner murmurou:

– Vocês acham que a sra. Haymes...

– Não acredito que Phillipa tivesse esse senso de humor – disse Patrick. – Aliás, ela não tem *nenhum* senso de humor.

– Mas qual é o significado disso, afinal? – perguntou Julia, bocejando. – O que significa?

A srta. Blacklock respondeu, lentamente:

– Suponho que se trate de... alguma brincadeira.

– Como? – exclamou Dora Bunner. – Mas por quê? Uma brincadeira de mau gosto e sem a menor graça.

Suas bochechas flácidas tremiam, e os olhos faiscavam indignados.

A srta. Blacklock sorriu.

– Acalme-se, Bunny. Isso foi ideia de algum destrambelhado. Apenas gostaria de saber quem...

– O anúncio diz hoje – observou a srta. Bunner. – Hoje às seis e meia. O que você acha que vai acontecer?

– Algo mortal... – anunciou Patrick, com um tom de voz macabro. – Uma delícia mortal!

– Quieto, Patrick – disse a srta. Blacklock, enquanto a srta. Bunner soltava um gritinho.

– Eu só estava me referindo ao bolo maravilhoso que Mitzi faz. É assim que o chamamos – disse ele, desculpando-se.

A srta. Blacklock abriu um sorriso amarelo.

A srta. Bunner insistiu:

– Mas, Letty... francamente, o que...

A amiga interrompeu-a com uma firmeza tranquilizadora:

– Uma coisa é certa. Às seis e meia, metade da cidade vai estar aqui, morrendo de curiosidade. É melhor conferir se temos sherry.

II

– Você está preocupada, não está, Lotty?

A srta. Blacklock tomou um susto. Ela estava distraída, sentada à escrivaninha, desenhando peixinhos num pedaço de papel. Olhou para o rosto ansioso da amiga.

Não sabia o que dizer a Dora Bunner. Não queria deixá-la ainda mais preocupada. Ficou em silêncio, refletindo por alguns instantes.

As duas tinham ido juntas à escola. Dora era uma bela garota, loira, de olhos azuis, mas pouco inteligente. Sua burrice, no entanto, era compensada pela alegria, pelo bom humor e pela beleza, que tornavam a sua companhia agradável. Dora devia ter se casado com algum oficial do exército ou procurador, um homem atraente que lhe transmitisse segurança. As qualidades dela eram muitas: uma moça afetiva, dedicada e fiel. Mas a vida tinha sido dura com Dora Bunner. Ela fora obrigada a trabalhar. E nunca tivera sucesso em nenhum empreendimento, apesar de toda dedicação.

Durante um bom período, as duas amigas tinham se perdido de vista. Mas seis meses antes a srta. Blacklock recebera uma carta incoerente e patética. Dora estava com problemas de saúde. Ela tinha alugado um quarto e sobrevivia como podia apenas com a aposentadoria. Tentou bordar para fora, mas os dedos estavam duros de reumatismo. Ela mencionava os velhos dias de colégio. Desde então, a vida as tinha levado por caminhos diferentes. Será que a amiga poderia ajudá-la neste momento?

A srta. Blacklock respondera sem pensar. Pobre Dora, tão bonitinha, tão bobinha... Era preciso resgatá-la imediatamente, instalá-la em Little Paddocks, com a desculpa reconfortante de que "o serviço doméstico está ficando muito pesado para mim, preciso mesmo de alguém que me ajude a tomar conta da casa". A situação não se estenderia por muito tempo, conforme a previsão dos médicos. Mesmo assim, havia horas em que a srta. Blacklock pensava em Dora como um fardo difícil de carregar. Ela bagunçava tudo, desentendia-se com os empregados, não separava direito a roupa para lavar, perdia contas e cartas. E, às vezes, até mesmo a srta. Blacklock ficava a ponto de perder o controle. Pobre Dora, tão fiel, tão bem-disposta, mas tão estabanada. Pensava que podia ajudar, mas era impossível confiar nela.

– Eu já não lhe pedi mil vezes...

– Oh! – disse a srta. Bunner, corando. – Desculpe, eu não queria assustá-la. Eu me esqueci de bater. Mas você está preocupada, não está?

– Preocupada? Não exatamente – disse ela com sinceridade. – Você se refere àquele anúncio bobo da *Gazette*?

– Sim. Mesmo se for uma brincadeira... É uma brincadeira maldosa.

– Maldosa?

– Sim. Parece coisa de gente despeitada. Não está certo.

A srta. Blacklock olhou para a amiga. Os olhos doces, a boca bem-desenhada, o nariz ligeiramente empinado. Pobre Dora, tão irritante, tão atrapalhada. Aquele anúncio ridículo fora o suficiente para desnorteá-la por completo. E, no entanto, havia algum valor naquela reação instintiva.

– Você tem toda a razão, Dora. É uma brincadeira de mau gosto.

– Aquilo me incomodou – disse a srta. Bunner, com uma determinação inesperada. – Estou preocupada. E você também, Letitia! – acrescentou ela.

– Bobagem – disse a srta. Blacklock, espirituosamente.

– Sinto um cheiro de perigo no ar. Como se fossem nos mandar uma bomba pela correspondência!

– Acalme-se, querida. É só uma brincadeira de mau gosto. Algum engraçadinho querendo aparecer.

– Mas não tem a menor graça.

E não tinha mesmo... O rosto da srta. Blacklock não enganava ninguém, e Dora exclamou triunfante:

– Você também acha isso!

– Mas Dora, querida...

A srta. Blacklock interrompeu-se. Uma jovem acabava de irromper no escritório. Seu busto generoso arfava debaixo do suéter apertado. Ela vestia uma saia rodada de cor brilhante e trazia enroladas na cabeça suas belas tranças de um tom negro reluzente. Os olhos, também escuros, faiscavam.

Ela perguntou de súbito:

– Posso falar com a senhorita, por favor?

Letitia Blacklock suspirou.

– É claro, Mitzi, o que foi?

Às vezes, ela pensava que seria preferível fazer todo o serviço doméstico e mais a comida sozinha a ter de aguentar as frequentes crises de nervos daquela imigrante refugiada.

– Vou ser franca. Quero a minha demissão. Se não há problema, vou embora agora mesmo.

– Mas por que motivo? Aconteceu alguma coisa?

– Sim, aconteceu – disse Mitzi em tom dramático. – Não quero morrer! Escapei por um fio quando estava na Europa. Assassinaram a minha família inteira. Estão todos mortos: minha mãe, meu irmãozinho, minha adorável sobrinha. Venho para a Inglaterra, onde estou escondida, trabalhando. Um tipo de trabalho que jamais seria obrigada a fazer em meu próprio país...

– Já sei de tudo isso – interrompeu a srta. Blacklock, ríspida.

De fato, aquelas eram queixas constantes de Mitzi.

– Mas você resolveu ir embora agora por quê?

– Porque estão de novo atrás de mim!

– Quem?

– Meus inimigos, os nazistas! Talvez sejam os bolcheviques agora. Sabem que estou aqui. Vão me matar. Está tudo no jornal!

– Ah! Você se refere ao anúncio da *Gazette*?

– Eu me refiro a isso aqui – disse Mitzi, exibindo a *Gazette* que ela até então segurava escondida atrás das costas. – Está escrito homicídio. Em Little Paddocks. É aqui, não? Hoje à tarde, às seis e meia. Não vou esperar de braços cruzados...

– Mas por que isso diria respeito a você? Parece mais uma brincadeira...

– Brincadeira? Matar uma pessoa?

– Não, não... Minha querida, se quisessem mesmo matar alguém, por que colocariam um anúncio no jornal?

– A senhorita acha que não? – disse Mitzi, um pouco confusa. – Acha que não querem matar ninguém? Talvez seja a senhorita que queiram matar!

– Matar a mim? Que ideia absurda... – disse a srta. Blacklock, sem se abalar. – E sinceramente, Mitzi, não creio que queiram matar você. Por que motivo fariam isso?

– Porque é gente ruim... muito ruim. Já disse: minha mãe, meu irmãozinho, minha sobrinha...

– Está bem, está bem – disse a srta. Blacklock, procurando contornar a situação. – Tenho certeza de que ninguém quer matá-la, Mitzi. É claro, se você faz questão de ir embora dessa maneira, não tenho como impedi-la. Mas acho que você está fazendo papel de boba.

Como Mitzi continuava na dúvida, a srta. Blacklock acrescentou, de maneira decidida:

– Acho melhor começar a cozinhar para o almoço aquela carne que veio do açougue. Ela me pareceu muito dura.

– Vou fazer um gulache, um gulache delicioso.

– Chame como quiser. E talvez você possa aproveitar aquele pedaço duro de queijo para fazer palitinhos de aperitivo. Acho que vamos receber visitas esta noite.

– Esta noite? O que a senhorita quer dizer?

– Às seis e meia...

– O horário indicado no jornal? Mas quem virá? Para quê?

– Para o funeral – respondeu a srta. Blacklock, dando uma piscadinha. – E agora já chega, Mitzi. Estou ocupada. Feche a porta depois de sair – acrescentou, com firmeza.

– Você é tão eficiente, Letty – disse a srta. Bunner admirada, depois que Mitzi saiu.

– Isso deve acalmá-la por um tempo.

Capítulo 3

Às 18h30

I

– Bem, está tudo pronto – disse a srta. Blacklock.

Satisfeita, ela deu uma olhada ao redor na sala de estar dupla: as cortinas e os sofás em tons de rosa, os jarros com crisântemos vermelhos, os vasinhos de violetas, a cigarreira de prata em cima da cômoda junto à parede e a bandeja com os drinques na mesa de centro.

Little Paddocks era uma casa de tamanho médio, construída em estilo do início do período vitoriano. Tinha janelas com venezianas verdes, além de uma varanda comprida e estreita, que ficava quase no nível do solo. O telhado da varanda roubava um pouco da luz da sala de estar, também comprida e estreita. Antigamente, uma das extremidades dessa sala conduzia, por uma porta dupla, a uma salinha com um janelão de três faces. A geração anterior tinha substituído as portas duplas por cortinas de veludo. A srta. Blacklock dispensara as cortinas, de modo que as duas salas formavam agora uma peça única. Havia lareiras dos dois lados, mas o ambiente já estava agradavelmente aquecido sem que precisassem usá-las.

– Acenderam o aquecimento central – observou Patrick.

A srta. Blacklock concordou com a cabeça.

– O tempo tem estado tão fechado e chuvoso. Sentia-se a umidade pela casa toda. Pedi a Evans que o acendesse antes de sair.

– Queimando o seu precioso coque? – disse Patrick com ironia.

– Precioso mesmo. Porém, de outra forma, teríamos de usar carvão, que está ainda mais caro. Você sabe que o Departamento de Combustível não nos deixa ficar com nada além do mínimo necessário para a semana. Apenas o estritamente necessário para cozinhar.

– Imagino que antes da guerra havia coque e carvão à vontade para todo mundo – disse Julia, com a displicência de quem fala sobre um outro mundo.

– Sim, e barato.

– E qualquer um podia comprar o quanto quisesse, sem ter de preencher formulários? À vontade, não havia escassez?

– À vontade, de todos os tipos e qualidades. E nada dessas pedras que entregam hoje.

– Devia ser um mundo maravilhoso – disse Julia em tom sonhador.

A srta. Blacklock sorriu.

– Essa é certamente a minha opinião quando olho para trás. Mas sou uma mulher velha. É natural que goste do tempo em que era moça. Não é o caso de vocês.

– Naquela época, eu não precisaria trabalhar – disse Julia. – Eu poderia ficar em casa fazendo arranjos florais, escrevendo mensagens... Por que escreviam tantas mensagens? A quem eram endereçadas?

– A todas as pessoas a quem agora se costuma telefonar – disse a srta. Blacklock, com um brilho nos olhos. – Fico me perguntando se você sabe mesmo escrever cartas, Julia...

– Não no estilo fabuloso daquele "Manual Completo do Missivista" que encontrei outro dia. Meu Deus! Ele ensina até mesmo como recusar a proposta de casamento de uma viúva.

– Eu duvido que você fosse gostar tanto de ficar em casa. As pessoas tinham os seus afazeres e obrigações do mesmo jeito – disse a srta. Blacklock com uma expressão séria. – Mas, na verdade, não sou a pessoa mais indicada para falar sobre isso. Eu e Bunny – acrescentou ela, sorrindo para a amiga – começamos a trabalhar muito cedo.

– Ah, de fato. Começamos bem cedo – concordou a srta. Bunner. – Aquelas crianças mal-educadas. Jamais vou esquecê-las. Mas Letty era inteligente. Uma mulher de negócios, secretária de um grande financista.

A porta abriu-se e Phillipa Haymes entrou. Era alta, loira. Tinha uma expressão serena. Olhou ao redor da sala, surpresa.

– Nossa – disse ela. – Vamos ter alguma festa? Ninguém me contou.

– Você é a única mulher em Chipping Cleghorn que não sabe – exclamou Patrick.

Phillipa lançou a ele um olhar interrogativo.

– Diante dos seus olhos está a cena do crime! – disse Patrick em tom dramático, fazendo um gesto largo com a mão.

Phillipa Haymes parecia confusa.

– Aqui – disse Patrick, indicando os jarros com os crisântemos – estão as flores do funeral, e esses pratinhos com palitinhos de queijo e azeitonas são os quitutes para o velório.

Phillipa lançou para a srta. Blacklock um olhar interrogativo.

– É alguma brincadeira? – perguntou ela. – Sou tão estúpida para esse tipo de coisa. Nunca entendo direito o significado.

– É uma brincadeira de extremo mau gosto – exclamou Dora Bunner, indignada. – Não vejo nela a menor graça.

– Mostre a ela o anúncio – sugeriu a srta. Blacklock. – Tenho de trancar o aviário. Está escuro, e os patos já devem ter se recolhido.

– Pode deixar que eu tranco – disse Phillipa.

– De forma alguma, querida. Você acaba de chegar do trabalho.

– Então eu tranco, tia Letty – ofereceu-se Patrick.

– Não. Da última vez, você não empurrou o trinco direito – disse a srta. Blacklock com firmeza.

– Deixe que eu vou lá, querida – disse a srta. Bunner. – Será um prazer. É só enfiar minhas galochas. Onde deixei o meu casaco?

Com um sorriso, a srta. Blacklock já havia deixado a sala.

– Não adianta, Bunny – observou Patrick. – Tia Letty prefere fazer tudo sozinha. Ela é tão eficiente que não suporta deixar nada na mão dos outros.

– Ela simplesmente adora! – disse Julia.

– E você nem mesmo se prontificou a ajudar – comentou o irmão.

Julia, displicente, apenas esboçou um sorriso.

– Você não disse que ela gosta de fazer tudo sozinha? Além disso – observou Julia, esticando o pé e exibindo a bela canela numa meia transparente –, estou vestindo meu melhor par de meias.

– A morte em meias de seda! – declarou Patrick.

– São meias de náilon, seu idiota.

– Mas isso não dá um bom título.

– Que história é essa de morte? Será que alguém pode me explicar? – reclamou Phillipa.

Todos se prontificaram a explicar, mas ninguém encontrou a *Gazette*, que Mitzi tinha levado para a cozinha.

Alguns minutos depois, a srta. Blacklock havia retornado.

– Pronto. Resolvido.

Deu uma olhada para o relógio e acrescentou:

– Seis horas e vinte minutos. As pessoas vão começar a chegar, a menos que eu não conheça bem os meus vizinhos.

– Ainda não entendi o porquê disso tudo – disse Phillipa, perplexa.

– Ainda não, querida? Imaginei que fosse ter mesmo dificuldade. Mas outras pessoas se esforçariam mais.

– O problema de Phillipa é a falta de interesse – disparou Julia, exultante.

Phillipa não respondeu.

A srta. Blacklock olhava ao redor. Mitzi havia colocado o sherry e três pratos com azeitonas, palitinhos de queijo e pasteizinhos variados na mesa de centro.

– Patrick, você poderia levar a bandeja ou a mesa toda, se preferir, para a outra sala? Coloque tudo perto da janela. Afinal de contas, não estou dando uma festa! Não fui eu que convidei as pessoas. Não quero dar a impressão de que estou esperando por elas.

– Prefere que pensem que não previa que viriam?

– Exatamente, meu querido. Agradeço por expressar minhas intenções com tanta clareza.

– Poderíamos fingir que estamos reunidos apenas entre nós e demonstrar surpresa quando alguém aparecer – disse Julia.

A srta. Blacklock tinha pego a garrafa de sherry, que segurava de maneira apreensiva.

Patrick procurou tranquilizá-la:

– Há meia garrafa aí. Deve ser suficiente.

– Sim, sim... – disse ela, pouco convencida, antes de acrescentar, corando:

– Patrick, você se importaria de ir lá dentro buscar a garrafa fechada que está no armário da despensa? Traga também o abridor, por favor... Já faz tempo que esta aqui está aberta. Temos direito a uma nova.

Patrick retirou-se calado a fim de cumprir a missão. Ele retornou com a garrafa nova e sacou a rolha. Ao colocá-la na bandeja, lançou à srta. Blacklock um olhar desconfiado.

– Tia Letty, acho que está levando isso tudo muito a sério – observou ele com polidez.

– Oh! – gritou Dora Bunner, apavorada. – Pelo amor de Deus, Letty... você não imagina que...

– Quietos! – interrompeu a srta. Blacklock em tom de voz sussurrado. – Está tocando a campainha. Eu tinha certeza de que viriam.

II

Mitzi abriu a porta da sala, fazendo entrar o coronel e a sra. Easterbrook. Ela tinha um modo esquisito de anunciar as pessoas:

– Abram passagem para o coronel e a sra. Easterbrook, que gostariam de vê-los...

O coronel Easterbrook estava muito animado e sorria para disfarçar o embaraço.

– Resolvemos dar uma passada – disse ele.

Sua mulher deixou escapar uma risadinha, e ele continuou:

– Estávamos dando uma volta nessa direção e... bem! Que noite agradável, não é mesmo? Estão com o aquecimento central ligado? Ainda não começamos a usar o nosso...

– Que lindos esses crisântemos! – derramou-se a sra. Easterbrook, exagerada. – São realmente uma beleza!

– Na verdade, estão um pouco mirrados – corrigiu Julia.

A sra. Easterbrook cumprimentou Phillipa Haymes com uma cordialidade acentuada, a fim de deixar claro que ela sabia que Phillipa não era uma mera camponesa, uma trabalhadora rural.

– Como vai o jardim da sra. Lucas? – perguntou ela. – Você acha que vai voltar a ser o que era? Completamente negligenciado durante a guerra. O velho Ashe não fazia nada senão varrer as folhas e plantar repolhos. Que homem horrível!

– Está melhorando – disse Phillipa. – Mas ainda precisa de um tempo.

Mitzi abriu a porta novamente e anunciou:

– Abram passagem para as madames de Boulders.

– Boa noite – disse a srta. Hinchcliffe, entrando na sala e apertando formidavelmente a mão da srta. Blacklock. – Eu disse a Murgatroyd: "Precisamos dar um pulinho em Little Paddocks!". Queria perguntar-lhe se as suas patas estão pondo ovos.

– Começa a escurecer tão rápido nessa época, não é mesmo? – comentou distraidamente a srta. Murgatroyd. – Que belos crisântemos!

– Mirrados! – disparou Julia.

– Por que você não tenta colaborar um pouco? – murmurou Patrick ao seu ouvido.

– Vocês ligaram o aquecimento central? Já nessa época! – disse a srta. Hinchcliffe em tom de reprovação.

– É que a casa tem ficado tão úmida... – defendeu-se a srta. Blacklock.

Patrick fez um sinal para ela com a sobrancelha, perguntando se devia servir sherry. A srta. Blacklock sinalizou de volta dizendo que ainda não.

Ela perguntou ao coronel Easterbrook:

– Vocês vão receber bulbos da Holanda este ano?

A porta abriu-se novamente, e a sra. Swettenham entrou meio encolhida, seguida de Edmund, que parecia ainda mais constrangido.

– Enfim, aqui estamos! – disse a sra. Swettenham alegremente, olhando ao redor com uma indisfarçável curiosidade.

Porém, sentindo-se novamente insegura, ela comentou:

– Pensei em dar uma passadinha rápida e perguntar, srta. Blacklock, se não gostaria de um gatinho. Nossa gata...

– Foi emprenhada por um gato de rua e está prestes a parir – interrompeu Edmund. – Não quero nem ver no que vai dar. Não digam que não avisei!

– Ela é ótima para caçar ratos – observou rapidamente a sra. Swettenham, acrescentando em seguida:

– Que belos crisântemos!

– Vocês estão com o aquecimento central ligado? – perguntou Edmund, como se fizesse uma grande descoberta.

"Será que poderiam virar o disco?", murmurou Julia consigo mesma.

– Não estou gostando nada das últimas notícias – disse o coronel Easterbrook a Patrick, puxando-o para um canto e intimando-o à conversa. – Não estou gostando mesmo. Se você quer saber a minha opinião, penso que a guerra é inevitável. Inevitável!

– Nunca dou atenção ao que dizem os jornais – respondeu Patrick.

A porta foi aberta mais uma vez, e a sra. Harmon entrou.

Na tentativa de parecer moderna, ela trazia o velho chapéu de feltro enfiado na parte de trás da cabeça e vestia uma blusa de babados em vez do suéter tradicional.

– Boa noite, srta. Blacklock – exclamou ela, sorrindo de uma orelha à outra. – Não estou atrasada, não é? Quando começa o homicídio?

III

Tossidinhas ecoaram aqui e ali. Julia soltou uma risadinha bem-humorada, Patrick fez uma careta e a srta. Blacklock sorriu com gentileza para a visita que acabava de chegar.

– Julian ficou aborrecidíssimo por não poder vir – disse a sra. Harmon. – Ele adora homicídios. Foi o tema do sermão dele no último domingo... É claro que não cabe a mim, que sou sua esposa, ficar elogiando, mas foi um ótimo sermão, a senhorita não acha? Muito melhor do que os que ele costuma fazer. E tudo por causa de *A morte faz o impossível*, como eu dizia. Vocês leram o livro? A bibliotecária em Boots reservou-o especialmente para mim. É de tirar o fôlego. Você pensa que sabe o que está acontecendo, mas de repente tudo muda. São tantos os homicídios, quatro ou cinco! Bem, deixei o livro no escritório, quando Julian estava se fechando lá dentro para escrever o sermão. Ele apanhou o livro e depois não conseguiu mais largar! O tempo passou e ele teve de escrever o sermão às pressas, colocando apenas o que realmente queria dizer, sem rodeios, divagações e referências eruditas. Ficou muito melhor. Ah, meu Deus, estou falando demais... E você, querida, diga-me: quando começa o homicídio?

A srta. Blacklock olhou para o relógio no consolo da lareira.

– Se for mesmo começar – disse ela, animada –, deve ser logo. Só falta um minuto para as seis e meia. Tome um sherry enquanto isso.

Patrick caminhou em direção ao outro lado da sala com passos firmes e decididos. A srta. Blacklock foi até a cômoda onde estava a cigarreira.

– Adoraria um sherry – disse a sra. Harmon. – Mas como assim, "se for mesmo começar"?

– Bem – disse a srta. Blacklock –, é que estou tão curiosa quanto você. Eu não sei o que...

Ela se interrompeu e virou o rosto na direção do consolo da lareira, onde o relógio começava a badalar as horas numa cadência suave e metálica. Todos ficaram em silêncio, sem se mover. Olhavam para o relógio.

À última badalada, as luzes se apagaram.

IV

Ecoavam pelo escuro gemidos e suspiros de prazer.

– Está começando! – exclamou a sra. Harmon, extasiada.

Ouviu-se a voz assustada de Dora Bunner:

– Eu não estou gostando...

Outras vozes ecoaram:

– É realmente assustador!

– De dar arrepios!

– Archie, onde você está?

– O que eu devo fazer?

– Desculpe! Eu não pisei em você?

E então, com um baque, a porta foi escancarada. O facho de uma lanterna percorreu a sala. Uma voz masculina, rouca e anasalada, que lembrava tardes agradáveis na sala de cinema, ordenou a todos:

– Mãos ao alto! Mãos ao alto, vamos! – gritou a voz.

De boa vontade, as pessoas ergueram as mãos bem acima da cabeça.

– Que emoção! – suspirou uma voz feminina. – Estou tremendo...

E então, sem que ninguém esperasse, um tiro. E depois outro. O disparo de duas balas varou a atmosfera complacente da sala. A brincadeira tornara-se real. Alguém gritou...

O homem na soleira da porta girou nos calcanhares, cambaleou, ouviu-se outro tiro, ele se curvou e caiu estatelado. A lanterna também caiu no chão e se apagou.

Estava tudo escuro de novo. Gentilmente, com um rangido suave, como um protesto bem-comportado, a porta da sala voltou a fechar-se, como fazia quando não estava calçada. Ouviu-se o clique da lingueta da fechadura.

V

Dentro da sala era o caos. Todos falavam ao mesmo tempo:

– Acendam as luzes.

– Cadê o interruptor?

– Ninguém tem um isqueiro?

– Oh! Que horror!

– Os tiros foram reais.

– Era um revólver de verdade.

– Roubaram alguma coisa?

– Por favor, ninguém tem um isqueiro?

E então, quase ao mesmo tempo, dois isqueiros foram acesos, iluminando a sala cada qual com sua pequena chama tremeluzente.

As pessoas piscavam e entreolhavam-se com caras espantadas. Encostada à parede, próxima ao arco central, estava a srta. Blacklock, com a mão no rosto. Um líquido escuro parecia escorrer-lhe por entre os dedos.

O coronel Easterbrook limpou a garganta e resolveu mostrar-se à altura da situação.

– Tente o interruptor, Swettenham – ordenou ele.

Edmund, que estava perto da porta, obedeceu, abaixando e levantando o interruptor.

– Desligaram a chave geral ou algum outro disjuntor – disse o coronel. – Que barulho é esse?

De algum lugar, atrás da porta fechada, uma voz

feminina gritava sem parar. Os gritos aumentaram de intensidade, e a eles se somou o barulho de punhos esmurrando uma porta.

Dora Bunner, que até então soluçava baixinho, exclamou:

– É Mitzi! Estão matando a Mitzi...

Patrick resmungou:

– Não teríamos essa sorte.

A srta. Blacklock disse:

– Precisamos de velas. Patrick, você poderia fazer o favor de...

O coronel já estava abrindo a porta. Ele e Edmund, cada qual com seu isqueiro, saíram para o corredor. Quase tropeçaram no corpo ali caído.

– Parece desacordado – disse o coronel. – E essa mulher gritando?

– Na sala de jantar... – respondeu Edmund.

A sala de jantar ficava do outro lado do corredor. Ouviam-se gritos, urros, barulho de panelas.

– Ela está trancada – disse Edmund, inclinando-se sobre a fechadura.

Ele girou a chave, e Mitzi arremeteu de dentro como uma fera acuada.

Na sala de jantar, a luz não havia apagado. Recortada contra ela, a imagem de Mitzi parecia a de uma assombração. A moça continuava gritando. A cena, entretanto, tinha algo de cômico, porque ela ainda segurava nas mãos um pedaço de camurça e uma espátula de prata que estivera limpando.

– Acalme-se, Mitzi – disse a srta. Blacklock.

– Pare com isso! – exclamou Edmund e, como a ordem não surtiu qualquer efeito, ele inclinou-se e deu-lhe uma bofetada no rosto.

Mitzi arquejou bruscamente, depois calou-se com um soluço.

– Acho que há velas no armário da cozinha – disse a srta. Blacklock. – Patrick, você sabe onde fica a caixa de luz?

– Na área de serviço? Vou lá dar uma olhada.

A srta. Blacklock aproximou-se da faixa iluminada que vinha da sala de jantar. Dora Bunner emitiu um grunhido ininteligível, enquanto Mitzi voltou a gritar.

– É sangue! Sangue! Balearam a senhorita!

– Não seja estúpida – disse a srta. Blacklock. – Não é nada. Foi só um arranhão na orelha.

– Mas, tia Letty – disse Julia –, é muito sangue.

De fato, o suéter branco, as pérolas e as mãos da srta. Blacklock estavam completamente ensanguentados.

– Orelhas sempre sangram muito – disse a srta. Blacklock. – Eu me lembro de ter desmaiado uma vez no cabeleireiro quando era criança. E o homem mal beliscara a minha orelha com a tesoura. Parecia um rio de sangue. O importante agora é conseguir acender a luz.

– Eu pego as velas – disse Mitzi.

Julia a acompanhou e as duas voltaram com várias velas grudadas em pires.

– Bem, deixe-me dar uma olhada no nosso malfeitor – disse o coronel. – Você pode segurar algumas velas aqui em baixo para mim, por favor, Swettenham?

– Vou iluminar também por esse outro lado – prontificou-se Phillipa.

Com a mão firme, ela pegou dois pires.

O coronel Easterbrook ajoelhou-se.

O corpo caído estava envolto numa espécie de manto rústico com capuz. Trazia o rosto coberto por uma máscara preta e usava luvas pretas de algodão. O capuz tinha escorregado para trás, descobrindo uma cabeleira loira e despenteada.

O coronel Easterbrook virou o corpo, sentiu o pulso, o coração... e então retirou os dedos para os quais olhou com uma expressão de desgosto. Estavam vermelhos e pegajosos.

– Atirou em si mesmo – disse ele.

– Está muito ferido? – perguntou a srta. Blacklock.

– Hum... Temo que... ele esteja morto. Pode ter sido suicídio... Ou ele tropeçou na manta e o revólver disparou quando ele caiu. Não consigo ver muita coisa.

Naquele momento, como num passe de mágica, as luzes voltaram.

Com uma sensação esquisita de que nada daquilo podia ser real, os habitantes de Chipping Cleghorn ali reunidos, em Little Paddocks, davam-se conta de que estavam diante de um caso de morte súbita e violenta. A mão do coronel Easterbrook estava manchada de vermelho. Sangue continuava a pingar do pescoço da srta. Blacklock sobre o suéter e o casaco, e a figura grotesca do corpo esparramado do intruso jazia aos pés de todos.

Patrick retornava da sala de jantar.

– Acho que foi apenas um fusível... – disse ele e estacou.

O coronel Easterbrook estava começando a tirar a máscara do bandido.

– É melhor verificar quem é a pessoa, embora ache que não seja alguém conhecido.

Ele tirou a máscara. As pessoas espicharam os pescoços. Mitzi soluçava e arfava, mas os outros estavam quietos.

– É bem jovem – disse a sra. Harmon em tom de lástima.

E, de repente, Dora Bunner gritou, exaltada:

– Letty, Letty! É o jovem do Royal Spa Hotel em Medenham Wells. É aquele que veio aqui lhe pedir dinheiro para voltar à Suíça, e você recusou. Suponho que fosse tudo um pretexto para espionar a casa... Ah, minha cara! Com que facilidade ele poderia tê-la matado...

A srta. Blacklock, assumindo o controle da situação, disse com firmeza:

– Phillipa, leve Bunny até a sala de jantar e dê a ela meio copo de brandy. Julia, querida, vá até o banheiro e traga-me o esparadrapo que está lá no armário... É preciso estancar esse sangue. Está fazendo uma sujeira medonha! Patrick, você poderia chamar a polícia?

Capítulo 4

O Royal Spa Hotel

I

George Rydesdale, o chefe de polícia de Middleshire, era um homem calmo. De altura mediana e um olhar sagaz, escondido pelas sobrancelhas espessas, ele mais ouvia do que falava. De vez em quando, dava uma ordem concisa em um tom de voz desapaixonado. E a ordem era obedecida.

Ele agora estava escutando o inspetor Dermot Craddock. Craddock era o encarregado do caso. Na noite anterior, Rydesdale chamara-o de Liverpool, para onde ele fora mandado investigar um outro caso. Rydesdale gostava de Craddock. Achava que ele tinha cérebro e imaginação. Além disso, o que Rydesdale mais apreciava no inspetor era a sua capacidade de progredir de forma lenta e disciplinada, verificando cada fato e mantendo a mente aberta antes de concluir o caso.

– Foi Legg quem atendeu ao chamado, senhor – dizia Craddock. – Penso que ele agiu muito bem. De forma rápida e com presença de espírito. E não deve ter sido fácil. Doze pessoas falando ao mesmo tempo, incluindo uma dessas centro-europeias que ficam histéricas só de ver um policial. Meteu na cabeça que estávamos lá para prendê-la e resolveu se defender na base do grito.

– Identificaram o morto?

– Sim, senhor. O nome dele é Rudi Scherz. Um suíço. Trabalha como recepcionista no Royal Spa Hotel em Medenham Wells. Se o senhor não se opõe, penso em começar pelo Royal Spa Hotel e só depois ir a Chipping

Cleghorn. O sargento Fletcher está lá agora, falando com os empregados do hotel. Depois ele vai até a casa.

Rydesdale fez que sim com a cabeça.

A porta abriu-se, e o chefe de polícia ergueu os olhos.

– Entre, Henry – ele disse. – Temos uma ocorrência um pouco fora do comum.

Sir Henry Clithering, ex-comissário da Scotland Yard, alçou as sobrancelhas e entrou. Ele era um homem alto, já de idade, de aparência elegante e distinta.

– Pode ser que interesse até mesmo ao seu espírito blasé – acrescentou Rydesdale.

– Eu nunca fui blasé – protestou sir Henry.

– A moda agora é fazer propaganda do crime antes que ele ocorra. Craddock, mostre o anúncio a sir Henry.

– *The North Benham News and Chipping Cleghorn Gazette* – disse sir Henry. – Que nome!

Depois de ler o pequeno trecho indicado pelo dedo de Craddock, comentou:

– Estranho mesmo...

– Alguma pista sobre quem colocou o anúncio? – perguntou Rydesdale.

– Pela descrição física, parece que foi o próprio Rudi Scherz. Ele teria ido lá na quarta-feira – respondeu Craddock.

– Mas não perguntaram nada a ele? A pessoa que tomou nota do anúncio não achou esquisito? – continuou Rydesdale.

– Tenho a impressão de que a loira fanha que recebe os anúncios já faz muito se conta direito as palavras e recebe o pagamento, senhor.

– Qual a ideia por trás disso? – perguntou sir Henry.

– Reunir um bando de curiosos locais – sugeriu Rydesdale. – Reuni-los no momento certo e no lugar adequado, onde se possa detê-los por um tempo e depois roubar-lhes o que tiverem consigo de dinheiro e objetos de valor. Não deixa de ser uma ideia original.

– Que tipo de lugar é Chipping Cleghorn? – perguntou sir Henry.

– Uma cidadezinha pitoresca e espalhada. Açougue, padaria, armazém, uma excelente loja de antiguidades, duas casas de chá. Um lugarzinho bonito. Os turistas podem deixar o carro na garagem e passear de carreta. Uma zona eminentemente residencial. Casas de campo construídas por trabalhadores rurais que agora são habitadas por casais aposentados e velhas solteironas. Algumas das construções ainda são do período vitoriano.

– Sei como é – disse sir Henry. – Antigas beldades e coronéis reformados. Se leram um anúncio como esse, deviam estar todos lá, às seis e meia, xeretando. Eu mesmo gostaria de levar a minha velhinha, se estivesse com ela por aqui. Seria uma diversão e tanto. Perfeita para ela!

– Quem é a sua velhinha, Henry? Alguma parente?

– Não – suspirou sir Henry. – Bem que eu queria. Ela é simplesmente a melhor detetive do mundo. Um gênio natural cultivado em solo apropriado.

Ele se virou para Craddock:

– Não subestime as velhinhas dessa cidade, meu rapaz. Se esse caso se revelar um enigma de difícil resolução, o que não creio que venha a acontecer, não se esqueça da existência dessa velhinha solteirona que gosta de tricotar e cuidar do jardim. Ela é mil vezes mais esperta do que qualquer investigador da polícia. É capaz de descrever-lhe o que pode ter ocorrido, o que deve ter ocorrido e até mesmo o que de fato aconteceu! E também vai explicar-lhe o porquê das coisas!

– Não vou me esquecer disso, senhor – disse o inspetor Craddock, de modo circunspecto e formal.

Ninguém teria imaginado que ele era, na verdade, sobrinho de sir Henry e que se dava muitíssimo bem com o padrinho.

Rydesdale resumiu o caso para o amigo:

– Garanto a você que de fato, por volta das seis e meia, as pessoas apareceram. Mas como o suíço poderia saber que iriam? Além disso, será que levariam consigo dinheiro e objetos de valor em quantidade suficiente para justificar o assalto?

– Um par de broches antigos, um colar de pérolas, moedas, algumas cédulas talvez... não muito mais do que isso – disse sir Henry pensativo. – A srta. Blacklock guardava muito dinheiro em casa?

– Ela diz que não. Pelo que eu entendi, apenas cinco libras – disse Craddock.

– O suficiente para comprar a ração das galinhas – completou Rydesdale.

– O que vocês estão sugerindo – disse sir Henry – é que esse sujeito gostava da encenação. Ele não agia pelo dinheiro, mas pelo prazer de representar o papel de ladrão. Influência do cinema? É possível. E como foi que se feriu?

Rydesdale empurrou um papel na direção dele.

– Esse é o laudo médico preliminar. O revólver foi disparado à queima-roupa. A pele ficou chamuscada. Pode ter sido tanto suicídio quanto acidente, no caso de ele ter escorregado e caído de um modo que o revólver que segurava próximo ao corpo acabou disparando. Essa última hipótese é a mais provável.

Ele olhou para Craddock:

– Muita coisa depende dos depoimentos. Você terá de fazer com que as testemunhas relatem exatamente o que viram.

O inspetor Craddock disse em tom pouco esperançoso:

– Cada um deve ter visto uma coisa diferente.

– Esse é um tema que sempre me interessou: aquilo que as pessoas veem ou deixam de ver quando estão em estado de grande exaltação, quando o seu sistema nervoso está sob tensão – disse sir Henry.

– E qual foi o resultado da perícia do revólver? – perguntou Rydesdale.

– É de uma marca estrangeira – respondeu Craddock – muito comum no restante da Europa, mas não aqui. Scherz não tinha porte de arma e não declarou o revólver ao entrar na Inglaterra.

– Isso não se faz... – disse sir Henry.

– O comportamento dele deixa muito a desejar. Bem, Craddock, vá até o Royal Spa Hotel e veja o que descobre sobre ele.

II

No Royal Spa Hotel, o inspetor Craddock foi levado diretamente ao escritório do gerente.

O gerente, sr. Rowlandson, um homem alto, corado e cordial, recebeu o inspetor Craddock com gestos expansivos.

– Conte comigo no que eu puder ajudar, inspetor – disse ele. – Um incidente espantoso. Eu jamais imaginaria que algo assim pudesse ocorrer. Scherz parecia um jovem como qualquer outro, pacato... Não consigo vê-lo como um assaltante perigoso.

– Desde quando ele trabalhava para o senhor?

– Eu estava verificando essa informação logo antes da sua chegada. Ele começou há pouco mais de três meses. Trazia boas referências, visto de trabalho etc.

– E ele fazia bem o serviço?

Antes de responder, o sr. Rowlandson fez uma pausa brevíssima. Ela chamou a atenção de Craddock, mas o inspetor agiu como se não a tivesse percebido.

– Fazia.

Craddock usou então uma estratégia que costumava funcionar em casos semelhantes.

– Será que fazia mesmo, sr. Rowlandson? Eu acho que não... – disse ele sacudindo a cabeça calmamente numa negativa.

– Bem... – respondeu o gerente, perdendo a pose.

– Ora, sr. Rowlandson... Havia algo de errado com esse rapaz. O que era?

– Esse é exatamente o problema! Eu não sei...

– Mas o senhor desconfiava de algo?

– Bem... sim, eu desconfiava. Mas não tenho provas e não quero fazer declarações que depois sejam usadas contra mim.

Craddock sorriu.

– Entendo o que o senhor quer dizer. Não precisa ter medo. É importante que me descreva a impressão que o jovem lhe causava. O senhor desconfiava de quê?

Rowlandson hesitou por um momento, mas depois se abriu:

– Uma vez que outra, as contas dos hóspedes não fechavam direito. Algumas coisas eram cobradas a mais...

– O senhor quer dizer que ele cobrava por itens que não haviam sido consumidos e depois embolsava a diferença quando a conta era paga?

– Mais ou menos isso... O que posso dizer é que ele era descuidado. Apenas em uma ou outra ocasião a quantia em questão foi significativa. Para ser franco, pedi ao nosso contador que examinasse os livros dele. Eu suspeitava de que estivesse agindo de má-fé. Na verdade, tirando pequenos equívocos e deslizes aqui e ali, as contas no final fechavam como deviam. Por isso, não dei mais atenção ao caso.

– Ainda assim, ele poderia estar agindo de má-fé. E se ele empregasse em alguma outra coisa o dinheiro embolsado? Poderia cobrir mais tarde as pequenas quantias desviadas...

– Pessoas que embolsam "pequenas quantias", como o senhor diz, em geral é porque precisam delas. Acabam gastando-as imediatamente.

– Nesse caso, se ele quisesse dinheiro para cobrir os desvios, teria de consegui-lo... roubando?

– Sim... Fico pensando se essa foi a primeira vez.

– Talvez. Ele agiu como um amador. Há alguma pessoa com quem ele poderia conseguir o dinheiro? Ele tinha alguma namorada?

– Sim. Uma garçonete do restaurante. O nome dela é Myrna Harris.

– É melhor eu conversar com ela.

III

Myrna Harris era uma bela jovem de nariz arrebitado e uma cabeleira ruiva exuberante.

Ela estava assustada, com medo do que os outros poderiam pensar ao vê-la sendo interrogada pela polícia, e respondia ao que lhe perguntavam com toda a cautela.

– Não sei nada sobre isso, senhor. Nada! – protestava. – Eu jamais teria saído com Rudi se soubesse que laia era a dele. Como ele trabalhava aqui na recepção, imaginei que fosse um sujeito decente. Como eu iria saber? O hotel devia ser mais seletivo ao contratar pessoas, especialmente estrangeiros. Com um estrangeiro, é muito difícil saber onde estamos pisando. Ele deve pertencer a uma dessas quadrilhas de que falam os jornais...

– Achamos que ele agia sozinho – disse Craddock.

– Um rapaz tão quieto, tão direito... Quem diria! Embora tenham desaparecido algumas coisas. Agora é que isso me vem à cabeça. Um broche de diamantes...

e uma medalhinha de ouro, acho. Mas eu jamais teria desconfiado de Rudi.

– Tenho certeza de que não – disse Craddock. – Poderia ter sido qualquer pessoa. A senhorita o conhecia bem?

– Eu não sei nem mesmo se o conhecia...

– Mas eram amigos?

– Conhecidos, apenas isso. Nada de mais. De qualquer forma, tenho sempre um pé atrás com estrangeiros. Parecem todos muito simpáticos, mas nunca se sabe no que vai dar. Alguns desses poloneses durante a guerra, ah! E também os americanos... Quando descobrimos que são casados, já é tarde demais. Rudi dizia muitas coisas, mas nunca levei muito a sério.

Craddock aproveitou a deixa:

– Dizia, é? Interessante, srta. Harris. Acho que o seu depoimento pode ser muito útil. O que ele dizia?

– Bem... que sua família na Suíça era rica e importante, por exemplo. Mas é claro que isso não se encaixava com o fato de ele estar sempre sem dinheiro. Ele se queixava de que os bancos não lhe permitiam trazer mais dinheiro da Suíça. Pode ser verdade, mas as coisas dele não eram caras. As roupas, quero dizer. Não eram chiques. E ele gostava de contar histórias. Inventava coisas. Que tinha ido aos Alpes e salvado a vida de umas pessoas numa geleira... Mas eu vi ele ficar tonto só de se aproximar da beirada do desfiladeiro de Boulter! Alpes, ora veja!

– Vocês saíam bastante?

– Ele era muito educado e sabia como agradar uma garota. Conseguia sempre os melhores lugares nas salas de cinema. Até flores me comprava de vez em quando. E ele dançava muito bem!

– Alguma vez ele se referiu à srta. Blacklock?

– Ela vem almoçar aqui às vezes, não é? Até se hospedou uma vez. Mas não me lembro de Rudi comentar nada a respeito dela. Eu não sabia que se conheciam.

– Ele nunca falou de Chipping Cleghorn?

O inspetor teve a impressão de que o olhar de Myrna se tornara apreensivo, mas não estava certo disso.

– Acho que não... Uma vez ele comentou algo sobre o horário dos ônibus, mas não lembro direito se ele se referia a Chipping Cleghorn ou a algum outro lugar. Já faz tempo.

Craddock não conseguiu obter mais nada dela. Myrna não observara nada de diferente no rapaz. Não o vira na noite anterior. E jamais poderia imaginar que ele era um vigarista. Jamais!

E ela devia estar sendo sincera, concluiu o inspetor.

Capítulo 5

A srta. Blacklock e a srta. Bunner

Little Paddocks era exatamente como o inspetor Craddock tinha imaginado. Havia patos, galinhas, e o que devia ter sido uma atraente cerca viva em que agora poucas flores de áster-italiana ainda exibiam a sua beleza purpúrea. O gramado e os caminhos pareciam malcuidados.

O inspetor Craddock pensou o seguinte: "Provavelmente não têm dinheiro para pagar um jardineiro, mas gostam de flores e souberam cultivar uma cerca viva vistosa. A casa precisaria de uma boa pintura, como muitas hoje em dia. Uma propriedade agradável".

Craddock estacionou o carro em frente à porta, e o sargento Fletcher aproximou-se vindo da lateral da casa. Ele mais parecia um soldado da Guarda Real devido a sua postura empertigada.

– Senhor... – disse Fletcher, que era capaz de imprimir inúmeros sentidos àquela palavrinha.

– Alguma novidade?

– Acabamos de dar uma olhada na casa. Parece que Scherz não deixou nenhuma impressão digital. Ele usou luvas, é claro. Não há sinais de portas ou janelas forçadas. Ele deve ter vindo de Medenham de ônibus e chegado aqui às seis da tarde. Pelo que entendi, a porta lateral da casa costuma ser trancada às cinco e meia. Ele deve ter entrado pela porta da frente. De acordo com a srta. Blacklock, essa porta só é fechada à noite, quando todos vão dormir. A empregada, por outro lado, diz que a porta da frente ficou fechada a tarde toda... mas não dá para levar a sério o que ela diz. Muito temperamental, o senhor vai ver. É refugiada de alguma região da Europa central.

– Uma mulher complicada?

– Senhor!

Craddock sorriu.

Fletcher prosseguiu com o relatório:

– Não há problema algum com o sistema elétrico da casa. Ainda não descobrimos como foi que ele apagou a luz. Apenas um circuito foi desligado: o da sala de estar e do corredor. Se a instalação fosse nova, nem tudo dependeria de um mesmo fusível, mas a fiação é antiga. É difícil entender como ele poderia mexer na caixa de luz. Ela fica na área de serviço. Para ir até lá, ele teria de passar pela cozinha, e a empregada o teria visto.

– A menos que sejam cúmplices.

– É possível. Os dois são estrangeiros. Eu jamais confiaria nela.

Craddock observou dois olhos enormes e assustados que os espiavam da janela ao lado da porta. Mal se podia distinguir o rosto, achatado de encontro ao vidro.

– É ela ali?

– Isso mesmo, senhor.

O rosto desapareceu.

Craddock tocou a campainha.

Depois de um bom tempo, a porta foi aberta por uma bela jovem de cabelos castanhos e expressão entediada.

– Sou o inspetor Craddock.

Do fundo dos belos olhos cor de avelã, a jovem lançou a ele um olhar frio e disse:

– Entre. A srta. Blacklock está esperando pelo senhor.

O corredor era longo e estreito, com mais portas do que era de se esperar.

A jovem abriu uma porta à esquerda e anunciou:

– Esse é o inspetor Craddock, tia Letty. Mitzi se recusou a ir abrir a porta. Ela se trancou na cozinha e está lá gemendo de tal modo que duvido muito que tenhamos algo para o almoço.

Olhando para Craddock, a jovem acrescentou, se explicando:

– Ela não gosta da polícia – e saiu, fechando a porta atrás de si.

Craddock adiantou-se para cumprimentar a proprietária de Little Paddocks.

O que ele viu foi uma mulher alta, com cerca de sessenta anos, mas que tinha um ar decidido e devia ser muito ativa. O cabelo grisalho era naturalmente ondulado e dava um caráter distinto à expressão inteligente do rosto. Os olhos eram cinza e penetrantes; o queixo, quadrangular e bem-delineado. Ela trazia um curativo na orelha esquerda. Não usava maquiagem e estava vestida de forma simples, com um casaco bem-cortado de tweed, uma saia e um suéter. Ao redor da gola do suéter, um conjunto de antigos camafeus, talvez indicando uma educação vitoriana, dava um toque inesperado e um pouco sentimental à sua figura.

Próximo a ela, com um rosto redondo em que pulsava uma certa ansiedade e o cabelo descuidado escapando pela redinha, estava outra mulher. Devia ter mais ou menos a mesma idade da srta. Blacklock, e Craddock não teve dificuldade em reconhecê-la como "Dora Bunner, a amiga", referida nas anotações do cabo Legg com o comentário extraoficial de "avoada!".

A voz da srta. Blacklock era agradável e polida:

– Bom dia, inspetor Craddock. Essa é minha amiga, a srta. Bunner, que me ajuda a tomar conta da casa. Sente-se, por favor. O senhor não fuma?

– Não quando estou trabalhando, srta. Blacklock.

– Que pena!

Os olhos bem-treinados de Craddock percorreram rapidamente o ambiente. Uma sala de estar dupla, tipicamente vitoriana. Duas amplas janelas desse lado, um janelão de três faces ao fundo... cadeiras... sofá... uma mesa de centro com um vaso de crisântemos, outro vaso na janela. Uma sala agradável e bem-ventilada, sem nada muito original. O único elemento incongruente era um vasinho de prata com violetas murchas numa mesa próxima ao arco que separava as duas partes da sala. Era difícil imaginar que a srta. Blacklock fosse deixar flores murchas dentro de casa, e aquele devia ser um sinal do incidente que perturbara a sua rotina.

Ele disse:

– Acredito que esta seja a sala em que tudo ocorreu...

– Sim.

– E o senhor devia tê-la visto ontem à noite – exclamou a srta. Bunner. – Estava uma bagunça! Duas mesinhas derrubadas, uma com a perna quebrada, por causa das pessoas se empurrando no escuro. A mobília foi até queimada. Alguém deixou cair um cigarro aceso... As pessoas são tão descuidadas com esse tipo de coisa. Principalmente os jovens! Pelo menos não quebraram nenhum bibelô...

A srta. Blacklock interrompeu-a com educação, mas de forma decidida:

– Dora, por pior que sejam essas coisas, elas não passam de banalidades. O que precisamos fazer é responder com atenção às perguntas colocadas pelo inspetor Craddock.

– Obrigado, srta. Blacklock. Em relação ao que aconteceu aqui na noite passada, preciso antes de mais nada esclarecer o seguinte: quando foi que pela primeira vez a senhorita viu Rudi Scherz?

– Rudi Scherz? – a srta. Blacklock parecia surpresa. – Esse é o nome dele? Eu achava que... Ah, bem, não importa. A primeira vez que o vi foi em Medenham, quando fui fazer compras há cerca de, deixe-me ver... três semanas atrás. Almoçávamos no Royal Spa Hotel, eu e a srta. Bunner. Assim que nos levantamos da mesa, ouvi meu nome: "Srta. Blacklock?". Era esse jovem. Ele dizia ser filho do proprietário do Hôtel des Alpes, em Montreux, onde eu e minha irmã estivemos hospedadas por quase um ano durante a guerra. Queria saber se eu não me lembrava dele.

– O Hôtel des Alpes, em Montreux – repetiu Craddock, pensativo. – E a senhorita se lembrava dele?

– Não, não me lembrava. Na verdade, acho que nunca vi esse rapaz antes daquele dia. Esses jovens que trabalham nas recepções de hotéis são todos parecidos. Nossa estadia em Montreux foi agradabilíssima. O proprietário foi muito solícito conosco. Por causa disso, tentei ser o mais educada possível e disse que esperava que ele estivesse gostando da Inglaterra. Ele respondeu que sim, que o pai o enviara até aqui por seis meses para adquirir mais experiência no trabalho de hotelaria. Parecia tudo muito natural.

– E quando foi que se encontraram de novo?

– Foi há cerca de... dez dias. Sim, dez dias. Ele apareceu aqui sem mais nem menos. Fiquei bastante surpresa. Ele se desculpou. Disse que não conhecia mais ninguém na Inglaterra. Precisava de dinheiro com urgência para retornar à Suíça, porque sua mãe estava muito doente.

– Mas Letty não deu nada a ele – observou a srta. Bunner, angustiada.

– A história não me convenceu – disse a srta. Blacklock com convicção. – Tive certeza de que o comportamento dele era desonesto. Essa história de precisar de dinheiro para voltar à Suíça era absurda. O pai dele poderia facilmente resolver a situação telegrafando para cá. Donos de hotel são bem-relacionados. Suspeitei que ele tivesse desviado dinheiro do Royal Spa Hotel ou algo assim.

Ela fez uma pausa e depois disse com rispidez:

– Talvez o senhor pense que agi de forma desumana. Mas fui secretária durante anos de um grande financista e aprendi a desconfiar de pessoas que aparecem pedindo dinheiro. Conheço todas as histórias.

Depois de uma breve pausa, ela acrescentou de maneira pensativa:

– A única coisa que me surpreendeu foi o fato de ele desistir tão facilmente. Ele foi embora sem ao menos insistir. Era como se já soubesse de antemão que não levaria o dinheiro.

– Analisando o caso, a senhorita pensa que ele usou a história como um pretexto para vir espionar a sua casa?

Em um gesto decidido, a srta. Blacklock fez que sim com a cabeça.

– É isso mesmo. Quando o levei até a porta, ele comentou alguma coisa sobre as peças. Ele disse "a senhorita tem uma excelente sala de estar", o que não é verdade. É uma peça pequena e mal-iluminada. Mas ele disse isso só para ter uma desculpa que lhe permitisse olhar para dentro. Depois, adiantou-se e abriu a porta da rua. Acho que queria testar o trinco. Como a maioria das pessoas por aqui, só trancamos a porta na hora de dormir. Qualquer um pode entrar.

– E a porta lateral? Há uma porta lateral que dá para o jardim, não é mesmo?

– Sim. Saí por ela para recolher os patos um pouco antes de as pessoas chegarem.

– Ela estava fechada?

A srta. Blacklock franziu o cenho.

– Não lembro! Acho que sim... Eu certamente a fechei quando entrei de volta.

– E isso foi por volta das seis e quinze?

– Mais ou menos nesse horário.

– E a porta da frente?

– Temos o hábito de fechá-la só mais tarde.

– Então, Scherz poderia ter entrado por ela. Ou às escondidas, pela porta lateral, quando a senhorita estava recolhendo os patos. Ele já tinha dado uma espiada na casa e provavelmente reparado em locais onde poderia se esconder, como armários etc. Tudo parece fazer sentido.

– Desculpe-me, mas para mim não faz sentido algum – disse a srta. Blacklock. – Por que complicar tanto para roubar uma casa? Qual o motivo daquela encenação idiota?

– A senhorita guarda muito dinheiro em casa?

– Cerca de cinco libras naquela mesa ali e talvez uma libra ou duas na minha bolsa.

– Joias?

– Dois anéis, alguns broches e os camafeus que estou usando. O senhor tem de concordar, inspetor: a coisa toda é um absurdo!

– Não foi um roubo – exclamou a srta. Bunner –, foi vingança! Eu disse a você, Letty. Você não quis dar-lhe o dinheiro, e ele então, de propósito, atirou em você duas vezes.

– Muito bem! – disse Craddock. – Vamos tratar agora da noite passada. O que foi exatamente que aconteceu, srta. Blacklock? Conte-me com suas próprias palavras tudo o que puder lembrar.

A srta. Blacklock refletiu por um momento.

– O relógio tocou – disse ela. – Este que fica no consolo da lareira. Lembro-me de ter dito que, se alguma coisa fosse acontecer, aconteceria logo. O relógio então começou a dar as horas. Ficamos ouvindo sem dizer nada. À última badalada, as luzes se apagaram.

– Que luzes estavam acesas?

– As luminárias de parede, dessa peça e da outra. O abajur de pé e os outros dois menores de leitura estavam apagados.

– Houve algum clarão ou barulho quando as luzes se apagaram?

– Acho que não.

– Tenho certeza de que houve um clarão – disse Dora Bunner. – E o barulho de alguma coisa perigosamente se rompendo! Um estampido.

– E depois disso, srta. Blacklock?

– A porta se abriu...

– Qual delas? Há duas na sala.

– Ah, essa aqui. A da outra peça não abre, é falsa. A porta se abriu e lá estava ele. Um homem mascarado segurando um revólver. Parecia um pouco além da imaginação, mas é claro que pensei que tudo não passasse de uma brincadeira de mau gosto. Ele disse algo... Não consigo me lembrar...

– Mãos ao alto ou atiro! – informou a srta. Bunner, em tom dramático.

– Algo do gênero – disse a srta. Blacklock, um pouco em dúvida.

– E vocês todos levantaram as mãos?

– Ah, sim – disse a srta. Bunner. – Todos nós. Era parte do jogo.

– Eu não – disse a srta. Blacklock, rispidamente. – Achei tudo uma grande bobagem. E estava ficando irritada.

– E depois?

– Um facho de luz, diretamente nos meus olhos. Eu não enxergava nada. E então, de modo inacreditável, ouvi o zunido de uma bala passando por mim e atingindo a parede logo atrás. Alguém gritou, e senti uma ardência na orelha. Ouvi o segundo tiro.

– Foi aterrador – observou a srta. Bunner.

– E depois disso, srta. Blacklock, o que aconteceu?

– Não sei muito bem. Fiquei meio zonza por causa do susto e da dor. O homem se virou para sair e parece que tropeçou. Ouvimos outro tiro, a lanterna dele se apagou e todos começaram a se empurrar e falar ao mesmo tempo. As pessoas se batiam umas nas outras.

– Onde a senhorita estava?

– Ela estava perto da mesa. Estava segurando o vaso de violetas – disse a srta. Bunner com ansiedade.

– Eu estava bem aqui... – disse a srta. Blacklock, caminhando até a mesinha perto do arco. – Na verdade, o que eu estava segurando era a cigarreira.

O inspetor Craddock examinou a parede atrás dela. Os dois buracos eram bem visíveis. As balas haviam sido extraídas e enviadas para comparação com o revólver.

Ele disse calmamente:

– A senhorita escapou por pouco.

– Ele realmente atirou nela – disse a srta. Bunner. – De propósito! Eu vi. Ele passeou com o facho da lanterna por todo mundo até encontrá-la, depois deixou a lanterna focada sobre ela e atirou. Ele queria matar você, Letty.

– Dora, minha querida, você colocou isso na cabeça de tanto ficar pensando sobre essa história.

– Mas ele atirou em você – insistiu Dora. – O objetivo dele era acertar você e, quando errou, atirou em si mesmo. Tenho certeza de que foi isso que aconteceu!

– Não creio nem por um minuto que ele tivesse a intenção de atirar em si mesmo – disse a srta. Blacklock. – Não era o tipo de homem que se mataria.

– Quer dizer então, srta. Blacklock, que tudo lhe pareceu uma brincadeira até o momento do disparo?

– Mas é claro. O que mais poderia ser?

– E quem seria o autor da brincadeira?

– Você achava que fosse Patrick. Ele já tinha feito isso antes – observou Dora, a fim de refrescar a memória da amiga.

– Patrick? – perguntou o inspetor, incisivamente.

– Meu primo mais jovem, Patrick Simmons – respondeu a srta. Blacklock.

Irritada com a amiga, e mais uma vez em tom incisivo, ela acrescentou:

– Quando li o anúncio, achei que pudesse ser uma das suas piadinhas, mas ele negou peremptoriamente.

– E então você se preocupou, Letty – disse a srta. Bunner. – Você ficou preocupada, apesar de negar. E era natural que ficasse. O anúncio convidava para um homicídio... o seu homicídio! Se ele não tivesse errado, você estaria morta. E o que seria de nós?

Dora Bunner estava trêmula. Seu cenho estava franzido, e ela parecia a ponto de chorar.

A srta. Blacklock deu um tapinha no ombro da amiga.

– Mas não aconteceu nada disso, querida, acalme-se. Ficar assim tão nervosa vai lhe fazer mal. Está tudo bem agora. Foi uma experiência terrível, mas já acabou.

Ela fez uma pausa e, em seguida, acrescentou:

– Você precisa se refazer desse choque, Dora. Por mim. Você sabe que preciso de você para manter a casa em ordem. Não é hoje que entregam a roupa lavada?

– Oh, meu Deus, Letty! Ainda bem que você me lembrou. Espero que tenham encontrado aquela fronha que perdemos. Não posso me esquecer de perguntar. Vou tomar nota agora mesmo.

– Aproveite e leve embora essas violetas – disse a srta. Blacklock. – Não há nada que eu odeie tanto quanto flores murchas.

– Que pena. Quando as colhi ontem, estavam tão bonitas. É uma pena não terem durado. Devo ter me esquecido de colocar água no vaso! Imagine... como sou avoada. Mas daqui a pouco devem estar entregando a roupa. Vou lá ver.

Ela levantou-se de um pulo e parecia alegre de novo.

– Ela é um pouco frágil – disse a srta. Blacklock –, e não é bom que fique tão nervosa. Há mais alguma coisa que o senhor queira saber, inspetor?

– Eu gostaria de saber exatamente quantas pessoas moram na casa e quem são.

– Bem, além de mim e Dora Bunner, moram na casa dois primos meus, mais jovens, Patrick e Julia Simmons.

– Primos? Não são sobrinhos?

– Não. Me chamam de tia Letty, mas são na verdade primos distantes. A mãe deles era minha prima em segundo grau.

– Eles sempre moraram com a senhorita?

– Ah, não, apenas nos últimos dois meses. Antes da guerra, eles viviam no sul da França. Patrick entrou para a marinha, e acho que Julia trabalhava num ministério em Llandudno. Quando a guerra acabou, a mãe deles me escreveu e perguntou se eu poderia recebê-los como hóspedes. Eles ajudariam com as despesas. Julia está estudando farmácia no Milchester General Hospital. Patrick estuda engenharia, também em Milchester. Como o senhor sabe, Milchester fica a cinquenta minutos de ônibus daqui, e eu os recebi com todo o prazer. Essa casa é enorme. Eles pagam uma pequena quantia pela estadia e pela alimentação e fica tudo certo.

Ela acrescentou, com um sorriso:

– Gosto de ter pessoas mais jovens na casa.

– E a senhorita hospeda também a sra. Haymes, correto?

– Sim. Ela trabalha como assistente de jardinagem em Dayas Hall, a propriedade da sra. Lucas. O chalé deles é ocupado pelo velho jardineiro e pela esposa, por isso me pediram para alojá-la aqui. É uma jovem muito educada. O marido foi morto na Itália, e ela tem um filho de oito anos num colégio interno. Ele vem aqui nas férias.

– E para o serviço doméstico?

– Tenho um jardineiro que vem às terças e sextas. A sra. Huggins vem cinco manhãs na semana, e há também uma refugiada estrangeira, com um nome quase impronunciável, que ajuda na cozinha. Temo que o seu contato com Mitzi seja um pouco complicado. Ela está sofrendo de mania de perseguição.

Craddock moveu a cabeça afirmativamente, em sinal de compreensão. Ele tinha consciência do valor dos pequenos comentários do cabo Legg. Acrescentando à Dora Bunner o epíteto de "avoada" e referindo-se à srta. Blacklock como "razoável", Legg também apimentara o seu parecer sobre Mitzi com o termo "mentirosa".

Como se tivesse lido os pensamentos de Craddock, a srta. Blacklock disse:

– Peço-lhe que dê um desconto às mentiras de Mitzi e que não a julgue com muita severidade. Como é o caso de muitos mentirosos, acredito que haja um fundo de verdade no que ela diz. Está sempre aumentando, não nego, as histórias das atrocidades por que passou. É como se incluísse na própria biografia todo fato desagradável que lê nos jornais. Mas ela sofreu mesmo um choque e viu matarem pelo menos um dos seus parentes. E me parece que esses imigrantes pensam que a única maneira de poder contar com nosso apoio e simpatia é dando ênfase aos horrores por que passaram.

Ela acrescentou:

– Para falar francamente, o comportamento de Mitzi é de enlouquecer. Ela tira qualquer um do sério. Suspeita das pessoas, é mal-humorada, tem pressentimentos o tempo todo e por qualquer detalhe sente-se insultada. Apesar de tudo isso, eu me solidarizo com ela.

E, depois de uma pausa, concluiu com um sorriso:

– Além disso, quando ela quer, sabe cozinhar muito bem.

– Vou tentar contrariá-la o menos possível – disse Craddock, a fim de tranquilizar a dona da casa. – Foi Julia Simmons a jovem que me abriu a porta?

– Sim. O senhor gostaria de falar com ela agora? Patrick saiu. Phillipa Haymes o senhor pode encontrar em Dayas Hall, trabalhando.

– Obrigado, srta. Blacklock. Vou conversar primeiro com a srta. Simmons então.

Capítulo 6

Julia, Mitzi e Patrick

I

Ao entrar na sala e sentar-se na cadeira antes ocupada por Letitia Blacklock, Julia tinha um ar tão bem-comportado e formal que Craddock se sentiu ligeiramente incomodado. Ela olhou calmamente para ele e esperou pelas perguntas.

Por polidez, a srta. Blacklock havia saído da sala.

– Por favor, srta. Simmons, conte-me a respeito da noite passada.

– Da noite passada? – murmurou Julia, lançando a ele um olhar desinteressado. – Dormimos feito pedras. Uma reação normal, imagino.

– Eu me refiro ao que ocorreu depois das seis e meia da tarde.

– Ah, entendo. Bem, recebemos a visita de uma porção de chatos...

– Quem?

Ela olhou para ele novamente com indiferença.

– Mas o senhor já não sabe de tudo isso?

– Sou eu quem faz as perguntas, srta. Simmons – disse Craddock de modo irônico.

– Me desculpe. É que acho tão maçante ter de ficar repetindo as coisas. Mas parece que o senhor gosta... Bem, vieram o coronel e a sra. Easterbrook, a srta. Hinchcliffe e a srta. Murgatroyd, a sra. Swettenham e Edmund Swettenham e a sra. Harmon, mulher do vigário. Essa foi a ordem de chegada deles. E, se o senhor quer saber o que foi que disseram, eles disseram todos a mesma coisa: "Estão com o aquecimento central ligado?" e "Que belos crisântemos!".

Craddock teve de morder os lábios. A imitação era mesmo engraçada.

– A exceção foi a sra. Harmon. Que tipo adorável! Apareceu com o chapéu caindo da cabeça, os sapatos desamarrados, e logo quis saber quando começaria o homicídio. Deixou todo mundo constrangido, pois estavam fingindo que tinham aparecido por acaso. Tia Letty respondeu, com a sua frieza habitual, que o homicídio estava previsto para breve. Então o relógio começou a tocar e, antes de ele terminar, as luzes se apagaram, a porta se abriu de supetão e um sujeito de máscara disse: "Mãos ao alto!" ou algo do gênero. Bem como num filme de terceira categoria. Uma cena ridícula. Mas ele disparou duas vezes contra tia Letty, e a situação perdeu totalmente a graça.

– Onde estavam todos quando isso aconteceu?

– Quando as luzes se apagaram? Bem, estavam por aí, espalhados pela sala... A sra. Harmon estava sentada no sofá... Hinch (a srta. Hinchcliffe, quero dizer) estava parada com as mãos na cintura, bem na frente da lareira.

– Estavam todos nessa parte da sala ou também na outra peça?

– Acho que a maior parte estava por aqui. Patrick tinha ido ao outro lado pegar um pouco de sherry. Tenho a impressão de que o coronel Easterbrook tinha ido atrás dele, mas não sei direito. Como eu disse, estávamos à toa, pela sala.

– E você, onde é que estava?

– Acho que eu estava perto da janela. Tia Letty tinha ido pegar a cigarreira.

– Na mesinha perto do arco?

– Sim. Então as luzes se apagaram, e o filme de mau gosto começou.

– O homem tinha uma lanterna bem potente. O que foi que ele fez com ela?

– Ele a focou em nós. Uma luz de deixar zonzo. Impossível não piscar.

– Quero que responda com atenção à pergunta que vou lhe fazer, srta. Simmons. Ele manteve o facho de luz parado ou moveu a lanterna?

Julia refletiu. Agora parecia mais interessada.

– Ele moveu a lanterna – disse ela com calma. – Como um refletor num salão de dança. Primeiro senti o facho nos meus olhos, depois o facho se moveu pela sala, e então vieram os tiros. Dois tiros.

– E depois?

– O homem girou nos calcanhares, Mitzi começou a gritar como uma sirene de ambulância, a lanterna se apagou e ouvimos outro tiro. Aí a porta se fechou. Devagar, como costuma ocorrer quando não está calçada. Ela se fechou com um rangido que, naquela situação, tinha algo de macabro. Ficamos todos no escuro, sem saber o que fazer. Bunny grunhia como um coelho, e Mitzi gritava como uma histérica em alguma parte da casa.

– O que a senhorita acha que ocorreu? Que o homem atirou em si mesmo de propósito ou que ele tropeçou e o revólver disparou acidentalmente?

– Não faço a menor ideia. Na verdade, eu continuava achando que aquilo tudo era uma brincadeira idiota. Parecia tão falso. Até que eu vi o sangue na orelha de tia Letty. Se o objetivo do tiro fosse apenas tornar a brincadeira mais convincente, ele teria sido dado para cima, bem longe da cabeça das pessoas.

– De fato. Você acha que ele podia ver nitidamente em quem estava atirando? O facho de luz estava focado na srta. Blacklock?

– Não sei. Eu não estava olhando para ela, eu estava olhando para ele.

– Sim. Mas você acha que ele estava apontando a arma para ela? Quero dizer, especialmente para ela?

Julia pareceu um pouco surpresa com a sugestão.

– Como se tivesse a intenção de matá-la? Não, acho que não... Haveria tantas oportunidades mais simples. Para que reunir amigos e vizinhos? Isso só complica as coisas. Ele poderia muito bem se esconder atrás de uma moita e disparar nela um belo tiro pelas costas, à moda irlandesa, desaparecendo em seguida sem ninguém ver.

E essa, pensou Craddock, era uma bela resposta à sugestão de Dora Bunner de que o tiro fora proposital.

Ele suspirou e disse:

– Obrigado, srta. Simmons. Acho melhor eu falar com Mitzi agora.

– Cuidado com as unhas dela – advertiu Julia. – Garras de tigre!

II

Acompanhado por Fletcher, Craddock foi encontrar Mitzi na cozinha. Ela estava fazendo a massa para um pastelão e olhou desconfiada quando eles entraram.

Com os cabelos escuros caídos sobre a fronte, a criada tinha uma aparência sombria. O suéter vermelho e a saia verde brilhante que ela usava tampouco combinavam com a sua palidez.

– O que o senhor quer aqui na minha cozinha? O senhor é da delegacia, não? Mas estão sempre invadindo a casa das pessoas... Ah! Eu devia estar acostumada. Dizem que na Inglaterra é diferente, mas é tudo igual. O senhor pode me torturar se quiser, não vou dizer nada. Pode me arrancar as unhas, queimar minha pele com fósforos e fazer coisas ainda piores. Não direi coisa alguma, o senhor está entendendo? Nada, nada mesmo. Nem que me mande para um campo de concentração. Eu pouco me importo.

Craddock olhou para ela, pensando na melhor estratégia de abordagem. Por fim, ele suspirou e disse:

– Está bem, então. Apanhe o casaco e o chapéu.

– Como? – disse Mitzi, arregalando os olhos.

– Vá buscar o seu casaco de uma vez. Não é aqui que vou arrancar-lhe as unhas. Minhas ferramentas ficam na delegacia. Você tem as algemas aí, Fletcher?

– Sim, senhor – disse Fletcher, com um sorriso largo.

– Vão ter de me levar à força – chiou Mitzi, recuando.

– Se a senhorita não quer ir, o melhor é responder às minhas perguntas de forma civilizada. O interrogatório pode ser feito na presença do seu advogado, se preferir.

– Advogado? Não tenho advogado. Não gosto de advogados.

Ela largou o rolo de massa na pia, limpou as mãos em um pano e se sentou.

– O que o senhor quer saber? – perguntou ela, aborrecida.

– Quero que a senhorita me descreva o que aconteceu aqui à noite passada.

– O senhor sabe muito bem o que foi que aconteceu.

– Mas quero que a senhorita me conte com suas próprias palavras.

– Eu queria ir embora. Ela não lhe contou? Quando eu vi aquilo escrito no jornal, sobre o homicídio, quis ir embora na mesma hora. Ela não me deixou. É uma mulher dura, que não me entende. Fui obrigada a ficar, mas eu sabia o que iria acontecer! Sabia que viriam para me matar.

– Bem, mas ninguém a matou...

– Não... – admitiu Mitzi, ressentida.

– Então, vamos lá, conte-me o que foi que aconteceu.

– Foi horrível. Horrível. A noite toda. Ouço coisas. Passos furtivos. Como se houvesse alguém no corredor. E de repente aparece a sra. Haymes entrando pela porta lateral... Ela disse que era para não sujar os degraus da entrada. Como se ela se importasse! Aquela nazista... Se acha superior aos outros só por causa dos cabelos loiros e dos olhos azuis. Eu vi muito bem o jeito como ela me olhava...

– Não se preocupe com a sra. Haymes.

– Quem ela pensa que é? Estudei numa das melhores universidades da Europa... Ela tem algum diploma, por acaso? É uma mera assalariada. Passa a semana fazendo buraco e cortando grama e é paga de acordo com isso. E ainda se acha uma lady.

– Nada disso é importante. Continue o relato, por favor.

– Levei o sherry, os copos e os pasteizinhos, que havia feito com todo o cuidado, até a sala de estar. Tocam a campainha e eu atendo a porta. Várias vezes. Estou sempre atendendo a porta. É degradante, mas eu faço. Depois vou até a despensa e começo a polir a prataria. É o melhor que posso fazer. Se alguém vem me matar, tenho à mão a faca de trinchar carne, bem afiada.

– Bem pensado.

– E então, de repente, ouço tiros. Eu penso: "É agora, começou!". Saio correndo pela sala de jantar, até a outra porta, mas não consigo abri-la. Fico um momento só escutando e aí ouço outro tiro e um baque no corredor. Giro a maçaneta da porta, várias vezes, mas ela está trancada pelo lado de fora. Estou presa como um rato numa ratoeira. Parece que vou enlouquecer. Grito sem parar e esmurro a porta, até que finalmente me deixam sair. Depois, levo velas para eles. Muitas velas. As luzes retornam e vejo sangue... sangue! *Ach, Gott in Himmel*, o sangue! Não é a primeira vez que o vejo. Mataram o meu irmãozinho na minha frente... Sangue nas ruas, tiros, pessoas caindo...

– Está bem. Obrigado – disse o inspetor Craddock.

– E agora pode me algemar e levar para a delegacia!

– Hoje não.

III

Quando Craddock e Fletcher estavam prestes a sair do corredor pela porta da frente, ela foi aberta de supetão e um jovem alto, bonito, quase os atropelou.

– Senhores?

– Sr. Patrick Simmons?

– Isso mesmo, inspetor. O senhor é o inspetor de polícia, não? E o senhor? – disse ele, olhando para Fletcher – Sargento?

– Exatamente, sr. Simmons. Gostaria de trocar uma palavra com você.

– Sou inocente, inspetor. Juro que sou inocente.

– Nesse caso, sr. Simmons, não se faça de bobo. Tenho de interrogar muitas pessoas e não posso perder tempo. Que sala é essa? Podemos conversar por aqui?

– É o que chamam de sala de estudos, mas ninguém estuda aqui.

– Pois me disseram que a essa hora o senhor estaria estudando.

– Não conseguia me concentrar na aula de matemática e resolvi voltar para casa.

Como se estivessem em uma delegacia, o sr. Craddock pediu a ele nome completo, idade e detalhes sobre o serviço militar prestado durante a guerra.

– E agora, sr. Simmons, será que poderia me descrever com suas palavras o que aconteceu na noite de ontem?

– Uma festa de arromba, inspetor. Quer dizer, Mitzi fez pasteizinhos deliciosos como só ela sabe fazer. Tia Letty abriu uma nova garrafa de sherry...

Craddock interrompeu-o.

– Uma nova garrafa? Existia uma velha?

– Sim. Ainda estava pela metade, mas tia Letty preferiu abrir a outra.

– Ela estava nervosa?

– Não, não. Ela é muito sensata. Quem ficou nervosa foi a velha Bunny. Passou o dia prevendo uma hecatombe.

– A srta. Bunner preocupou-se de verdade, não é mesmo?

– Sim. Ela deu vazão a toda a sua imaginação.

– Quer dizer que ela levou o anúncio a sério?

– Ficou apavorada.

– Logo que ela leu o anúncio, a srta. Blacklock imaginou que pudesse ser alguma brincadeira sua, correto?

– Ah, lógico! Eu sou sempre o culpado por tudo o que acontece aqui...

– E você não teve nada a ver com isso, teve, sr. Simmons?

– Eu? Nunca!

– Você já tinha visto Rudi Scherz ou conversado com ele?

– Nunca o vi mais gordo.

– Mas esse é o tipo de brincadeira que o senhor gosta de fazer?

– Quem lhe disse isso? Só porque eu uma vez escondi as pantufas de Bunny e mandei a Mitzi um postal dizendo que a Gestapo estava na cola dela...

– Está bem... – interrompeu o inspetor Craddock, com um suspiro. – Agora descreva-me o que aconteceu na noite passada.

– Eu estava indo até a outra parte da sala pegar uns drinques quando... *alakazam*! As luzes se apagaram. Virei-me de volta, e um homem parado na soleira da porta gritava a todos "Mãos ao alto". As pessoas arfavam e soltavam gritinhos... Quando me decidi a dar-lhe uma lição, ele começou a atirar com um revólver e em seguida caiu estatelado. A lanterna que ele segurava na mão se apagou, e voltamos a ficar no escuro. Aí quem começou a dar ordens, como se falasse aos recrutas, foi o coronel Easterbrook. Pedia que alguém acendesse uma luz. Mas meu isqueiro não queria funcionar, como costuma acontecer com essas geringonças quando mais precisamos delas.

– Você acha que o intruso mirou de propósito na srta. Blacklock?

– Como é que vou saber? Acho que ele descarregou o revólver pelo prazer de dar uns tiros... Mas talvez aí tenha visto que fora longe demais...

– E se matou?

– Pode ser. Pela cara dele, devia ser um desses ladrões de araque que perdem o controle a troco de nada.

– E você tem certeza de que nunca o tinha visto?

– Nunca.

– Obrigado, sr. Simmons. Tenho de interrogar as outras pessoas que estiveram aqui na noite passada. Que ordem o senhor sugere que eu siga?

– Bem, o senhor pode começar por Phillipa... digo, pela sra. Haymes... Ela trabalha em Dayas Hall. Os portões são quase em frente ao nosso. Depois, os que moram mais perto são os Swettenhams. Qualquer um pode lhe dizer onde fica.

Capítulo 7
Entre os presentes

I

Era visível o quanto Dayas Hall tinha sido prejudicada com a guerra. O mato tomava conta do que outrora fora evidentemente um canteiro de aspargos, do qual haviam sobrado apenas alguns tufos de folhagem. Tasneiras, campainhas e outras ervas daninhas tomavam conta de todo o jardim.

Uma parte da horta, entretanto, dava sinais de estar sendo finalmente disciplinada, e ali Craddock encontrou um homem com um ar preocupado, que refletia apoiado sobre uma pá.

– É com a sra. Haymes que o senhor quer falar? Não sei onde poderá encontrá-la. Ela só faz o que quer. Não escuta o que lhe dizem. Eu explicaria tudo para ela, com prazer, mas de que adianta? Essas jovens não prestam atenção em nada. Acham que já sabem tudo só porque vestiram uns calções e foram dar uma volta de trator. Mas o que precisamos aqui é de alguém que cuide do jardim. E isso não se aprende num único dia. É de jardinagem que estamos precisando.

– É o que está parecendo mesmo... – disse Craddock.

O velho tomou o comentário como uma indireta.

– Olhe aqui, moço... O que o senhor acha que eu posso fazer com um lugar desse tamanho? Três homens e um garoto costumavam cuidar disso aqui. E é disso que esse lugar precisa. Sou um homem capaz de trabalhar como poucos! Às vezes, fico aqui até as oito da noite. Oito da noite!

– E o que o senhor usa para enxergar? Um lampião?

– Não, não. Falo das noites de verão, é claro.

– Ah! Bem, é melhor eu ir procurar a sra. Haymes.

O camponês pareceu se interessar.

– E precisa dela para quê? O senhor é da polícia? Ela se meteu em alguma encrenca ou é por causa do que aconteceu em Little Paddocks? Mascarados armados de revólver invadem uma sala cheia de gente reunida. Desertores é o que eles são. Homens que vagam pelo campo desesperados. Por que a polícia não os prende?

– Eu não sei – disse Craddock. – Suponho que esse assalto tenha dado o que falar, não é mesmo?

– E deu. Onde é que vamos parar? Foi o que disse Ned Barker. Culpa desses filmes que passam no cinema. Mas Tom Riley acha que o problema é deixarem esses gringos todos soltos. E ele diz que, conforme for, aquela moça geniosa que cozinha para a srta. Blacklock deve estar envolvida. Ela é uma comunista ou algo pior, diz ele. E não queremos esse tipo de gente aqui... Marlene, a que trabalha no bar, o senhor sabe? Para ela, a srta. Blacklock guarda em casa alguma coisa valiosa. Não que alguém fosse pensar isso, diz ela. A srta. Blacklock anda por aí sem nenhuma frescura, a não ser pelos colares de pérolas falsas que ela usa. Mas e se forem verdadeiros? Sendo verdadeiros... Mas é absurdo. Nem que a vaca tussa, como diz Florrie, a filha do velho Bellamy. Tudo joia de fantasia. Fantasia! É um jeito engraçado de se chamar um colar de pérolas falsas. Pérolas romanas, diziam uma vez, e diamantes de Paris... A minha mulher era dama de companhia e eu sei tudo sobre essas coisas. E o que querem dizer? Vidro, nada mais! Acho que é fantasia também o que a srta. Simmons usa, folhas de hera e cachorrinhos de ouro... Ouro de verdade hoje em dia é muito raro... Mesmo anéis de casamento são feitos de platina. Acho isso uma vergonha, por mais que seja caro!

O velho Ashe fez uma pausa para respirar e depois continuou:

– Jim Huggins diz que a srta. Blacklock não guarda muito dinheiro em casa. Ele deve saber, já que a mulher dele vai lá, trabalha em Little Paddocks, e muita coisa acontece debaixo do nariz dela.

– E ele lhe disse qual é a opinião da mulher sobre o que aconteceu?

– Mitzi está envolvida, é o que ela acha. Que mulherzinha mais mal-educada, e se acha uma rainha! Chamou a sra. Huggins de serviçal dia desses...

Craddock ficou ali parado por um momento, refletindo e procurando distinguir o que havia de importante nos comentários do velho jardineiro. Era um bom apanhado do que devia ser a opinião geral da população rural de Chipping Cleghorn, mas nada daquilo parecia relevante para a investigação. Ele saiu na direção da casa para ver se encontrava a sra. Haymes, e o velho resmungou:

– Talvez ela esteja no pomar de maçãs. Ela é mais jovem do que eu para apanhá-las.

De fato, Craddock encontrou Phillipa Haymes no pomar de maçãs. A moça pulava agilmente de uma árvore, e o que ele viu primeiro foi um belo par de panturrilhas delineadas pelos culotes. Ao pisar no chão, com o rosto vermelho e o cabelo despenteado pelos galhos, Phillipa lançou a ele um olhar perplexo.

"Daria uma bela Rosalinda", pensou Craddock, automaticamente, ele que era um entusiasta de Shakespeare e já desempenhara o papel do melancólico Jacques de Boys numa encenação de *Como gostais* para o orfanato da polícia.

No minuto seguinte, ele mudou de ideia. Phillipa era tensa demais para desempenhar o papel de Rosalinda. Sua beleza e frieza eram tipicamente inglesas, mas de uma Inglaterra do século XX, e não do século XVI. Uma inglesa fria e bem-educada, sem qualquer traço de malícia.

– Bom dia, sra. Haymes. Peço desculpas por tê-la assustado. Sou o inspetor Craddock, da polícia de Middleshire. Gostaria de trocar algumas palavras com a senhora.

– Sobre a noite passada?

– Sim.

– Vai demorar? O senhor gostaria...

Ela olhava ao redor, um pouco atrapalhada.

Craddock indicou um tronco de árvore caído.

– É uma conversa informal – disse ele para tranquilizá-la. – Não quero interromper o seu trabalho mais do que o necessário.

– Obrigada.

– Gostaria de começar com uma pergunta de rotina: a que horas a senhora saiu do trabalho ontem?

– Mais ou menos às cinco e meia. Eu me atrasei uns vinte minutos regando as plantas da estufa.

– A senhora entrou na casa por qual porta?

– Pela porta lateral. Da estrada, atravesso o cercado dos patos, depois passo pelo galinheiro. Assim, não preciso dar toda a volta, nem sujo a porta da frente. Às vezes, saio daqui imunda.

– A senhora sempre faz esse caminho?

– Sim.

– A porta não estava trancada?

– Não. Durante o verão geralmente fica aberta. Nessa época do ano, fica fechada, mas não trancada. Todos nós costumamos utilizá-la. Eu a tranquei ao entrar.

– A senhora sempre faz isso?

– Nas últimas semanas, sim. Agora começa a escurecer às seis. A srta. Blacklock sai à noite para guardar os patos e fechar o galinheiro, mas normalmente pela porta da cozinha.

– E a senhora tem certeza de que trancou a porta desta vez?

– Certeza absoluta.

– Certo, sra. Haymes. E o que a senhora fez quando entrou em casa?

– Tirei meus sapatos sujos de lama e subi para o quarto a fim de tomar um banho e trocar de roupa. Depois, desci e descobri que estavam dando algum tipo de festa. Até então eu não sabia nada sobre aquele anúncio estranho.

– Agora, por favor, descreva-me o que aconteceu durante o assalto.

– De repente, as luzes se apagaram.

– Onde a senhora estava?

– Ao lado do consolo da lareira. Eu estava procurando o meu isqueiro, que pensei ter deixado ali. As luzes se apagaram e todos começaram a rir, nervosos. A porta então se abriu, e esse homem começou a focar a lanterna em nós. Ele exibiu o revólver e nos mandou levantar as mãos.

– A senhora obedeceu?

– Bem, na verdade, não obedeci. Achei que se tratasse de alguma brincadeira. Estava cansada e não achei que precisasse levantá-las.

– Na verdade, a senhora estava ficando irritada com tudo aquilo?

– Sim. E então o homem atirou. Os tiros eram ensurdecedores, e fiquei realmente com medo. O facho de luz girou pela sala, a lanterna caiu no chão e se apagou. Mitzi começou a gritar, como um porco que estivessem matando.

– O facho de luz da lanterna era muito ofuscante?

– Nem tanto. Mas era forte. Ele focou na srta. Bunner por um instante, e ela parecia uma assombração. Toda branca, com os olhos muito arregalados e a boca aberta.

– O homem movimentou bastante a lanterna?

– Ah, sim. Por toda a sala.

– Como se ele procurasse alguém?

– Eu não diria isso.

– E depois, sra. Haymes?

Phillipa Haymes franziu o cenho.

– Ah! Foi uma grande confusão. Ninguém sabia o que fazer. Edmund Swettenham e Patrick Simmons acenderam os isqueiros e foram até o corredor. Nós os seguimos. Alguém abriu a porta da sala de jantar, onde as luzes não haviam se apagado. Edmund Swettenham deu uma bofetada no rosto de Mitzi, que parou de gritar na mesma hora. Depois, a situação se acalmou.

– A senhora viu o corpo do morto?

– Sim.

– Era alguém conhecido? Já o tinha visto?

– Nunca.

– A senhora pensa que a morte dele foi acidental ou premeditada?

– Não faço a menor ideia.

– A senhora não o viu da outra vez em que ele esteve na casa?

– Não. Acho que foi no meio da manhã e eu devia estar trabalhando. Fico fora o dia todo.

– Obrigado, sra. Haymes. Só mais uma pergunta: a senhora guarda alguma joia de valor em casa? Anéis, braceletes, alguma coisa desse tipo?

Phillipa sacudiu a cabeça negativamente.

– Só a minha aliança e alguns broches.

– E a senhora sabe se havia algo de valor na casa?

– Não. Bem... Alguns utensílios de prata muito bonitos, mas nada fora do comum.

– Obrigado, sra. Haymes.

II

Ao retornar pela horta, Craddock passou por uma mulher de rosto redondo e bochechas vermelhas, vestida num corpete apertado.

– Boa noite – disse ela em tom ríspido. – O senhor procura alguma coisa?

– Sra. Lucas? Sou o inspetor Craddock.

– Ah! Me desculpe, não sabia. Não gosto de ver estranhos passeando pelo meu jardim e distraindo os empregados. Mas agora entendo que o senhor cumpria o seu dever.

– Exatamente.

– E o senhor acha que essa barbaridade da noite passada vai se repetir? É uma quadrilha?

– Posso lhe assegurar, sra. Lucas, que nenhuma quadrilha está envolvida no que aconteceu ontem.

– Há tantos assaltos hoje em dia. A polícia está relaxando.

Craddock não respondeu.

– O senhor estava interrogando Phillipa?

– Eu precisava do depoimento dela como testemunha.

– E o senhor não podia esperar até a uma hora? O mais justo seria interrogá-la no intervalo dela, e não quando ela devia estar trabalhando para mim.

– Preciso voltar à delegacia.

– Hoje em dia, ninguém tem mesmo consideração. Já trabalham pouco. Depois, chegam atrasados e ficam meia hora conversando. Saem para o almoço às dez da manhã. Quando chove, não fazem nada. Não cortam a grama porque o cortador não funciona direito. E saem cinco ou dez minutos antes da hora.

– Mas a sra. Haymes acaba de me dizer que ontem saiu daqui às 17h20, e não às 17 horas.

– Ah, e deve ter sido mesmo. A sra. Haymes sabe trabalhar com afinco, embora haja dias em que eu venha aqui e não consiga encontrá-la onde quer que seja. É claro que ela vem de uma outra condição, e acho que é nosso dever ajudar essas coitadas que a guerra tornou viúvas tão cedo. Mas não deixa de ser inconveniente. Ficou acertado que, durante o período de férias, ela teria mais tempo de folga. Mas eu disse a ela que hoje em dia há excelentes campos de férias, onde as crianças podem passar uma temporada agradável e se divertir muito mais do que se estivessem com os pais. Não há nenhuma necessidade de que venham para casa nas férias de verão.

– Mas a sra. Haymes não gostou muito da ideia?

– Essa moça é teimosa como uma mula. E bem na época em que eu quero o gramado da quadra de tênis aparado e marcado praticamente todos os dias. O velho Ashe é incapaz de fazer o traçado direito. Mas as minhas vontades ninguém leva em consideração!

– Imagino que o salário da sra. Haymes seja um pouco mais baixo do que o usual...

– Mas é claro. Ela esperava o quê?

– Nada, tenho certeza – disse Craddock. – Tenha um bom dia, sra. Lucas.

III

– Foi um horror! – disse a sra. Swettenham, em tom de deleite. – Realmente um horror. O que eu digo é que o pessoal da *Gazette* deve ter mais cuidado com os anúncios que publicam. Quando li aquilo, achei muito estranho. Não é verdade, Edmund?

– A senhora se lembra do que estava fazendo quando as luzes se apagaram? – perguntou o inspetor.

– Ah, isso é tão parecido com uma brincadeira do meu tempo de criança! *Quando as luzes se apagaram, Moisés onde é que estava?* A resposta, obviamente, é *no escuro.* Foi assim na noite de ontem. Todos reunidos na sala, imaginando o que aconteceria. E então, o senhor sabe... a emoção de ficar totalmente no escuro. A porta se abrindo... um vulto parado na soleira, segurando um revólver e apontando aquela luz intensa bem nos nossos olhos. O homem dizia em tom ameaçador: "O dinheiro ou a vida!". Nunca me diverti tanto. E, no minuto seguinte, tudo se transformou. Um espetáculo realmente grotesco. Quero dizer, balas reais, assobiando rente aos nossos ouvidos, como se fôssemos soldados em plena guerra!

– Onde a senhora estava nesse momento?

– Deixe me ver... onde é que eu estava? Com quem eu estava falando, Edmund?

– Não faço a menor ideia, mãe.

– Acho que era com a srta. Hinchcliffe. Eu queria saber se ela já tinha dado óleo de bacalhau para as galinhas no inverno. Ou será que era a sra. Harmon? Não, não. A sra. Harmon tinha recém chegado. Acho que eu comentava com o coronel Easterbrook o perigo de construírem uma usina atômica na Inglaterra, por causa do vazamento de radioatividade. Só se fosse numa ilha isolada e distante.

– A senhora estava sentada ou de pé?

– Que importância tem isso, inspetor? Eu estava em algum lugar perto da janela, ou talvez da lareira, porque quando o relógio começou a tocar era como se estivesse ao meu lado. Um momento de tirar o fôlego! Não sabíamos o que aconteceria.

– A senhora se referiu à luz da lanterna como intensa. Ela estava focada na senhora?

– Bem nos meus olhos! Eu não enxergava nada.

– O homem manteve o facho parado ou moveu-o, indo de uma pessoa para outra?

– Ah, não sei muito bem. Você lembra, Edmund?

– Ele moveu o facho devagar sobre nós, acho que para ver o que estávamos fazendo. Caso alguém tentasse reagir.

– E onde o senhor estava?

– Eu conversava com Julia Simmons. Estávamos de pé bem no meio da sala.

– Havia alguém na peça menor do outro lado?

– Acho que Phillipa Haymes. Ela estava perto daquela outra lareira, procurando alguma coisa.

– E o terceiro tiro? O senhor imagina que ele tenha sido disparado de propósito ou acidentalmente? – perguntou Craddock.

– Não faço a menor ideia.

– O homem de repente girou nos calcanhares, se contorceu e caiu. Mas não dava para ver direito, o senhor entende? Depois disso, parecia que aquela refugiada ia pôr a casa abaixo de tanto gritar.

– Foi o senhor quem abriu a porta da sala de jantar e deixou que ela saísse, não?

– Sim.

– A porta estava trancada pelo lado de fora?

Edmund lançou a ele um olhar surpreso.

– Certamente. Mas por que a pergunta? Por acaso o senhor...

– Preciso checar todas as informações. Obrigado, sr. Swettenham.

IV

O inspetor Craddock foi obrigado a permanecer um bom tempo com o coronel e a sra. Easterbrook. Ele teve de ouvir uma longa preleção sobre os aspectos psicológicos do crime.

– A abordagem psicológica é o que existe de mais avançado hoje em dia – disse o coronel. – É preciso compreender o criminoso. Contudo, para alguém que tenha uma larga experiência como a minha, esse caso é muito claro. Por que o sujeito colocou aquele anúncio? Porque ele queria aparecer, chamar a atenção. Por ser estrangeiro, ele vinha sendo ignorado, talvez até mesmo desprezado pelos colegas no Spa Hotel. Foi rejeitado por alguma moça, quem sabe, e agora queria conquistá-la a todo o custo. Quem são os ídolos de hoje? O gângster que vemos nas telas de cinema, o cara durão. Muito bem, ele seria o cara durão, encenando um assalto à mão armada. Ele tem uma máscara, um revólver, só está faltando o público. Ele precisa de um público e vai dar um jeito de consegui-lo. E então, no momento crucial, a fantasia torna-se mais forte do que a realidade. Ele já não é apenas um assaltante, mas também um assassino, e sai dando tiros a esmo.

O inspetor Craddock valeu-se da deixa:

– O senhor diz “a esmo”, coronel Easterbrook... Mas então o senhor não acredita que ele tivesse um alvo determinado? A srta. Blacklock?

– Não, não. Ele descarregou a arma ao acaso. Foi só aí que ele se deu conta do que estava fazendo. A bala atingiu uma pessoa, de raspão, é verdade, mas isso ele não tinha como saber. E quando viu foi um choque. Pela primeira vez, ele percebeu que a brincadeira teria consequências reais. Ele havia atirado em alguém, matado alguém, quem sabe... Não há mais escapatória e, tomado de pânico, ele volta o revólver para si mesmo.

O coronel Easterbrook fez uma pausa para limpar a garganta, depois disse, numa voz satisfeita:

– Mais claro do que água de poço. Mais claro do que água de poço!

– Archie! É maravilhoso como você consegue explicar tudo tão bem – exclamou a sra. Easterbrook, em tom emocionado.

O inspetor Craddock também considerou a explicação maravilhosa, mas não ficou tão emocionado nem convencido.

– No momento em que começaram os tiros, coronel, onde o senhor estava?

– Ao lado da minha esposa, perto da mesa de centro, onde havia umas flores.

– Eu me agarrei no seu braço, não foi, Archie? Quando tudo começou? Fiquei apavorada. Ainda bem que você estava do meu lado.

– Pobre da minha gatinha... – disse o coronel, bem-humorado.

V

Foi no chiqueiro que o inspetor conseguiu encontrar a srta. Hinchcliffe.

– Os porcos são ótimas criaturas – disse ela, esfregando o dorso pelancudo de um porco rosado. – Este está crescendo muito bem, o senhor não acha? Vai nos dar um bom bacon para a época do Natal. Bem... e o que o senhor quer comigo? Já disse ao seu pessoal ontem à noite que não faço a menor ideia de quem seja aquele homem. Não o vi xeretando pela vizinhança, nada do tipo. A sra. Mopp, nossa empregada, diz que ele veio de um desses hotéis finos de Medenham Wells. E por que não cometeu o assalto lá mesmo? Teria sido bem mais rentável.

Não havia dúvida de que sim. Craddock deu início ao interrogatório.

– Onde a senhorita estava quando o incidente ocorreu?

– Incidente? O senhor quer dizer *o tiroteio...*

– Sim.

– Encostada no consolo da lareira, rezando a Deus para que alguém me oferecesse um drinque – respondeu a srta. Hinchcliffe, sem nenhuma cerimônia.

– A senhorita acha que os tiros foram disparados ao acaso ou visavam alguém em particular?

– A srta. Blacklock? Como é que eu vou saber? Agora que tudo acabou é difícil lembrar o que aconteceu e até mesmo o que senti no momento. Sei apenas que as luzes se apagaram, um facho de luz circulou pela sala, cegando-nos a todos, e começaram a dar tiros. Pensei comigo mesma: "Se aquele imbecil do Patrick Simmons resolveu usar um revólver de verdade para dar mais graça à sua maldita brincadeira, é bem capaz de alguém sair ferido".

– A senhorita pensou que Patrick Simmons estava por trás daquilo?

– Bem, era o mais provável. Edmund Swettenham é um intelectual que escreve livros e não gosta de barulho. O velho coronel Easterbrook teria achado a brincadeira de extremo mau gosto. Mas Patrick é um jovem de miolo mole. De qualquer forma, tenho de pedir desculpas por pensar mal dele.

– A sua amiga também desconfiou do rapaz?

– Murgatroyd? É melhor o senhor perguntar isso a ela. Não que a resposta vá fazer muito sentido, em todo caso. Ela está no pomar. Posso chamá-la, se o senhor quiser.

A srta. Hinchcliffe levantou a voz estentórea num brado poderoso:

– *Mur-ga-troyd!*

– Estou indo... – ouviu-se um grito fininho, que vinha de longe.

– Rápido. É a polícia – bradou novamente a srta. Hinchcliffe.

A srta. Murgatroyd chegou correndo e sem fôlego. A bainha da saia se desfazia, e o cabelo escapava da redinha mal-amarrada. No rosto, redondo e generoso, ela trazia estampado um sorriso que ia de uma orelha à outra.

– É da Scotland Yard? – disse ela, ofegante. – Eu não sabia que viriam. Se soubesse, não teria saído de casa.

– Ainda não contatamos a Scotland Yard, srta. Murgatroyd. Sou o inspetor Craddock, de Milchester.

– Ah, mas então meus parabéns! – respondeu a srta. Murgatroyd, um tanto confusa. – O senhor descobriu alguma pista?

– Onde você estava no momento do crime, Murgatroyd? É isso que ele quer saber – interveio a srta. Hinchcliffe, dando uma piscadinha para Craddock.

– Oh, minha querida... – disse a srta. Murgatroyd, engasgando-se. – É claro. Eu tinha de estar preparada. Um álibi, é isso! Deixe-me ver... Ora, eu estava onde todo mundo estava!

– Comigo você não estava – disse a srta. Hinchcliffe.

– Oh, Hinchcliffe, querida... Não estava? Não, é claro que não. Eu admirava os crisântemos. Feios de dar dó. E então tudo começou... Mas eu não sabia que tinha começado... Quer dizer, não sabia o que estava começando. Nunca me passou pela cabeça que o revólver pudesse ser de verdade... E foi tão esquisito tudo aquilo no escuro, e os gritos pavorosos. Eu entendi tudo errado! Achei que ela era a vítima! A refugiada, o senhor entende? Achei que fôssemos encontrá-la degolada no corredor. Não sabia que era ele. E que ele era um homem. Eu só me lembro da voz... "levantem as mãos, por favor".

– "Mãos ao alto!" foi o que ele disse – corrigiu a srta. Hinchcliffe. – E não houve nenhum "por favor".

– Tenho tanta vergonha de pensar que até o momento em que aquela jovem começou a gritar eu estava me divertindo. Só não gostei de ficar no escuro, e alguém pisou no meu calo. Que agonia, meu Deus! Há mais alguma coisa que o senhor queira saber, inspetor?

– Não – disse o inspetor Craddock, olhando desconfiado para a srta. Murgatroyd. – Acho que realmente não há mais nada.

A amiga dela deu uma risada áspera.

– O inspetor prefere você calada, Murgatroyd.

– Mas estou disposta, Hinch, a falar o máximo que puder.

– Isso não é o que ele quer – insistiu a srta. Hinchcliffe.

Depois, ela olhou para o inspetor e acrescentou:

– Se o senhor está levando em conta a nossa geografia, a sua próxima parada deve ser no vicariato. É possível que lhe digam algo de mais relevante por lá. A sra. Harmon vive no mundo da lua, mas às vezes chega a conclusões que me surpreendem. É menos desmiolada do que parece.

Enquanto olhavam o inspetor e o sargento Fletcher se afastarem, Amy Murgatroyd disse, ainda ofegante:

– Oh, Hinch... eu disse alguma besteira? É que fico tão nervosa!

– De forma alguma – respondeu a srta. Hinchcliffe com um sorrisinho. – No geral, acho que você se saiu muito bem.

VI

O inspetor Craddock passou os olhos pela sala. Espaçosa e trazendo nos móveis gastos a marca do tempo, e lembrava-lhe sua própria casa em Cumberland. Cortinas de chintz desbotadas, velhas cadeiras de espaldar alto, um que outro vaso de flor e um livro dispersos, um cachorro dormindo na cestinha. A própria sra. Harmon, com seu ar distraído, sua aparência desarrumada e os olhos vivos e alertas, tinha algo de familiar.

Porém, assim que o viu, ela declarou com franqueza:

– Vai ser difícil poder ajudá-lo. Estava de olhos fechados, por causa da luz daquela lanterna. E, quando ouvi os tiros, apertei-os ainda com mais força. Como eu queria que tudo tivesse decorrido em silêncio. Tenho pavor de tiros.

– A senhora então não viu nada? Mas ouviu? – disse o inspetor, sorrindo.

– Ah, isso sim, com certeza. Uma barulheira infernal. Portas se abrindo e fechando, as pessoas arfando e dizendo bobagens, Mitzi berrando como uma locomotiva, Bunny guinchando como um coelho assustado. As pessoas se empurravam e caíam umas por cima das outras. Só voltei a abrir os olhos quando me pareceu que não dariam mais tiros. Estavam todos no corredor, andando com velas. Em seguida, as luzes voltaram e tudo ficou como antes... Não digo exatamente como antes, mas podíamos nos reconhecer. Não estávamos mais perdidos no escuro. No escuro, é como se as pessoas fossem outras, não é verdade?

– Acho que entendo o que a senhora quer dizer.

A sra. Harmon sorriu.

– E lá estava ele... – continuou ela. – Um estrangeiro com cara de fuinha. Olhos surpresos num rosto rosado. Morto, caído no chão, e tendo ao seu lado o revólver. Aquilo parecia tão... ah! Tão absurdo...

Para o inspetor, também não fazia muito sentido.

A história toda o deixava preocupado.

Capítulo 8

Miss Marple entra em cena

I

Craddock entregou a Rydesdale a transcrição datilografada dos vários depoimentos que tomara. O chefe acabara de ler um telegrama enviado pela polícia da Suíça.

– Como era de se esperar, o sr. Scherz já tinha outros antecedentes – disse Rydesdale.

– Entendo, senhor.

– Roubo de joias, falsificação de documentos... cheques. Um sujeito realmente desonesto.

– Envolvido em pequenos delitos.

– Exatamente. E dos pequenos se vai aos grandes.

– Acho que sim, senhor.

O chefe de polícia levantou a cabeça e olhou nos olhos do inspetor.

– Preocupado, Craddock?

– Sim, senhor.

– Por quê? O caso é muito simples. Ou não? Deixe-me ver o que têm a dizer todas essas pessoas que você interrogou.

Ele apanhou o relatório e o leu rapidamente.

– O mesmo de sempre. Várias inconsistências e contradições. Mas são relatos de momentos de tensão, que as testemunhas sempre vivenciam de forma diferente. O que importa é que os relatos concordem no ponto principal.

– Eu sei. A questão é que aquilo em que eles concordam não é convincente. O que quero dizer é que a visão geral que temos do caso pode estar errada.

– Bem, vejamos os fatos. Rudi Scherz pega o ônibus das 17h20 de Medenham a Chipping Cleghorn, onde chega quarenta minutos depois. A evidência vem do depoimento do motorista e de dois passageiros. Da parada de ônibus, ele caminha na direção de Little Paddocks e entra na casa sem dificuldade, provavelmente pela porta da frente. Usando um revólver, ele ameaça as pessoas que ali estão. Dispara duas vezes e, numa delas, fere de raspão a srta. Blacklock. Depois disso, ele se mata com um terceiro disparo, não sabemos se acidentalmente ou de propósito. Não sabemos por que ele agiu dessa maneira, admito. Mas aquilo que nos compete não é explicar o porquê. O júri e o médico-legista podem determinar se foi suicídio ou acidente. Seja lá qual for o veredito, para nós dá no mesmo. Para nós, o caso está encerrado.

– O senhor quer dizer que sempre podemos nos valer da teoria psicológica do coronel Easterbrook – disse Craddock com tristeza.

Rydesdale sorriu.

– Bem, o coronel é um homem de muita experiência – disse ele. – Estou farto desses jargões psicológicos que as pessoas ficam empregando a torto e a direito, só para se exibir. Mas também não podemos ignorá-los.

– Eu ainda tenho a impressão, senhor, de que estamos com uma teoria errada sobre o caso.

– Você tem algum motivo para acreditar que alguém em Chipping Cleghorn mentiu?

Craddock hesitou por um momento.

– Acho que a moça estrangeira sabe mais do que diz. Mas isso pode ser apenas um preconceito meu.

– Você acha que ela era cúmplice dele? Que foi ela quem deu a ele a ideia do assalto? Levou-o até Little Paddocks?

– Mais ou menos. Acho que ela seria bem capaz de algo assim. Mas, nesse caso, teria de haver alguma coisa de valor na casa, dinheiro ou joias, e parece que não há nada. A srta. Blacklock foi categórica nesse sentido. E também os outros. Só se houvesse algo e ninguém soubesse a respeito.

– O que daria uma trama excelente para um romance policial!

– Ah, senhor, concordo que a ideia é ridícula, porém a única outra pista que tenho seria a certeza da srta. Bunner de que Scherz tinha a intenção deliberada de matar a srta. Blacklock.

– Bem... pelo que você mesmo diz, e pelo que ela disse, não podemos levar a sério essa srta. Bunner...

– Concordo plenamente, senhor – disse Craddock, adiantando-se. – Ela é uma testemunha sem qualquer credibilidade. Altamente sugestionável. Qualquer um poderia colocar o que quisesse na cabeça dela. Mas o interessante é que essa é uma teoria que ela mesma inventou. Ninguém lhe sugeriu isso. Pelo contrário, é uma ideia que só ela defende, uma intuição genuína, que a deixa nadando contra a maré.

– E por que Rudi Scherz desejaria matar a srta. Blacklock?

– Aí é que está. Eu não sei. A srta. Blacklock também não sabe, a menos que ela seja uma excelente mentirosa. Ninguém sabe. Então, provavelmente isso não é verdade.

Ele suspirou.

– Anime-se, Craddock. Vou levá-lo para almoçar comigo e sir Henry. Vamos comer o que há de melhor no Royal Spa Hotel em Medenham Wells.

– Obrigado, senhor.

Craddock parecia surpreso.

– Como pode ver, recebemos uma carta... – o sr. Rydesdale interrompeu-se com a entrada de sir Henry Clithering na sala. – Ah, aí está você, Henry.

Dessa vez, sem maior cerimônia, sir Henry respondeu:

– Bom dia, Dermot.

– Tenho algo para você, Henry – disse o chefe de polícia.

– O que é?

– É a carta de uma simples velhinha, hospedada no Royal Spa Hotel. Uma informação que ela julgou importante sabermos em relação a esse caso de Chipping Cleghorn.

– O que foi que eu lhe disse? – perguntou sir Henry de modo triunfal. – Essas velhinhas estão a par de tudo. Dos seus olhos nada escapa. E, ao contrário do que se costuma a dizer, falam o que pensam. O que esta em particular tem a nos dizer?

Rydesdale consultou a carta.

– Escreve igualzinho à minha avó – disse ele em tom melancólico. – Uma caligrafia cheia de arabescos, como a de uma aranha presa num tinteiro. E tudo sublinhado. Todo um parágrafo em que ela manifesta a preocupação de não estar tomando muito do nosso tempo e o desejo de poder nos prestar uma pequena ajuda etc. Qual é o nome dela? Jane alguma coisa... Murple... Não, Marple! Jane Marple.

– Pelas barbas do profeta! – exclamou sir Henry. – Será possível? É a minha velhinha, a primeira e única, a melhor de todas. Uma supervelhinha que, em vez de ficar descansando em casa, deu um jeito de estar em Medenham Wells no momento exato em que, para sua honra e deleite, nosso homicídio era anunciado!

– Ora, Henry – disse Rydesdale, sardônico –, eu adoraria conhecer essa dama que parece um exemplo de virtude. Minha sugestão é irmos agora mesmo ao Royal Spa Hotel, onde podemos almoçar e depois procurar a velhinha. Craddock ainda parece duvidar das capacidades dela.

– Ah, de forma alguma, senhor – disse o inspetor, constrangido, ao mesmo tempo em que pensava consigo mesmo o quanto o padrinho era às vezes exagerado.

II

Miss Jane Marple era semelhante, mas não idêntica à imagem que Craddock fizera dela. Revelara-se não apenas mais velha, como também mais benévola. Parecia mesmo bem velhinha. Seu cabelo era branco como a neve, a pele rosada e repleta de rugas, os olhos de um azul claro inocente. Eles a encontraram enrolada num casaquinho diáfano de lã branca, enquanto tricotava uma manta de bebê. A impressão era a de que ela se escondia em meio a uma nuvem de algodão.

A presença de sir Henry deixou-a toda atrapalhada e contente, de forma que estava bastante agitada quando foi apresentada ao chefe de polícia e ao inspetor Craddock.

– Realmente, sir Henry, que coincidência... uma feliz coincidência. Faz tanto tempo que não o vejo... É tudo por causa do meu reumatismo. Tenho sofrido muito. É claro que esse hotel está bem além das minhas condições financeiras (é um horror o que costumam cobrar hoje em dia), mas Raymond, meu sobrinho... Raymond West, o senhor deve se lembrar dele...

– Mas é claro que sim. Todo mundo o conhece.

– É verdade. Os livros dele têm feito muito sucesso. E ele se orgulha de escrever sobre temas que são na verdade difíceis. É ele quem está pagando todas as minhas despesas aqui, agora que a esposa também está ficando famosa com os quadros. Um amontoado de flores murchas e pentes quebrados em parapeitos de janelas, veja só! Fico quieta, porque ainda sou uma admiradora de

Blair Leighton e Alma Tadema. Mas estou tagarelando. E o senhor é realmente o chefe de polícia? Eu nem esperava que viesse... Estava tão envergonhada de tomar o seu tempo...

"Completamente gagá", foi o que pensou consigo mesmo o inspetor Craddock.

– Vamos até o gabinete do gerente – disse Rydesdale. – Lá teremos mais privacidade.

Depois de se desvencilhar do novelo de lã e juntar todas as suas agulhas de tricô sobressalentes, Miss Marple, ainda agitada e pedindo desculpas, acompanhou-os até o confortável escritório do sr. Rowlandson.

– Agora estamos prontos para ouvir o que a senhora tem a nos dizer – disse o chefe de polícia.

Para surpresa de todos, Miss Marple foi direto ao ponto, sem nenhuma embromação.

– Um cheque – ela disse. – Ele alterou um cheque.

– Ele?

– O jovem aqui da recepção. Aquele que dizem ter encenado um assalto e depois se matado.

– Ele alterou um cheque?

Miss Marple fez que sim com a cabeça.

– Sim. O cheque está aqui – disse ela, tirando-o da bolsa e colocando-o na mesa. – Chegou esta manhã, junto com outros do banco. Como o senhor pode ver, era um cheque de sete libras que ele alterou para dezessete. Um risco em frente ao numeral e um *dezes* em frente à palavra sete, com o toque artístico de uma pequena gota de tinta borrando toda a palavra. Um trabalho muito bem feito. Eu diria que ele tem certa prática. A tinta é a mesma, porque eu preenchi o cheque no balcão da recepção. Ele deve ter feito isso outras vezes, o senhor não concorda?

– Mas dessa feita aplicou o golpe na pessoa errada – disse sir Henry.

Miss Marple balançou a cabeça afirmativamente.

– Sim. Temo que ele não fosse muito longe como criminoso. Eu era a última pessoa que ele devia ter escolhido. Jovens recém-casadas e cheias de atribulações ou moças apaixonadas, são essas as mulheres que preenchem cheques nas mais diversas quantias sem anotar nos canhotos. Mas uma velha que tem de contar os trocados e cujos hábitos são sempre os mesmos jamais cairia nesse golpe. Acho que nunca nem mesmo escrevi um cheque de dezessete libras. Gasto cerca de vinte, uma soma redonda, com as despesas do mês e alguns livros. E, com despesas extras, geralmente eu gasto sete libras. Costumavam ser cinco, mas os preços subiram tanto...

– E talvez ele tenha lhe lembrado alguém – sugeriu sir Henry com um olhar malicioso.

Miss Marple sorriu e balançou a cabeça afirmativamente.

– O senhor não deixa passar uma, sir Henry. Para falar a verdade, sim. Ele me lembrou Fred Tyler, da peixaria. Sempre riscando um 1 a mais na coluna dos xelins. Com a quantidade de peixe que se come hoje em dia, o dinheiro arrecadado não era pouco, mas a maioria das pessoas nem percebia. Para comprar gravatas novas e levar Jessie Spragge, a atendente da mercearia, ao cinema, dez xelins já eram suficientes. E o que esses jovens querem é justamente isso: impressionar os outros. Bem, na primeira semana em que estive aqui, apareceu um erro na minha conta. Mostrei ao jovem, ele se desculpou e pareceu sinceramente constrangido, mas pensei comigo mesma: "Esse jovem tem olhos de raposa". O que quero dizer é que ele era do tipo que olha diretamente para você, sem nunca desviar os olhos ou piscar.

Sem poder negar a sutileza do raciocínio de Miss Marple, Craddock moveu-se involuntariamente, admirado. "É o olhar de Jim Kelly", pensou consigo mesmo, lembrando-se do notório vigarista que havia prendido algum tempo atrás.

– Rudi Scherz é um jovem sem nenhum caráter – disse Rydesdale. – Já era conhecido da polícia da Suíça.

– Imagino que tenha vindo para cá com documentos forjados – disse Miss Marple. – Talvez a situação dele por lá já estivesse complicada demais.

– Exatamente – disse Rydesdale.

– Ele estava saindo com a garçonetezinha ruiva do restaurante – disse Miss Marple. – Mas felizmente acho que ela não se apaixonou. Ele era apenas um rapaz "diferente", que lhe dava flores e chocolates, coisa que os jovens ingleses não costumam fazer. A moça contou-lhes tudo aquilo que sabe? – perguntou ela, virando-se para Craddock. – Ou por enquanto nem tudo?

– Não sei ao certo – hesitou Craddock.

– Acho que ela está escondendo algo – disse Miss Marple. – Ela anda muito preocupada. Trouxe-me arenque defumado em vez do comum e esqueceu-se da jarra de leite. Ela costumava ser uma garçonete excelente, mas não está trabalhando direito. Talvez saiba de alguma coisa que tem medo de revelar. Mas eu tenho a impressão – acrescentou Miss Marple, e seus inocentes olhos azuis deslizaram pelo belo rosto e o corpo bem proporcionado do inspetor Craddock, num gesto de apreço feminino e legitimamente vitoriano – de que *você*, meu rapaz, vai conseguir persuadi-la a dizer tudo o que sabe.

O inspetor Craddock ficou vermelho, e sir Henry soltou uma risadinha.

– É importante que ela fale – continuou Miss Marple. – Ele pode ter dito a ela quem foi.

Rydesdale arregalou os olhos.

– Quem foi o quê?

– Oh, me desculpe. Quem foi que o persuadiu a dar esse golpe, foi o que eu quis dizer.

– Então a senhora acha que alguém o persuadiu?

Foi a vez de Miss Marple arregalar os olhos.

– Mas é claro... Esse é o caso de um jovem atraente e simpático acostumado a cometer pequenos delitos aqui e ali. Altera cheques de pequeno valor, é capaz de se apossar de uma ou outra joia não muito cara que deixem à vista, embolsa o troco do caixa... Um ladrãozinho insignificante. O dinheiro roubado permite que se vista melhor e leve a garota para passear, nada mais. E então, sem mais nem menos, ele invade uma sala cheia de gente e atira em alguém com um revólver? Rudi Scherz jamais faria algo assim, nem de brincadeira! Não condiz com a personalidade dele, e não faz *nenhum* sentido.

O coração de Craddock acelerou. Aquilo era o que haviam dito Letitia Blacklock e a mulher do vigário. Era o que ele mesmo pensava, e com uma convicção cada vez mais forte. Trava-se de um crime *absurdo*. E agora a velhinha de sir Henry também chegava àquela mesma conclusão, expressa numa clareza cristalina com a sua voz de flauta.

– Talvez a senhora possa nos explicar, Miss Marple – disse ele numa voz inesperadamente agressiva –, o que foi exatamente que aconteceu...

Ela lançou a ele um olhar surpreso.

– Explicar? Mas como? Colocaram um anúncio no jornal, mas ele diz bem pouca coisa. É possível tecer conjecturas, porém nos faltam muitas informações.

– George – disse sir Henry –, seria muita irregularidade permitir que Miss Marple desse uma lida nas anotações feitas por Craddock quando ele interrogou essa gente de Chipping Cleghorn?

– Pode ser um pouco irregular – respondeu Rydesdale –, mas não cheguei aonde cheguei sempre cumprindo o regulamento à risca. Ela pode ler as anotações. Estou curioso para ouvir a sua opinião.

Miss Marple estava toda envergonhada.

– Temo que vocês tenham dado ouvidos às bobagens de sir Henry. Ele sempre exagera. Dá um valor indevido a cada comentário insignificante que já fiz no passado. Para falar com franqueza, não tenho nenhum talento, nenhum mesmo, exceto talvez um certo conhecimento da natureza humana. As pessoas em geral confiam demais umas nas outras e são ingênuas. Eu aprendi, muito infelizmente, a esperar sempre *o pior*. Não é um traço de personalidade agradável, mas se torna justificável às vezes em função das coisas que acontecem.

– Leia isso aqui – disse Rydesdale, entregando a ela as folhas datilografadas. – Não vai lhe tomar muito tempo. Além disso, a senhora deve conhecer esse tipo de gente e pode descobrir alguma coisa que não percebemos. Não nos custa nada ter a opinião de um amador antes de fechar o caso. Não vou esconder da senhora que o próprio inspetor Craddock não está totalmente satisfeito. Ele também acha que o caso é absurdo.

Fez-se silêncio para que Miss Marple pudesse ler as anotações.

Por fim, ela largou as folhas no colo, levantou os olhos e disse com um suspiro:

– É muito interessante. As pessoas pensam e dizem coisas completamente diferentes a respeito do que viram ou do que acham que viram. E, apesar de complexos, os depoimentos são tão triviais que descobrir o que está errado é como encontrar uma agulha num palheiro.

Craddock ficou levemente desapontado. Por um momento ou dois, ele acreditou que sir Henry pudesse estar completamente enganado a respeito daquela curiosa velhinha. Ela pode ter feito alguma descoberta interessante no passado. Pessoas idosas em geral são sagazes. Por exemplo, o próprio inspetor nunca conseguira esconder nada de Emma, a sua tia-avó. É que a velha descobrira que a ponta do nariz dele tremia sempre que ele ia contar uma mentira, conforme ela um dia lhe revelou.

Mas essa famosa Miss Marple, de que tanto falava sir Henry, parecia incapaz de dizer qualquer coisa além de banalidades. Craddock acabou por se irritar e disse em tom rude:

– A verdade é que os fatos são inquestionáveis. Independentemente dos detalhes contraditórios, a história contada por essas pessoas é basicamente a mesma. Elas viram um homem mascarado, de posse de um revólver e de uma lanterna, abrir a porta da sala em que estavam reunidas e ameaçá-las. Pouco importa se acham que ele disse "a bolsa ou a vida" em vez de "mãos ao alto". São frases que as pessoas naturalmente associam a um assalto, e o que importa é que o homem foi *visto* por todos.

– Mas a questão – ponderou gentilmente Miss Marple – é que eles não estavam em condições de ver nada...

Craddock engoliu em seco. Era uma objeção fundamental. A velhinha era realmente esperta. Ele havia tentado intimidá-la com aquele discurso, e ela respondera à altura. Mesmo que isso fosse irrelevante para os fatos, ela compreendera, tanto quanto ele, que não podiam ter *visto* o homem.

– Se eu entendi bem – disse Miss Marple com as bochechas vermelhas e os olhos brilhando –, não havia luz no corredor do lado de fora e tampouco na entrada da casa?

– A senhora está certa – disse Craddock.

– Sendo assim, se o homem ficou parado na soleira da porta, apontando a lanterna para dentro da sala, ninguém poderia ter visto nada exceto o facho de luz, que era de fato intenso. Ou não?

– Sim. Eu testei.

– Então, quando dizem que viram um homem mascarado, estão na verdade reconstruindo os acontecimentos a partir do que viram depois, com as luzes acesas, embora não se deem conta disso. E tudo se encaixa muito bem com a hipótese de que Rudi Scherz tenha sido, como eu penso, *o pato* dessa história. É essa a expressão que usam, não?

Rydesdale arregalou os olhos de tal forma que Miss Marple ficou ainda mais vermelha.

– Talvez o termo não seja bem esse – murmurou ela. – Esses americanismos sempre me confundem, e sei que frequentemente mudam de significado. Eu o tirei das histórias do sr. Dashiell Hammett. De acordo com meu sobrinho Raymond, ele é considerado o expoente máximo do que se chama de "literatura da pesada". Um *pato*, se entendo bem, é alguém escolhido para ser responsabilizado por um crime cometido por outra pessoa. Rudi Scherz parece-me ter sido feito sob medida para esse papel. Um rapaz estúpido, sem dúvida, mas também muito ganancioso. Alguém que seria fácil enganar com falsas promessas.

Rydesdale disse com um sorriso cético:

– A senhora está sugerindo que ele foi persuadido por alguém a invadir uma sala cheia de gente e sair atirando a esmo? Ele teria de ser muito, mas muito ingênuo...

– Penso que lhe disseram que era tudo brincadeira – disse Miss Marple. – Deram-lhe um dinheiro para pôr o anúncio no jornal, para espionar a casa e, na noite em questão, vestir uma máscara e uma capa escura, escancarar a porta brandindo uma lanterna e gritar: "Mãos ao alto!".

– E disparar um revólver?

– Não, não – disse Miss Marple. – Ninguém poderia ter *visto* um revólver, mesmo que ele tivesse um. E eu não acho que ele tinha. Acho que depois de ele gritar "mãos ao alto", alguém se aproximou calmamente por trás dele, no escuro, e deu os tiros por cima do seu ombro. Ele se apavorou. Deu meia-volta e, ao fazer isso, a outra pessoa atirou nele e deixou o revólver cair ao seu lado...

Os três homens olhavam para ela. Sir Henry estava com a voz ligeiramente alterada:

– É uma teoria possível.

– Mas quem seria essa pessoa misteriosa que surge das trevas? – perguntou o inspetor de polícia.

Miss Marple deu uma tossidinha.

– Vocês terão de descobrir com a srta. Blacklock quem tinha interesse em matá-la.

Ponto para Dora Bunner, pensou Craddock. O instinto fora mais forte do que a inteligência.

– A senhora pensa, então, que tudo foi feito com o objetivo de assassinar a srta. Blacklock? – perguntou Rydesdale.

– É o que está parecendo – disse Miss Marple. – Embora essa hipótese encontre uma ou outra dificuldade. Contudo, o que me parece mais importante é que talvez haja uma forma mais rápida de solucionarmos o mistério. Não tenho dúvida de que quem combinou isso tudo com Rudi Scherz tomou muito cuidado para que ele não comentasse nada com ninguém. Se Rudi, mesmo assim, deixou escapar alguma coisa, só pode ter sido para essa moça, Myrna Harris. É possível que ela saiba de algo que nos leve ao mentor desse crime.

– Vou falar com ela agora mesmo – disse Craddock, levantando-se.

Miss Marple balançou a cabeça afirmativamente, em sinal de aprovação.

– Sim, faça isso, inspetor Craddock. Ficarei mais tranquila. Depois que ela contar o que sabe, estará mais segura.

– Segura?... Ah, sim! Entendo.

Ele deixou a sala. O chefe de polícia demonstrava certo ceticismo no tom de voz polido:

– Bem, Miss Marple, a senhora certamente nos deu o que pensar...

III

– Estou arrependida, estou arrependida mesmo – disse Myrna Harris. – E fico agradecida pelo fato de o senhor não ficar muito aborrecido e irritado comigo. Agi assim por causa da minha mãe, que é muito nervosa. Imaginei que vocês pensariam que eu tivesse... como se diz? Instigado o crime! – desabafou ela, com certa afetação. – Eu temia que jamais acreditassem em mim se dissesse que tinha tomado a coisa toda por uma brincadeira.

O inspetor Craddock repetiu a frase tranquilizadora com a qual havia conseguido quebrar a resistência de Myrna.

– Vou contar ao senhor tudo aquilo que sei. Mas o senhor tem de me prometer que vai fazer o possível para que meu nome não seja envolvido na história. Minha mãe é muito nervosa. Tudo começou quando Rudi me deu o bolo. Havíamos combinado de ir ao cinema, e Rudi veio me dizer que não poderia mais me levar. Fiquei aborrecida, porque a ideia de ir ao cinema tinha sido dele e não gostei de ser feita de boba por um estrangeiro. Ele alegou que a culpa não era dele, eu disse que talvez não fosse mesmo, e ele então confessou que tinha um trabalho a fazer. Um trabalho que lhe renderia um dinheiro extra, com o qual me compraria um relógio... Quis saber que trabalho era aquele, e ele me pediu primeiro para guardar segredo, depois contou que haveria uma festa não sei onde e que ele ia se vestir de bandido e fingir que assaltava as pessoas. Então ele me mostrou o anúncio que havia posto no jornal e fui obrigada a dar uma gargalhada. No fundo, ele achava aquela brincadeira uma coisa idiota e infantil, algo em que só os ingleses mesmo poderiam achar graça, porque no fundo éramos todos crianças. É claro que me ofendi e perguntei o que ele queria dizer com aquilo. Tivemos uma discussão, mas acabamos nos entendendo. Só espero que o senhor acredite em mim, pelo amor de Deus! Fiquei totalmente surpresa e sem saber o que fazer quando li nos jornais que não era brincadeira nenhuma, que Rudi havia matado alguém e depois se dado um tiro. Pensei que, se eu dissesse que sabia da história, me acusariam de estar envolvida. Porém, quando ele me contou, parecia mesmo uma brincadeira. Eu nunca imaginei outra coisa. Nunca pensei que ele tivesse um revólver, ele nem falou disso.

Craddock tratou de acalmá-la novamente antes de fazer a pergunta decisiva:

– E ele contou quem tinha planejado a história toda?

Mas o inspetor não obteve resposta.

– Ele não disse. Acho que foi tudo invenção da cabeça dele.

– Não mencionou nenhum nome? Não disse *ele* ou *ela*?

– A única coisa que ele disse é que seria engraçadíssimo. "Quero só ver a cara deles", foi o que ele falou.

E, quando viu, não teve tempo de rir, pensou Craddock.

IV

– É apenas uma teoria – disse Rydesdale, quando dirigiam de volta para Medenham. – E, sem evidências para comprová-la, não passa de fumaça.

– Mas onde há fumaça há fogo, senhor.

– É uma teoria muito improvável. Alguém que misteriosamente aparece no escuro, por trás do nosso amigo suíço. De onde teria vindo? E quem seria essa pessoa?

– Poderia ter entrado pela porta lateral – disse Craddock –, exatamente como fez Scherz. Ou – acrescentou ele, calmamente – poderia ter vindo da cozinha...

– *Ela* poderia ter vindo da cozinha, você quer dizer?

– Sim, senhor. É uma possibilidade. Não gostei do comportamento dessa moça. Ela me parece realmente asquerosa. Pode muito bem ter encenado o ataque histérico e os gritos. Pode ter persuadido o jovem, depois o deixado entrar no momento certo, enquanto ia buscar a arma. Em seguida ela volta, atira nele, vai até a sala de jantar, pega o pedaço de camurça e a espátula de prata e começa a gritar feito louca.

– Mas você está se esquecendo de um detalhe. Aquele rapaz... como é mesmo o nome dele? Edmund Swettenham... disse que a porta estava trancada com a chave do lado de fora. Foi ele quem abriu a porta para ela. Há alguma outra porta que leve até a sala de jantar?

– Sim. A porta que fica sob a escada. Ela dá para a cozinha e a saída dos fundos. O problema é que parece que a maçaneta caiu três semanas atrás e ainda não foi consertada. Por causa disso, a porta não pode ser aberta. E estou inclinado a dizer que essa história é verdadeira. Encontrei o eixo e os pegadores numa prateleira do corredor, cobertos por uma boa camada de pó. Mas é claro que uma pessoa experiente poderia abrir a porta do mesmo jeito.

– Temos de investigar o histórico dessa moça. Ver se os documentos dela estão em ordem. Mas ainda assim a teoria me parece muito especulativa.

O chefe de polícia lançou um olhar desconfiado ao seu subordinado. Craddock respondeu baixando a cabeça:

– Eu sei, senhor. E, é claro, podemos dar o caso por encerrado. Se me permitir, eu poderia continuar a investigação por conta própria durante algum tempo.

Para sua surpresa, o chefe de polícia disse em tom de aprovação:

– Muito bem, meu rapaz.

– A arma do crime também pode nos fazer avançar. Se essa teoria está correta, o revólver não era de Scherz. Ninguém até agora soube nos dizer se ele tinha uma arma.

– Ela é de fabricação alemã.

– Eu sei, senhor. Mas a Inglaterra está cheia de armas fabricadas em outros países da Europa. Americanos e nossos próprios soldados trouxeram-nas para cá. O fato de a arma ser alemã não significa nada.

– É verdade. Alguma outra linha de investigação?

– O crime precisa ter um motivo. Se essa teoria vale alguma coisa, ela indica em primeiro lugar que o que ocorreu na sexta-feira passada não foi nem uma brincadeira nem um mero assalto, mas uma tentativa bem planejada de assassinato. *Alguém tentou matar a srta. Blacklock.* Mas *por quê*? Parece-me que, se alguém sabe a resposta a tal questão, esse alguém é a srta. Blacklock.

– Mas, pelo que entendi, ela foi a primeira a jogar água fria nessa ideia.

– Ela jogou água fria na ideia de que Rudi Scherz queria matá-la. E, nesse sentido, ela estava correta. E tem mais um detalhe, senhor...

– O quê?

– É bem possível que tentem de novo.

– Bem, isso sem dúvida provaria a verdade da teoria – disse o chefe de polícia, irritado. – Falando nisso, gostaria que você tomasse conta de Miss Marple.

– Miss Marple? Por quê?

– Acho que está se mudando para a casa do vigário em Chipping Cleghorn, de onde deve retornar a Medenham Wells só duas vezes por semana para fazer os seus tratamentos contra o reumatismo. Parece que a mulher do vigário é filha de um velho amigo de Miss Marple. Os instintos dessa velha matreira são mesmo afiados. Imagino que a vida dela não seja muito movimentada e que sair por aí atrás de assassinos seja a forma que ela encontrou de se divertir.

– Preferia que ela não viesse... – disse Craddock, mal-humorado.

– Tem medo de que ela se transforme em um problema para você?

– Não é isso, senhor. Essa velhinha é uma preciosidade. Não gostaria que nada acontecesse com ela... no caso, é claro, de essa teoria ser mesmo verdade.

Capítulo 9

A propósito de uma porta

I

– Peço desculpas por incomodá-la de novo, srta. Blacklock...

– Ah, não tem importância. Veio em busca de mais evidências? Sei que o inquérito foi prorrogado por uma semana.

– Para começar, srta. Blacklock, Rudi Scherz não é filho do proprietário do Hotel des Alpes em Montreux. Parece que ele começou a carreira como servente em um hospital de Berna. Não foram poucos os pacientes que se deram conta do sumiço de pequenos objetos de valor. Com outro nome, ele trabalhou de garçom numa dessas pequenas estações para a prática de esportes de inverno. A sua especialidade era forjar duplicatas das contas do restaurante, uma das quais tinha itens que na outra não apareciam. A diferença ia diretamente para o bolso dele, é claro. Depois disso, foi trabalhar numa loja de departamentos em Zurique. As perdas devido a furtos ficaram muito acima da média no período em que ele esteve por lá. E parece que muitos dos furtos não eram realizados por clientes.

– Em suma, esse jovem era um trambiqueiro de marca maior, correto? – disparou a srta. Blacklock. – Eu estava certa, então, quando achei que não o conhecia?

– Totalmente certa. Alguém no Royal Spa Hotel deve ter mostrado a senhorita a ele, que depois agiu como se já a conhecesse. Na Suíça, ele não tinha mais sossego por causa da polícia. Foi por isso que viajou até aqui, com documentos falsos muito bem forjados, que lhe garantiram um emprego no Royal Spa Hotel.

– Melhor lugar impossível – disse a srta. Blacklock sem titubear. – É um hotel muito caro, onde só se hospeda gente rica. Acho que muitos dos hóspedes não devem conferir a conta.

– Sim – disse Craddock. – Boas perspectivas de lucro.

A srta. Blacklock tinha o cenho franzido.

– Tudo isso eu entendo – disse ela. – Mas por que sair do Royal Spa Hotel e vir a Chipping Cleghorn? O que ele esperava encontrar aqui?

– A senhorita mantém a sua afirmação de que não há nada de muito valor na casa?

– Sim. Eu saberia se houvesse. Posso lhe assegurar, inspetor: não temos nenhum Rembrandt desconhecido ou coisa que o valha.

– Nesse caso, temos de dar o braço a torcer para a sua amiga. Ele veio aqui para tentar matar a senhorita.

– Eu não havia lhe dito, Letty?

– Ah, Bunny, isso é um absurdo.

– Pode parecer absurdo, mas foi o que aconteceu, e acho que a senhorita sabe disso melhor do que ninguém.

A srta. Blacklock cravou os olhos no inspetor.

– Deixe-me ver se entendi bem, inspetor. O senhor realmente acredita que, depois de fazer com que metade da cidade desse as caras por aqui roendo as unhas de curiosidade, esse jovem veio à minha casa para...

– Mas talvez ele não esperasse que isso fosse acontecer – interrompeu a srta. Bunner, nervosa. – Talvez o anúncio tenha sido apenas uma forma grotesca de alertá-la, Letty. Quando li "Convida-se para um homicídio", foi essa a impressão que eu tive. Algo sinistro aconteceria. Se tudo tivesse ocorrido conforme o planejado, ele teria atirado em você e depois fugido, e nunca saberíamos quem ele era.

– Isso é verdade – disse a srta. Blacklock. – Mas...

– Eu sabia que o anúncio não era nenhuma brincadeira. Eu disse isso. E Mitzi... Ela também ficou assustada!

– Ah... – disse Craddock. – Mitzi. Gostaria de saber mais sobre essa jovem.

– Os documentos dela e o visto estão todos em ordem.

– Não duvido – disse Craddock, ríspido. – Os documentos de Scherz também pareciam em ordem.

– Mas por que esse Rudi Scherz iria querer me matar? Até agora o senhor não me explicou!

– Pode ser que houvesse uma outra pessoa por trás de Scherz – disse Craddock, com calma. – A senhorita já pensou nessa possibilidade?

Ele dizia aquilo em sentido metafórico, mas passou como um flash pela sua cabeça a ideia de que tais palavras seriam literalmente verdadeiras caso a teoria de Miss Marple estivesse correta. De qualquer forma, elas pouco convenceram a srta. Blacklock, que ainda se mostrava cética.

– A questão permanece a mesma – disse ela. – Por que diabos alguém desejaria me matar?

– É o que quero que a senhorita me responda.

– Pois bem! Eu não faço a menor ideia. Não tenho nenhum inimigo. Até onde me lembro, nunca tive qualquer desentendimento com meus vizinhos. Não sei de nenhum segredo sórdido a respeito de ninguém. A ideia é simplesmente ridícula. Assim como a sua sugestão de que Mitzi tenha algo a ver com isso. Como a srta. Bunner acaba de dizer, a moça ficou apavorada quando leu o anúncio na *Gazette*. Ela me pediu para deixar a casa naquele mesmo instante.

– Ela pode ter agido assim porque sabia que a senhorita faria pressão para que ela ficasse.

– Bem, se o senhor já se decidiu a respeito, vai encontrar resposta para tudo. Só vou lhe dizer o seguinte: se Mitzi estivesse desgostosa comigo por algum motivo, por que faria toda essa confusão? Bastaria envenenar a minha comida. Essa teoria não tem pé nem cabeça. A atitude da polícia com relação a estrangeiros é paranoica. Mitzi pode ser uma mentirosa, mas não planejaria um assassinato. O senhor pode ir atormentá-la, se acha necessário. Porém, se ela tiver um ataque de nervos e for embora indignada, ou se trancar no quarto, espero que o senhor saiba cozinhar. Hoje, para o chá, vem aqui uma amiga da sra. Harmon. Mitzi ia fazer uns bolinhos, mas desconfio de que esse novo interrogatório vá deixá-la completamente transtornada. O senhor tem certeza de que não há nenhuma outra pessoa de quem poderia suspeitar?

II

Craddock foi até a cozinha. Ele repetiu a Mitzi as mesmas perguntas do outro dia e recebeu as mesmas respostas.

Sim, ela tinha trancado a porta da frente logo depois das quatro horas. Não, ela não tinha o hábito de fazer isso, mas ficara muito ansiosa por causa "daquele anúncio horroroso". Não adiantava trancar a porta lateral porque a srta. Blacklock e a srta. Bunner saíam por ali para recolher os patos e dar ração às galinhas, e a sra. Haymes costumava entrar por ela quando chegava do trabalho.

– A sra. Haymes disse que trancou a porta depois que entrou, às cinco e meia.

– E o senhor acredita nela? Ah, sim... Estou certa de que acredita.

– Há algum motivo pelo qual eu não deveria acreditar?

– Que importância tem o que eu penso ou deixo de pensar? Não vão acreditar em mim...

– Talvez, se nos der uma chance. A sra. Haymes não trancou a porta?

– Acho que ela tomou todo o cuidado para não trancá-la.

– Como assim? – perguntou Craddock.

– Aquele jovem não trabalha sozinho. Ele sabe que itinerário seguir e sabe que a porta vai ser deixada aberta para ele... Ah! Deliberadamente aberta.

– O que você está querendo dizer?

– Que lhe importa o que estou querendo dizer? O senhor não presta atenção mesmo. Eu não passo de uma refugiada infeliz que gosta de contar mentiras. E essa inglesa de cabelos loiros... Ah! Ela só fala a verdade, tão britânica, tão honesta! É nela que o senhor prefere acreditar, não? Mas eu não sou burra! – disse ela, deixando cair com estrondo a panela em cima do fogão.

Craddock não sabia como interpretar a sua reação. Havia naquela história alguma coisa além de despeito?

– Nós da polícia levamos a sério tudo o que nos dizem – protestou ele.

– Pois não vou dizer-lhe coisa alguma. Por que eu diria? Vocês são todos iguais. Desprezam e perseguem pobres refugiados. O senhor vai achar que estou inventando coisas se lhe disser que ouvi esse jovem conversar com a sra. Haymes. Sim, uma semana antes, quando ele vem aqui pedir dinheiro para a srta. Blacklock, e ela o manda embora de mãos abanando e com uma pulga atrás da orelha, como vocês dizem! Foi logo ali, debaixo do caramanchão do jardim...

"E você deve estar mesmo inventando essa história", pensou Craddock. E disse o seguinte em voz alta:

– Você não poderia ouvir o que diziam debaixo do caramanchão.

– Aí é que o senhor se engana – exclamou Mitzi, triunfante. – Saí para pegar urtigas. Cozidas são uma beleza. A srta. Blacklock e os outros não sabem disso, mas ponho escondido na comida. Bem, quando passo pelos dois, o rapaz diz à sra. Haymes: "Mas onde vou me esconder?". E ela responde: "Eu lhe mostro, às seis e quinze". Daí eu penso: "Ah! É assim que essa dama refinada se comporta... Marca para depois do trabalho um encontro com um desconhecido, e dentro da própria de casa!". A srta. Blacklock obviamente não vai gostar se souber. Ela vai expulsá-la de casa. Penso em observá-los, ouvir tudo o que estão planejando e depois contar à srta. Blacklock. Mas agora me dou conta de que me enganei. O que ela queria não era dormir com ele, mas roubar e matar. O senhor vai dizer que estou inventando, que Mitzi é uma mentirosa e que o lugar dela é na prisão.

Craddock ficou sem saber o que pensar. Ela poderia estar mentindo. Mas talvez não estivesse. Ele perguntou, com cautela:

– Você tem certeza de que era com esse Rudi Scherz que ela conversava?

– É claro que tenho. Ele deixa a casa e segue pelo caminhozinho até o caramanchão. Daí – diz Mitzi, abrindo um sorriso – me vem a ideia de sair para procurar brotinhos tenros de urtiga.

"Brotinhos tenros de urtiga em outubro?", refletiu o inspetor. Mas ele se deu conta de que aquela era apenas uma desculpa inventada às pressas por Mitzi para xeretar a conversa dos dois.

– Você não ouviu mais nada além do que está me contando?

Mitzi fez uma cara de raiva.

– Aquela nariguda da srta. Bunner me chama o tempo todo. Mitzi! Mitzi! E tenho de ir. É muito irritante. Está sempre atrapalhando. Diz que vai me ensinar a cozinhar. E a comida dela é totalmente aguada. Tudo o que ela faz fica aguado, tudo!

– Por que você não me contou essa história no outro dia? – perguntou Craddock, franzindo o cenho.

– Não lembrei... Não achei que... Mas depois penso comigo mesma: foi tudo planejado, *ela* planejou tudo.

– Então você tem certeza de que foi a sra. Haymes?

– Ah, sim. Certeza absoluta. Ela é uma ladra, essa sra. Haymes. Uma ladra mancomunada com vários outros ladrões. O que pagam pelo trabalho no jardim não é suficiente para uma madame como ela, e ela tem de roubar a srta. Blacklock, que a trata tão bem. Essa mulher é má, má, realmente muito má!

– Mas digamos – começou o inspetor, com calma, observando-a atentamente – que alguém dissesse que viu *você* conversando com Rudi Scherz?

A sugestão surtiu menos efeito do que ele esperava. Mitzi apenas torceu o nariz e jogou a cabeça para trás.

– Se alguém disser que me viu com ele, está mentindo, mentindo, mentindo! – ela desdenhou. – Contar mentiras é fácil, mas na Inglaterra é preciso prová-las. É a srta. Blacklock quem diz isso, e ela tem razão, não? Eu não falo com ladrões e assassinos, nenhum policial inglês vai provar o contrário. E como eu vou fazer o almoço com o senhor aqui, me interrogando sem parar? Faça o favor de sair da minha cozinha. Tenho de fazer um molho que é muito difícil!

Craddock obedeceu e saiu. O comportamento de Mitzi já não lhe parecia tão suspeito. Ela se mostrara convicta ao falar do encontro entre Phillipa Haymes e Rudi Scherz. Mitzi podia ser mentirosa (ele realmente pensava que ela era), mas parecia haver um fundo de verdade nessa história contada por ela. Ele resolveu ir conversar com Phillipa, que até então se portara como uma moça calma e muito bem-educada. Ele não suspeitava dela.

Ao cruzar o corredor, absorto nos próprios pensamentos, o inspetor tentou abrir a porta errada. A srta. Bunner, que descia pela escada, não tardou em avisá-lo:

– Essa porta, não. Ela não abre. Tente a próxima à esquerda. Um pouco confuso, não? São tantas portas...

– De fato, há muitas – disse Craddock, olhando pelo corredor longo e estreito.

A srta. Bunner fez-lhe a gentileza de explicar para onde cada uma delas levava:

– A primeira é a do lavabo, depois vêm a do armário e a da sala de jantar, todas daquele lado. Neste lado, essa que o senhor tentava abrir e não funciona, a da sala de estar, a do armário de louças, a do quarto florido e, no final, a porta de entrada lateral. Muito fácil de se confundir. Especialmente essas duas, tão próximas. Eu sempre me engano. A mesinha do corredor costumava ficar na frente dela, mas agora está ali, encostada na parede.

Craddock percebera, quase que automaticamente, uma linha muito fina que cortava na horizontal a porta que ele tentara abrir. Ele agora se dava conta de que era a marca deixada pela mesa. Uma vaga ideia passou-lhe pela cabeça quando perguntou:

– E quando foi que a trocaram de lugar?

A vantagem de se fazer perguntas a Dora Bunner é que não era preciso justificá-las. Ela acolhia a todas com o mesmo interesse, pois lhe permitiam dar vazão à sua loquacidade natural e inconsequente.

– Ah, deixe-me ver! Não faz muito... Há cerca de duas semanas.

– E por que a mudaram de lugar?

– Ah, não consigo lembrar. Acho que foi por causa das flores. Phillipa fez um arranjo lindíssimo num vaso grande, todo em cores de outono, com gravetos e galhos que pegavam na nossa cabeça quando passávamos por perto. Então ela disse: "Por que não movemos a mesa? As flores vão ficar muito mais bonitas na frente da parede nua do que em frente à porta". Tivemos apenas de tirar o quadro da parede. *Wellington em Waterloo.* Não é um quadro de que eu goste muito. Agora, está debaixo da escada.

– Mas essa porta então não é falsa? Para onde ela leva? – perguntou Craddock.

– Ah, não! Não é falsa. É uma porta de verdade. É a porta da pequena salinha da sala de estar. Quando as duas peças foram unidas, não havia mais necessidade das duas entradas, então esta foi trancada.

– Trancada? – Craddock tentou abri-la mais uma vez. – Mas não foi pregada? Só passaram a chave?

– Acho que está trancada apenas com a chave e o ferrolho.

Ele viu o ferrolho, no alto da porta, e tentou abri-lo. A lingueta correu facilmente... muito facilmente.

– Qual foi a última vez em que a abriram? – ele perguntou à srta. Bunner.

– Ah... Há anos, anos atrás, imagino. Desde que estou aqui, nunca vi essa porta aberta.

– A senhorita não sabe onde está a chave?

– Na gaveta da mesinha do corredor há muitas chaves. Deve estar entre elas.

Craddock acompanhou-a e examinou o amontoado de velhas chaves enferrujadas que haviam sido empurradas para o fundo da gaveta. Ele escolheu dentre elas uma que parecia diferente das outras e voltou até a porta. A chave serviu na fechadura e girou com facilidade. Ele empurrou a porta, que se abriu silenciosamente.

– Por favor, tenha cuidado – exclamou a srta. Bunner. – Pode haver alguma coisa apoiada do lado de dentro. Nunca a abrimos.

– Nunca? – perguntou o inspetor.

Seu rosto estava lívido, e ele disse, indignado:

– Essa porta foi aberta muito recentemente, srta. Bunner. A fechadura e as dobradiças foram lubrificadas.

Ela arregalou os olhos, ficando boquiaberta.

– Mas quem teria feito isso? – perguntou.

– É o que vou descobrir – disse Craddock, resoluto.

Ele pensou: "Alguém de fora? Não... Alguém que estava aqui, na casa. Alguém que estava na sala de estar aquela noite...".

Capítulo 10

Pip e Emma

I

A srta. Blacklock dessa vez escutou-o com mais atenção. Como já percebera, era uma mulher inteligente e deu-se conta rapidamente das implicações do que ele dizia.

– Sim – disse ela com calma. – Isso faz tudo mudar de figura... Ninguém tinha o direito de mexer naquela porta. Se mexeram nela foi sem eu saber.

– A senhorita entende o que isso significa? – perguntou o inspetor. – Quando as luzes se apagaram naquela noite, *qualquer um que estivesse nesta sala* poderia ter escapado por aquela porta, postando-se atrás de Rudi Scherz e atirado.

– Sem que ninguém visse? Sem que ninguém escutasse ou percebesse?

– Sem que ninguém visse, escutasse ou percebesse. Lembre-se de que, quando as luzes se apagaram, as pessoas se moveram, gritaram, bateram umas nas outras. A única coisa que podiam ver era a luz ofuscante da lanterna.

A srta. Blacklock sugeriu:

– E o senhor acredita que alguma dessas pessoas, algum desses meus pacatos vizinhos saiu furtivamente por aquela porta com a intenção de me matar? Matar a mim? Mas por quê? Meu Deus, por quê?

– Tenho a impressão de que sabe a resposta a essa pergunta, srta. Blacklock.

– Mas eu não sei, inspetor. Eu lhe asseguro que não sei.

– Bem, vamos pensar um pouco. Quem herda o seu dinheiro?

A srta. Blacklock relutou:

– Patrick e Julia. Deixei os móveis desta casa e uma pequena pensão anual a Bunny. Não é muita coisa. Eu tinha títulos alemães e italianos, que agora estão totalmente desvalorizados. Com as taxas que cobram e os baixos dividendos que hoje são pagos a quem faz investimentos, posso assegurar-lhe que não valeria a pena me assassinarem. A maior parte do meu dinheiro foi investida em uma aplicação há cerca de um ano.

– Mas ainda assim a senhorita tem uma renda, que os seus sobrinhos herdariam.

– E por causa disso eles planejariam me matar? Não consigo acreditar numa coisa dessas. Eles não estão falidos nem nada do gênero.

– A senhorita tem certeza disso?

– Não. Na verdade, estou me baseando no que os dois me disseram... Mas recuso-me a suspeitar deles. *Algum dia* pode ser que valha a pena me matar, mas não agora.

– O que a senhorita quer dizer com isso? – perguntou imediatamente o inspetor, intrigado.

– Simplesmente que um dia, talvez em breve, eu me torne uma mulher muito rica.

– Mas que informação interessante... A senhorita poderia explicar?

– Certamente. Talvez o senhor não saiba, mas por mais de vinte anos fui secretária e também muito amiga de Randall Goedler.

Craddock se interessou pela história. Randall Goedler fora um figurão do mundo das finanças. O caráter ousado das especulações em que se envolvia e a publicidade espalhafatosa que o cercava contribuíam para que sua personalidade não fosse facilmente esquecida.

Se Craddock se lembrava direito, ele tinha morrido em 1937 ou 1938.

– Ele é de uma época anterior à sua – disse a srta. Blacklock. – Mas o senhor provavelmente já ouviu falar dele.

– Sim, é claro. Ele era um milionário, não?

– Mais do que isso, apesar de ter uma fortuna instável. Ele estava sempre arriscando a maior parte do que ganhava em novos investimentos de alto risco.

A srta. Blacklock falava daquelas lembranças em tom animado, e seus olhos brilhavam.

– De qualquer forma, ele morreu muito rico. Não tinha filhos e deixou a fortuna em usufruto para a esposa enquanto ela estiver viva. Porém, depois da sua morte, tudo deve passar para mim.

Uma vaga lembrança passou pela mente do inspetor:

FIEL SECRETÁRIA HERDA UMA
IMENSA FORTUNA

...ou algo do gênero.

– Nos últimos doze anos – disse a srta. Blacklock, dando uma piscadinha – eu teria um motivo excelente para assassinar a sra. Goedler... mas acho que isso não o ajuda muito, ajuda?

– Peço desculpas por lhe perguntar isso, mas por acaso a sra. Goedler se ressentia pela maneira como o marido dispôs da fortuna no testamento?

A pergunta pareceu divertir a srta. Blacklock.

– O senhor não precisa ser tão discreto. Quer saber se eu era amante de Randall Goedler? Não, não era. Acho que Randall nunca olhou pra mim com esse tipo de interesse. Eu certamente não tinha nenhum interesse afetivo por ele. Randall era apaixonado por Belle (sua esposa), e essa paixão durou até o fim da vida dele. Tenho certeza de que foi por gratidão que ele deixou esse testamento. O senhor tem de entender que no início da carreira, quando Randall apenas começava, ele esteve a ponto de perder tudo. Havia a chance de se salvar arriscando-se em mais uma das suas audaciosas transações, mas lhe faltavam algumas mil libras em dinheiro para efetivar o negócio. Nesse momento, eu o ajudei. Vendi tudo o que tinha e dei o dinheiro a ele. Foi o que bastou. Na semana seguinte, ele era um homem imensamente rico. Depois disso, ele me tratou mais ou menos como uma sócia minoritária. Ah! Foi uma época emocionante.

A srta. Blacklock suspirou fundo e depois continuou:

– Fui muito feliz. Mas então meu pai faleceu, e minha irmã ficou inválida. Tive de deixar tudo para tomar conta dela. Randall morreu alguns anos depois. Eu ganhei muito dinheiro enquanto estive associada a ele e não esperava que ele fosse me deixar alguma coisa. Mas é claro que fiquei emocionada e orgulhosa ao saber que, se Belle viesse a falecer antes de mim (e ela é uma dessas criaturas delicadas que todo mundo diz que não podem durar muito), eu seria herdeira de toda a fortuna. É possível que o pobre Randall não tivesse mais ninguém a quem deixá-la. Belle é uma mulher maravilhosa e ficou felicíssima com a decisão do marido. Ela é realmente uma pessoa muito generosa. Mora na Escócia, e faz anos que não a vejo. Costumamos nos escrever na época do Natal. Como estava lhe dizendo, logo antes da guerra viajei com minha irmã para um sanatório na Suíça, onde ela morreu tísica.

A srta. Blacklock ficou em silêncio por um momento e depois disse:

– Faz um pouco mais de um ano que retornei à Inglaterra.

– A senhorita disse que em breve pode ser uma mulher rica... Mas quando, exatamente?

– Uma enfermeira que está cuidando de Belle Goedler informou-me que seu estado de saúde está deteriorando-se cada vez mais. Belle pode não passar de algumas semanas.

Ela acrescentou com tristeza:

– O dinheiro já não significa muito para mim agora. Tenho o suficiente para as minhas necessidades, que não são muitas. Um tempo atrás, eu teria gostado de voltar a apostar na bolsa, mas agora... Bem, as pessoas envelhecem. Mas o senhor entendeu, inspetor? Se Patrick e Julia quisessem me matar por questões financeiras, seria uma grande estupidez que fizessem isso agora em vez de esperar mais algumas semanas.

– Sim, mas o que aconteceria se a senhorita morresse antes da sra. Goedler? Nesse caso, quem seria o herdeiro?

– Nunca pensei a respeito. Imagino que Pip e Emma.

Craddock arregalou os olhos, e a srta. Blacklock sorriu.

– Não há nada de surpreendente nisso. No caso de eu falecer antes de Belle, acho que o dinheiro deve ir para os filhos legítimos, ou seja lá qual o termo que se use, da única irmã de Randall, Sonia. Randall havia brigado com a irmã. Ela casou-se com um homem que ele considerava um pilantra ou coisa pior.

– E era mesmo um pilantra?

– Ah, certamente, eu diria. Mas também um homem muito sedutor. Era grego ou romeno. Qual o nome dele?... Stamfordis, Dmitri Stamfordis.

– Randall Goedler tirou a irmã do testamento quando ela se casou com esse homem?

– Ah, mas ela já era muito rica. Randall já havia feito vários investimentos no nome dela, sempre de forma que, na medida do possível, o marido não pudesse usufruir do dinheiro. E acredito que, diante da pressão dos advogados, Randall deve ter relutado, mas por fim indicado os filhos de Sonia como herdeiros da herança, no caso de eu morrer antes de Belle. Ele não era um homem de deixar dinheiro para instituições de caridade.

– E eles tiveram mesmo filhos?

– Bem... Pip e Emma – disse ela, rindo. – Desculpe-me, dito dessa forma soa ridículo. Tudo o que sei é que um dia, depois do casamento, Belle recebeu uma carta de Sonia, pedindo que contasse ao irmão que ela estava extremamente feliz, porque tinha acabado de dar à luz a um casal de gêmeos, Pip e Emma. Até onde eu sei, ela nunca mais escreveu. Belle deve saber mais detalhes, é claro.

A srta. Blacklock estava se divertindo com a história. O inspetor, ao contrário, parecia preocupado.

– O ponto é o seguinte – disse ele. – Se a senhorita tivesse morrido na outra noite, há pelo menos duas pessoas que se beneficiariam, herdando uma imensa fortuna. A senhorita estava errada ao dizer que ninguém no mundo teria motivo para desejar a sua morte. Há pelo menos duas pessoas que estariam imensamente interessadas. Quantos anos será que eles têm?

A srta. Blacklock franziu o cenho.

– Deixe-me ver... 1922... não... Não consigo lembrar. Acho que 25 ou 26 anos.

O rosto da srta. Blacklock voltara a ficar sério.

– O senhor não está pensando que...

– Estou pensando que, quando atiraram na senhorita, tinham a intenção de matá-la. E é possível que tentem de novo. Peço-lhe que tome bastante cuidado, srta. Blacklock. Uma tentativa de assassinato foi planejada e acabou fracassando. É possível que já estejam planejando outra.

II

Phillipa Haymes endireitou as costas e puxou para trás um cacho de cabelo que aderira à sua testa úmida. Ela estava limpando um canteiro de flores.

– Pois não, inspetor?

Ela lançou-lhe um olhar inquisidor. Como resposta, ele a examinou de cima a baixo, com uma frieza que destoava dos seus modos até então. Sim, uma moça muito bonita, de uma beleza tipicamente inglesa, com rosto alongado e cabelos loiros acinzentados. O queixo e a boca salientes conferiam a ela um aspecto severo, tenso. Os olhos eram azuis, pouco se moviam e não expressavam muita coisa. Era uma moça que saberia guardar um segredo sem dificuldade, pensou o inspetor.

– Lamento interromper seu trabalho mais uma vez, mas queria falar com a senhora antes do almoço. Além disso, tenho a impressão de que nossa conversa será mais fácil aqui, longe de Little Paddocks.

– Pois não, inspetor...

A voz dela não deixava transparecer nenhuma emoção ou interesse. Porém, se Craddock não estava imaginando coisas, a moça parecia agir com cautela.

– Fiquei sabendo de algo essa manhã. De algo a respeito da senhora.

Phillipa levantou as sobrancelhas.

– A senhora me disse que não conhecia esse homem, Rudi Scherz, correto?

– Sim.

– Que nunca o tinha visto antes de encontrá-lo morto, caído no corredor em Little Paddocks...

– Certamente. Eu nunca o tinha visto antes.

– A senhora, por acaso, nunca conversou com ele debaixo do caramanchão, no jardim em Little Paddocks?

– No caramanchão?

O inspetor estava certo de que o tom de voz dela indicava que estava com medo.

– Sim, sra. Haymes.

– Quem foi que lhe disse isso?

– Disseram-me que a senhora conversou com esse homem, Rudi Scherz. Que ele lhe perguntou onde poderia se esconder e que a senhora lhe respondeu que mostraria onde, por volta das seis e quinze. O horário teria sido mencionado explicitamente na conversa. Ele coincide mais ou menos com a hora em que Rudi Scherz chegaria por aqui, vindo da parada de ônibus, na noite do assalto.

Houve um momento de silêncio. E então Phillipa soltou uma gargalhada. Ela parecia se divertir.

– Não sei quem foi que lhe disse isso – ela falou –, mas acho que posso adivinhar. É uma história mal contada, absurda e, é claro, despeitada. Por alguma razão, Mitzi me odeia ainda mais do que ela odeia as outras pessoas daqui.

– A senhora nega?

– Mas é claro que nego... Nunca me encontrei com Rudi Scherz e não estava nem perto da casa naquela manhã. Eu estava aqui, trabalhando.

O inspetor Craddock perguntou, com um leve sorriso:

– Que manhã?

Houve um momento de silêncio. Ela piscou os olhos.

– Toda manhã. Estou aqui toda manhã. Não saio antes da uma da tarde.

Ela acrescentou, irritada:

– O senhor não devia dar ouvidos a Mitzi. Ela mente o tempo todo.

III

– E ficamos nesse impasse – comentou Craddock, quando se afastava com o sargento Fletcher. – Duas jovens cujos depoimentos francamente se contradizem. Em qual deveríamos acreditar?

– Parece que todos concordam que essa estrangeira é uma mentirosa de marca maior – disse Fletcher. – A minha experiência me diz que essas pessoas de fora mentem mais do que dizem a verdade. Ela deve ter raiva da sra. Haymes.

– Então, se estivesse na minha pele, você acreditaria na sra. Haymes?

– A menos que o senhor tenha uma razão para pensar diferente.

E Craddock de fato não tinha nenhuma, exceto a lembrança de um par de olhos azuis estranhamente frios e controlados e o tom impertinente com que ela havia dito "naquela manhã". Até onde podia lembrar, ele não dissera nada quanto à conversa ter se passado de manhã ou à tarde...

Contudo, era possível que a srta. Blacklock ou mais provavelmente a srta. Bunner tivessem mencionado a visita do jovem estrangeiro que viera mendigar a passagem de volta para a Suíça. E Phillipa Haymes poderia então ter assumido que a conversa se passara de manhã.

Mas Craddock continuava com a impressão de que havia medo na voz dela quando ela perguntou: "No caramanchão?".

Ele decidiu ficar de olho no assunto.

IV

Estava um clima bastante agradável no jardim da casa do vigário. Um daqueles inesperados calores de outono descera sobre a Inglaterra. O inspetor Craddock não sabia direito se era o que chamavam veranico de Saint Martin ou de Saint Luke, mas podia sentir o quanto era ameno... e, por isso mesmo, debilitante. Ele estava sentado numa cadeira de lona que Bunch prontamente providenciara para ele antes de sair para um encontro de mães. Protegida por xales e um cobertor que lhe envolvia os joelhos, Miss Marple tricotava ao seu lado. O sol, o tempo parado e sem vento, as batidinhas ritmadas das agulhas de Miss Marple, tudo contribuía para gerar-lhe uma sensação de torpor. Mas a impressão também era a de que, se viesse a dormir, imediatamente despertaria no meio de um pesadelo. Era como um sonho familiar em que um perigo iminente vai tomando conta das coisas, passo a passo, até que tudo por fim se desvela num cenário macabro de horror.

Ele não pôde conter o comentário:

– A senhora não devia estar aqui.

Por um breve momento, as agulhas de Miss Marple pararam de tilintar. Seus olhos muito claros, de um azul acinzentado, pousaram nele, reflexivos.

– Entendo o que você quer dizer, meu jovem. Mas não leve as coisas tão a sério. Tudo vai ficar bem. O pai de Bunch (que já foi vigário da nossa paróquia, um homem muito culto) e a mãe dela (que é de uma força espiritual fora do comum) são meus amigos há anos. Estando em Medenham, é muito natural que eu venha passar alguns dias aqui nesta casa.

– Talvez, mas por favor não saia por aí xeretando... Sinto que pode ser perigoso. Perigoso mesmo.

Miss Marple sorriu.

– Velhas como eu são sempre um pouco bisbilhoteiras. Se ficar quieta no meu canto, isso sim vai provocar desconfiança. Perguntas sobre amigos comuns em diferentes partes do mundo, se as pessoas lembram-se disso ou daquilo, quem se casou com quem etc. São perguntas que sempre ajudam, não?

– Ajudam? – repetiu o atônito inspetor.

– A descobrir se as pessoas são realmente aquilo que dizem ser...

Ela continuou:

– É isso que o preocupa, não? Tem a ver com o que aconteceu com o mundo depois da guerra. Chipping Cleghorn é muito parecida com o lugarejo em que vivo: St. Mary Mead. Quinze anos atrás, todas as pessoas se conheciam. Os Bantry e sua mansão... e os Hartnell, os Price Ridley, os Weatherby... Pessoas cujos pais, mães, avôs e avós viviam lá antes deles. Se uma pessoa desconhecida ia morar na cidade, trazia consigo cartas de recomendação, ou tinha servido num mesmo regimento do exército, trabalhado no mesmo navio. Se algum desconhecido de verdade, alguém totalmente desconhecido, ia morar lá, bem, então a cidade inteira não sossegava até saber quem era a pessoa.

Ela balançou de leve a cabeça, concordando consigo mesma.

– Mas agora tudo está diferente. Cidades e vilarejos no interior estão cheios de gente que apareceu do nada e que se estabeleceu no lugar sem ter com ele nenhum vínculo anterior. As mansões foram vendidas, os chalés reformados e convertidos em outra coisa. Só sabemos sobre as pessoas aquilo que elas dizem de si mesmas. E elas vêm do mundo todo. Da Índia, de Hong Kong, da China... de aldeias humildes no interior da França ou da Itália, de pequenas ilhas. Às vezes, são pessoas que no final da vida acumularam algum dinheiro e podem usufruir de uma boa renda. Mas ninguém sabe com certeza quem elas são. Há aquelas que decoram a casa com objetos de bronze de Benares e falam em *tiffin* e *chota Hazri.** Outras, como a srta. Hinchcliffe e a srta. Murgatroyd, têm quadros de Taormina e contam histórias a respeito da igreja anglicana e da biblioteca que existem nessa cidadezinha italiana. Uns dizem ter vindo do sul da França, outros alegam ter passado a vida toda no Oriente. As pessoas não questionam mais nada e saem a fazer visitas antes mesmo de receber qualquer indicação de amigos em comum.

E era isso justamente o que oprimia o inspetor Craddock. Ele não conhecia essas pessoas. Eram apenas rostos e personalidades atestados por carnês de racionamento e documentos de identidade... documentos com números, mas muitas vezes sem fotos ou impressões digitais. Qualquer um que se desse ao trabalho poderia conseguir um documento de identidade conveniente, e assim se desfaziam os laços que até então mantinham de pé a vida rural inglesa. Nas cidades, as pessoas simplesmente não conheciam seus vizinhos. E o mesmo ocorria no campo, ainda que ele tivesse a impressão de saber com quem estava lidando...

Uma das pessoas presentes na sala de estar de Letitia Blacklock na noite do suposto assalto não era o que dizia ser, um vizinho com intenções amigáveis. Essa pessoa havia lubrificado as dobradiças da porta.

E por causa disso Craddock se preocupava com Miss Marple, tão velha e tão frágil, e com um senso de observação tão aguçado...

Ele disse:

– Podemos investigar a vida dessas pessoas até certo ponto...

---

* Expressões de origem indiana utilizadas pelos ingleses para se referir a refeições leves, como o café da manhã. (N.T.)

Mas ele sabia que aquilo não seria nada fácil. Índia, China, Hong Kong e o sul da França... Quinze anos atrás, tudo seria bem mais simples. Agora, o país estava repleto de pessoas que iam e vinham com documentos falsos, às vezes tomados emprestados de alguém que subitamente morria em algum "acidente". Havia organizações especializadas na compra de documentos que forjavam identidades e cartões de racionamento. A cada dia, surgiam centenas de pequenos trambiqueiros. Investigar aquelas pessoas demandaria tempo, e tempo era o que ele não tinha. A viúva de Randall Goedler estava muito perto de morrer.

Foi então que, preocupado e cansado, embalado pelo sol, ele contou a Miss Marple sobre Randall Goedler, Pip e Emma.

– Um par de nomes... – disse ele. – Apelidos, aliás! Talvez essas pessoas nem sequer existam. Podem ser cidadãos respeitáveis vivendo em alguma parte da Europa. E é possível, por outro lado, que algum deles esteja aqui em Chipping Cleghorn.

Teriam cerca de 25 anos. Quem se enquadraria naquela descrição? Ele disse, pensando em voz alta:

– Esse sobrinho e a sobrinha dela... Primos, ou seja lá o que for... Gostaria de saber há quanto tempo ela não os via.

Miss Marple sugeriu:

– Quer que eu descubra para você?

– Não, por favor, Miss Marple, não faça isso...

– Vai ser fácil descobrir, inspetor. Não se preocupe. No meio de uma conversa informal, muitas informações podem ser obtidas sem chamar a atenção de ninguém. É diferente de um interrogatório oficial. Assim, se houver algo errado, evitamos fazer muito alarde, o que poderia comprometer a investigação.

Pip e Emma, refletiu Craddock... Pip e Emma. Ele estava começando a ficar obcecado com aqueles nomes. Aquele jovem, atraente e audacioso, aquela bela jovem de olhar frio...

Ele disse:

– Nas próximas 48 horas, devo descobrir mais coisas a respeito dos dois. Estou indo até a Escócia. A sra. Goedler, se estiver em condições de falar, pode revelar muito sobre eles.

– Acho que é uma boa estratégia – disse Miss Marple, um pouco hesitante. – Espero que você tenha aconselhado a srta. Blacklock a tomar cuidado...

– Sim, eu a alertei. E devo deixar um policial aqui, para ficar de olho em tudo, sem chamar muita atenção.

Ele evitou o olhar de Miss Marple, que expressava francamente que deixar um policial a postos pouco resolveria caso o perigo estivesse dentro de casa.

– E não se esqueça – disse Craddock, lançando-lhe um olhar enviesado – de que também alertei a senhora.

– Não se preocupe, inspetor. Eu sei cuidar de mim mesma.

Capítulo 11

Miss Marple vem para o chá

I

Letitia Blacklock talvez estivesse um pouco distraída quando a sra. Harmon chegou para o chá, trazendo uma convidada que estava hospedando em casa. Mas Miss Marple, a convidada em questão, dificilmente repararia nisso, visto que era a primeira vez que encontrava a proprietária de Little Paddocks.

A maneira gentil e inconsequente com que a velhinha exercia a sua curiosidade pareceu encantadora à dona da casa. Miss Marple confessou logo na primeira conversa o pavor que tinha de ladrões e arrombadores.

– Hoje em dia, eles entram em qualquer lugar, minha cara! – disse ela à anfitriã. – Qualquer lugar mesmo. Os americanos inventam mil coisas. Eu particularmente me mantenho fiel a um velho método: o de uma boa tranca, dessas bem rústicas, em forma de gancho. Você já tentou? É muito mais difícil abri-las do que cadeados ou trincos de correr.

– Ah! Receio que nossas fechaduras não sejam das melhores – disse a srta. Blacklock, animada. – Mas aqui não há nada que valesse a pena roubar.

– Ponha uma corrente na porta da frente – sugeriu Miss Marple. – Assim a empregada precisa abrir apenas uma fresta para ver quem é, e nenhum desconhecido pode forçar a passagem.

– Acho que Mitzi, a nossa refugiada da Europa Central, iria adorar!

– Esse assalto por que vocês passaram deve ter sido assustador – disse Miss Marple. – Bunch estava me contando a respeito.

– Fiquei apavorada – disse Bunch.

– Foi uma experiência bem desagradável – admitiu a srta. Blacklock.

– Mas vocês parecem ter mesmo sido protegidos pela Providência. Sabe-se lá o que poderia ter ocorrido se o homem não tivesse tropeçado e atirado em si mesmo. Esses bandidos são muito violentos! Como foi que ele conseguiu entrar?

– Não temos o hábito de trancar as portas.

– Ah, Letty – exclamou a srta. Bunner –, esqueci-me de contar que o inspetor agiu de forma um pouco estranha hoje pela manhã. Ele insistiu em abrir a outra porta... você sabe, aquela que nunca é aberta. Ele procurou a chave e tudo mais e disse que as dobradiças tinham sido lubrificadas. Mas como é que...

Ela percebeu tarde demais o sinal que a srta. Blacklock lhe fazia para ficar quieta e parou no meio da frase, permanecendo com a boca aberta. Em seguida, disse:

– Ah, Lotty, me desculpe! Me desculpe, minha querida, eu sou mesmo muito estúpida...

– Não faz mal – disse a srta. Blacklock, apesar de ter ficado incomodada. – Só acho que o inspetor Craddock gostaria que fôssemos mais discretas. Não sabia que você estava junto quando ele tentou abrir a porta, Dora. Espero que a senhora entenda... – acrescentou ela, dirigindo-se à sra. Harmon.

– Ah, é claro – assegurou-lhe Bunch. – Não diremos nada a ninguém, não é, tia Jane? Mas fico me perguntando por que ele...

Ela se interrompeu e ficou absorta nos próprios pensamentos. A srta. Bunner estava nervosa, sentia-se mal e acabou explodindo:

– Ah, querida... Estou sempre falando o que não devia... Eu sou um peso para você, Letty!

A srta. Blacklock apressou-se em corrigir:

– Não, Dora, pelo contrário, você é um grande consolo. E, de qualquer forma, é impossível guardar segredo numa cidadezinha como Chipping Cleghorn.

– Essa é uma grande verdade – disse Miss Marple. – Receio que as notícias acabem se espalhando. Por causa dos empregados, é claro, mas não apenas por isso. Hoje em dia, eles são tão poucos... Mas há sempre uma faxineira, e essa vai de casa em casa contando tudo o que sabe. São as piores...

– Oh! – exclamou Bunch Harmon de súbito. – Agora é que entendi! Mas é claro... Se aquela porta também abria, alguém pode ter saído no escuro para executar o assalto... mas ninguém fez isso, porque foi o empregado do Royal Spa Hotel, não? Ou não foi ele? Acho que ainda não entendi muito bem... – concluiu ela, franzindo o cenho.

– Tudo aconteceu nesta sala? – perguntou Miss Marple, desculpando-se em seguida. – Sei que estou parecendo uma velha enxerida, srta. Blacklock, mas é tudo tão curioso... Parece uma dessas histórias que lemos nos jornais. Gostaria tanto de saber o que foi que ocorreu!

Prontamente, a srta. Bunch e a srta. Bunner produziram um relato tão confuso quanto emocionado do que havia ocorrido. Eventualmente, a srta. Blacklock interrompia para corrigir alguma coisa do que diziam.

No meio da algaravia, apareceu Patrick, que entrou na história com a maior boa vontade. Chegou a representar o papel de Rudi Scherz.

– E tia Letty estava lá, perto do arco... Vá até lá, tia Letty.

A srta. Blacklock obedeceu. Mostraram a Miss Marple o buraco das balas na parede.

– Mas que milagre que tenha escapado! – disse ela com a voz embargada.

– Eu ia oferecer cigarros às visitas – disse a srta. Blacklock, indicando a cigarreira de prata sobre a mesa.

– As pessoas são tão descuidadas quando fumam – reclamou a srta. Bunner. – Hoje em dia, as pessoas não têm o menor cuidado. Olhe que desgraça a marca que fizeram nessa mesa! Alguém apagou um cigarro...

A srta. Blacklock suspirou.

– Às vezes me pergunto por que damos tanta importância a coisas tão pequenas.

– Mas é uma mobília belíssima, Letty.

A srta. Bunner zelava pelos bens da amiga como se fossem seus. Bunch Harmon aprovava aquela atitude, que lhe parecia terna e afável. A srta. Bunner não era uma mulher invejosa.

– É uma mesa adorável – comentou Miss Marple. – E que lindo abajur de porcelana.

Mais uma vez, a srta. Bunner aceitou o cumprimento como se fosse dirigido a ela própria, e não à srta. Blacklock.

– Não é uma beleza? Vem de Dresden. Temos dois deles na casa. O outro está no quarto de hóspedes, eu acho.

– Parece que você conhece melhor do que eu o lugar de cada objeto dessa casa, Dora – disse a srta. Blacklock, divertida. – Você dá mais valor a eles do que eu mesma.

A srta. Bunner ficou vermelha.

– Ah! Apenas dou valor ao que é belo – disse ela, com uma voz ao mesmo tempo desafiadora e melancólica.

– Confesso que também sou muito apegada às poucas coisas que tenho – disse Miss Marple. – São tantas as lembranças... O mesmo acontece com as minhas fotografias. As pessoas hoje quase não guardam mais fotos. Tenho porta-retratos com fotos dos meus sobrinhos quando eles eram bebês, depois quando eram crianças e assim por diante.

– É mesmo! Incluindo aquela minha foto horrorosa, aos três anos de idade, com os olhos praticamente fechados e segurando um fox terrier – disse Bunch.

– Imagino que a sua tia tenha várias de você – disse Miss Marple, voltando-se para Patrick.

– Mas somos apenas primos distantes.

– Acho que Elinor enviou-me uma sua quando bebê, Pat – disse a srta. Blacklock. – Mas não sei onde está. Já tinha até me esquecido quantos filhos ela tinha e os nomes de vocês, quando ela me escreveu avisando que vinham para cá.

– Essa é outra característica dos novos tempos. A maioria das pessoas não sabe nada sobre os seus parentes mais novos. No passado, com todas aquelas grandes reuniões de família, isso seria impensável.

– A última vez em que vi a mãe de Pat e Julia foi num casamento, trinta anos atrás – disse a srta. Blacklock. – Ela era uma jovem belíssima.

– É por isso que os filhos dela são tão bonitos – disse Patrick, com um sorriso.

– E aquele velho álbum que olhamos o outro dia, tia Letty? – perguntou Julia. – Ah! Muito engraçado... Os chapéus!

– Era o último grito da moda... – disse a srta. Blacklock, suspirando.

– Não se preocupe, tia Letty – disse Patrick. – Daqui a uns trinta anos, Julia vai encontrar uma fotografia dela exatamente como está hoje. Mas vai achá-la ridícula!

II

– A senhora fez aquilo de propósito? – perguntou Bunch, quando ela e Miss Marple voltavam para casa. – Puxar o assunto das fotografias, quero dizer...

– Bem, querida... foi interessante descobrir que a srta. Blacklock não conhecia de vista nenhum dos seus jovens parentes. Acho que o inspetor Craddock também vai gostar de saber disso.

Capítulo 12
Uma manhã em Chipping Cleghorn

I

Edmund Swettenham sentava-se desajeito numa pedra do jardim.

– Bom dia, Phillipa – disse ele.

– Olá.

– Você está muito ocupada?

– Mais ou menos...

– O que você está fazendo?

– Será que você não enxerga?

– Não sou jardineiro. Parece estar revolvendo a terra com raiva, mais nada.

– Estou *sulcando* a terra para plantar as alfaces de inverno.

– Sulcando? Eu diria que você está esgrimindo, isso sim...

– O que você quer, afinal? – perguntou ela, mal-humorada.

– Vê-la.

Phillipa olhou atravessado para ele.

– Eu preferia que você não viesse aqui. A sra. Lucas não gosta.

– Ela lhe proíbe de ter admiradores?

– Não seja ridículo.

– Admirador é um bom termo para expressar aquilo que sou. Respeitoso, distante, mas sempre atento.

– Ora, por favor, vá embora, Edmund. Você não devia ter vindo aqui!

– Aí é que você se engana! – disse Edmund, triunfante. – Foi a sra. Lucas quem ligou para mamãe hoje de manhã, dizendo que estava com uma supersafra de abobrinhas.

– Toneladas.

– E que gostaria de trocar algumas delas por um pote de mel.

– Um péssimo negócio para vocês. Todo mundo tem abobrinhas nessa época. Elas não estão valendo nada.

– Mas é claro. Foi só por isso que ela nos ligou. Da última vez, se lembro bem, o que ela oferecia era leite desnatado. Desnatado! Em troca de alfaces... A época de alfaces estava apenas começando, cada pé valia um xelim.

Phillipa não respondeu.

Edmund tirou do bolso um pote de mel.

– Aqui está o meu álibi. Estou usando a palavra de uma forma equivocada, é claro. Se a sra. Lucas resolver colocar o nariz para fora da porta, diga que estou aqui perguntando pelas abobrinhas. Não é em você que estou interessado.

– Eu sei.

– Você costuma ler Tennyson? – perguntou Edmund, mudando de assunto.

– Não é um hábito que eu tenha.

– Você devia ler. Dentro em breve, Tennyson vai estar na moda de novo. Quando ligar o rádio de noite, você vai ouvir *Os Idílios do Rei* em vez de Anthony Trollope. Acho os personagens de Trollope insuportavelmente afetados. Alguma coisa até dá para aguentar, mas em pouco tempo torna-se maçante. Falando em Tennyson, você leu *Maud*?

– Uma vez, há muito tempo.

– É uma obra interessante – disse ele.

Em seguida, citou de memória:

– "Imperfeita só pela perfeição, de uma regularidade fria, esplêndida como o vazio." Essa é você, Phillipa.

– Obrigada pelo elogio! – disse ela, torcendo o nariz.

– Não há de quê. Imagino que a minha obsessão por você não seja diferente da dele por Maud.

– Deixe de ser ridículo, Edmund.

– Ora, Phillipa... Eu me pergunto qual é o seu segredo. O que se esconde por trás dos seus traços tão bem feitos? O que você pensa? O que você *sente*? Você está feliz ou deprimida, assustada ou o quê? Tem de haver alguma coisa.

Phillipa não se exaltou:

– O que eu sinto não é da sua conta.

– É, sim. Quero fazê-la falar. Quero saber o que se passa na sua cabeça. Tenho esse direito. De verdade. Eu não me apaixonei porque quis. Preferia escrever meu livro tranquilamente. É um ótimo livro, sobre as desgraças do mundo. É assustador como é fácil escrever sobre as desgraças dos outros. E tudo é uma questão de hábito. Convenci-me disso depois de ler a vida de Burne Jones.

Phillipa havia parado de sulcar a terra. Ela olhava para ele, confusa.

– O que Burne Jones tem a ver com isso?

– Tudo. Quando se lê o suficiente sobre os pré--rafaelitas, descobre-se o que significa estar na moda. Eles eram tão agradáveis, populares e felizes, sempre rindo e brincando. O mundo era belo e maravilhoso, porém apenas na superfície. Não eram mais felizes ou saudáveis do que nós. Tudo é uma questão do que aparece e está na moda. Depois da última guerra, o sexo era o último grito. Agora estamos todos desencantados com ele. Mas por que é que comecei a falar disso? Eu queria falar sobre nós. Acho que me senti intimidado e mudei de assunto. Você não me ajuda.

– O que é que você quer que eu faça?

– Que você *fale*! Que se abra comigo. É por causa do seu marido? Você o amava e agora ele está morto. Então você se fecha como uma ostra, é isso? Está bem, você o amava e ele está morto. Bem, outros maridos estão mortos... muitos... e algumas dessas mulheres que ficaram ainda gostam deles. É o que elas confessam nos bares e chegam a chorar um pouco se estão bêbadas o suficiente. Mas aí querem ir para a cama com o sujeito que lhes dá ouvido, pois assim se sentem melhor. É uma forma de superar o trauma, imagino. Você é jovem, é bela, e estou enlouquecido por você. Fale-me do seu maldito marido. Conte-me tudo sobre ele!

– Não há nada para falar. Nós nos conhecemos e nos casamos.

– Deviam ser bem jovens.

– Jovens demais.

– Então você não era feliz? Vamos, Phillipa, diga alguma coisa...

– Dizer o quê? Não éramos nem mais nem menos felizes do que ninguém. Harry nasceu. Ronald viajou para a Europa. Ele foi... Morto na Itália.

– E Harry foi tudo o que lhe restou?

– Sim.

– Gosto de Harry. Ele é uma criança agradável e gosta de mim. Nós nos damos bem. E então, Phillipa, por que não nos casamos? Você segue trabalhando no jardim, eu sigo escrevendo meu livro, e nos finais de semana tiramos uma folga e nos divertimos. Pode-se dar um jeito para que mamãe não venha morar conosco. E ela pode se sacrificar um pouco pelo filho querido. Eu vivo às custas dos outros, escrevo livros idiotas, tenho problema de visão e falo demais! Esse último defeito é o pior. Você quer tentar?

Phillipa olhou para ele. O que ela viu foi um jovem alto, formal, com uma expressão de expectativa no rosto e óculos de grau. Seu cabelo loiro escuro estava desarrumado, e ele olhava para ela com uma afabilidade tranquilizadora.

– Não – disse Phillipa.

– Não? É uma resposta definitiva?

– Sim.

– Por quê?

– Você não sabe nada sobre mim.

– Mas é só por isso?

– Não. Você não sabe absolutamente nada.

Edmund refletiu.

– Talvez eu não saiba mesmo – concordou. – Mas quem é que sabe? Phillipa, minha adorada...

Ele se interrompeu. Ouviu-se um grito estridente e ganidos de cachorro.

Pelas alamedas do jardim (diz Edmund)
Um pequinês vai rebolando
Phil, Phil, Phil, Phil
*É ele ganindo e chorando**

– O seu nome não contribui muito para a beleza do poema, não é mesmo? Você não tem nenhum outro?

– Joan. E agora, por favor, vá embora. É a sra. Lucas que está vindo.

– *Joan, Joan, Joan, Joan*... Melhor, mas não muito. Acho que você tampouco daria uma boa cozinheira.

– A sra. Lucas está...

– Ah, mas que inferno! Passe para cá uma dessas malditas abobrinhas...

* Paródia de uma passagem de *Maud*, de Lord Alfred Tennyson. (N.T.)

II

O sargento Fletcher fora deixado sozinho em Little Paddocks.

Era o dia de folga de Mitzi. Ela costumava ir a Medenham Wells no ônibus das onze. A srta. Blacklock pedira ao sargento Fletcher que tomasse conta da casa. Ela e Dora Bunner tinham de ir ao vilarejo.

Fletcher não perdeu tempo. Alguém na casa tinha lubrificado as dobradiças daquela porta, com o objetivo de sair por ela sem ser notado assim que as luzes se apagassem. Isso deixava Mitzi de fora, pois ela não precisava usar a porta.

Quem sobrava? Os vizinhos também podiam ser deixados de lado, pensou Fletcher. Que oportunidade teriam eles para lubrificar a porta? Sobravam apenas Patrick e Julia Simmons, Phillipa Haymes e talvez Dora Bunner. Os jovens Simmons estavam em Milchester. Phillipa Haymes, trabalhando. O sargento Fletcher ficou livre para investigar a casa. Porém, infelizmente, não havia nada escondido. Ele era um especialista em eletricidade e não encontrou nada de anormal na fiação ou nos aparelhos que explicasse como as luzes haviam sido desligadas. A busca que deu nos quartos também se revelou infrutífera. Phillipa Haymes tinha fotos de um menino de olhos tristes, uma pilha de cartas escritas por ele, um ou dois programas de teatro. Uma das gavetas do quarto de Julia estava abarrotada de fotos do sul da França. Fotos em trajes de banho, uma casa cercada de acácias-mimosas. Patrick guardava lembranças da marinha. Os objetos pessoais de Dora Bunner eram dos mais inocentes.

"Mas alguém deve ter lubrificado a porta", pensou Fletcher.

Ele foi despertado dos próprios pensamentos por um barulho no andar de baixo. Correu até o patamar da escada, debruçou-se e olhou.

A sra. Swettenham atravessava o corredor. Ela carregava uma cesta. Deu uma olhada na sala de estar e foi até a sala de jantar, depois saiu sem a cesta.

Um leve barulho provocado por Fletcher, uma tábua que estalou debaixo dos seus pés, fez com que ela se voltasse.

– Srta. Blacklock?

– Não. Sou eu, sra. Swettenham – respondeu Fletcher.

A sra. Swettenham deixou escapar um gritinho.

– Oh! Que susto você me deu. Achei que fosse outro assalto.

Fletcher desceu as escadas.

– Essa casa não parece mesmo muito protegida contra ladrões – disse ele. – Qualquer um entra e sai quando bem entende?

– Vim trazer-lhes uns marmelos – explicou a sra. Swettenham. – A srta. Blacklock quer fazer marmelada, mas não tem nenhum marmeleiro na propriedade. Eu os deixei na sala de jantar.

Ela então sorriu.

– Ah, entendo. O senhor gostaria de saber como foi que entrei? Bem, pela porta lateral. Temos o hábito de entrar e sair das casas uns dos outros. Ninguém sonha em trancar as portas durante o dia. O que quero dizer é que seria chato trazer algo e não ter onde deixar por não poder entrar. As coisas não são mais como antigamente, quando sempre havia uma empregada para atender a porta – suspirou a sra. Swettenham. – Lembro que na Índia tínhamos dezoito empregados... Dezoito. Sem contar a aia. E não havia nada de mais nisso. Quando eu era criança, tínhamos três empregadas, mas minha mãe sempre reclamou por não termos dinheiro para contratar outra ajudante de cozinha. Sou obrigada a confessar que acho estranha a maneira como se vive hoje em dia, sargento. Mas ficar reclamando também não é de bom tom. Pior é para os mineiros, que correm o risco de pegar uma psittacosis! Não, não... acho que essa é uma doença de papagaios. De qualquer modo, fora das minas, têm de trabalhar como jardineiros e não sabem distinguir espinafre de repolho!

Tropeçando na direção da porta, ela acrescentou:

– Não vou tomar mais o seu tempo. Imagino que esteja bastante ocupado. O senhor acha que pode acontecer alguma outra coisa?

– Acontecer o quê, sra. Swettenham?

– Eu estava apenas pensando, já que o senhor continua por aqui... Tenho a impressão de que é uma quadrilha. O senhor pode avisar a srta. Blacklock de que eu trouxe os marmelos?

A sra. Swettenham foi embora. Era como se Fletcher tivesse levado um baque. Ele presumira ingenuamente que só um dos residentes da casa poderia ter lubrificado a porta. Agora via o quanto estava errado. Bastava esperar que Mitzi tomasse o ônibus, e Letitia Blacklock e Dora Bunner saíssem de casa. Não era nada complicado. Qualquer um dos presentes na sala de estar naquela noite poderia ter entrado na casa e lubrificado as dobradiças da porta.

III

– Murgatroyd!

– O que foi, Hinch?

– Andei pensando com meus botões.

– É mesmo?

– Sim. Coloquei o cérebro para funcionar. Você sabe, Murgatroyd... Aquela encenação toda da outra noite foi muito suspeita...

– Suspeita?

– Sim. Prenda o cabelo e pegue essa espátula. Vamos fazer de conta que é um revólver.

– Oh! – disse a srta. Murgatroyd, nervosa.

– Acalme-se, não vou atirar em você. Vamos até a porta da cozinha. Você vai ser o assaltante. Fique aqui. Agora você entra na cozinha e assalta um bando de idiotas. Pegue a lanterna e acenda.

– Mas é dia!

– Você não tem imaginação? Acenda a lanterna, eu falei!

A srta. Murgatroyd obedeceu, meio atrapalhada, colocando a espátula debaixo do braço.

– Pode começar – disse a srta. Hinchcliffe. – Lembre-se de quando interpretou Hérmia em *Sonho de uma noite de verão*, no Women's Institute. Vamos lá, capriche: "Mãos ao alto!", esse é o texto. E não o destrua dizendo "por favor".

A srta. Murgatroyd ergueu a lanterna, fez um floreio com a espátula e avançou na direção da porta da cozinha.

Passando a lanterna para a mão direita, ela girou rapidamente a maçaneta e deu um passo à frente. Com a lanterna de volta à mão esquerda, exclamou, com uma voz de flauta:

– Mãos ao alto! Ah, mas isso é muito complicado, Hinch...

– Por quê?

– Essa porta fica voltando o tempo todo, e estou com as duas mãos ocupadas...

– Exatamente! – exclamou a srta. Hinchcliffe, exultante. – E o mesmo acontece com a porta da sala de estar em Little Paddocks. Não é de vaivém como essa, mas tampouco fica aberta. Foi por isso que Letty Blacklock comprou aquele peso maravilhoso de vidro, do sr. Elliot, na High Street. Tenho de confessar que jamais a perdoei por isso. Havia dias que eu vinha regateando com aquele velho estúpido. Ele já concordara em baixar o preço de oito guinéus para seis libras, mas aí a srta. Blacklock apareceu e comprou a maldita peça. Nunca vi um peso tão bonito. Globos de vidro daquele tamanho são difíceis de achar.

– Então talvez o assaltante tenha prendido a porta com o peso – sugeriu a srta. Murgatroyd.

– Use o cérebro, Murgatroyd. O que foi que ele fez? Escancarou a porta e disse: "Um momento, por favor"? Depois se inclinou para ajeitar o peso e aí retornou à posição inicial, mandando todo mundo levantar as mãos? Veja se você consegue segurar a porta com o ombro...

– É estranho do mesmo jeito – reclamou a srta. Murgatroyd.

– É como eu pensava. Um revólver, uma lanterna e ainda a porta... é muita coisa, não? Então, qual é a resposta?

A srta. Murgatroyd preferiu ficar de boca fechada. Ela lançou à imperiosa amiga um olhar interrogativo de admiração, esperando por um esclarecimento.

– Sabemos que ele tinha um revólver por causa dos disparos – disse a srta. Hinchcliffe. – E sabemos que ele tinha uma lanterna, porque a vimos... Só se fomos vítimas de algum desses hipnotizadores indianos de que tanto fala a chata da sra. Easterbrook! Ou talvez alguém tenha segurado a porta para ele...

– Mas quem teria feito uma coisa dessas?

– Ora, você mesma, Murgatroyd! Se me lembro direito, você estava bem ali por perto quando as luzes se apagaram – concluiu a srta. Hinchcliffe, soltando uma gargalhada. – Quem diria, hein, Murgatroyd? Jamais suspeitariam de você... Vamos, dê-me essa espátula. Ainda bem que não é nenhuma arma de verdade, ou você teria se matado agora mesmo!

IV

– Que coisa mais estranha, Laura... – resmungou o coronel Easterbrook.

– Sim, querido?

– Venha até aqui o meu quarto, por favor.

– O que foi, querido?

A sra. Easterbrook apareceu pela porta entreaberta.

– Você se lembra daquele meu revólver?

– Ah, sei. Aquela coisa preta horrorosa...

– Sim. Para mim, é uma recordação. Ele estava na gaveta, não?

– Estava.

– Mas agora não está mais.

– Que estranho, Archie!

– Você não andou mexendo nas minhas coisas, andou?

– Oh, não. Jamais encostaria naquilo.

– Você acha que pode ter sido essa velha?

– Ah, não, querido. De forma alguma. A sra. Butt jamais faria uma coisa dessas. Quer que eu pergunte a ela?

– Não, não, melhor não. Não quero ninguém comentando a respeito disso. Você lembra quando foi que o mostrei a você?

– Ah... Semana passada. Você reclamava por causa dos seus colarinhos que não estavam bem lavados, puxou a gaveta toda para fora, e lá estava ele no fundo. Foi aí que perguntei a você o que era.

– Sim, isso mesmo. Semana passada. Você não lembra o dia?

A sra. Easterbrook baixou os olhos e fez um grande esforço para lembrar.

– Foi no sábado. O dia em que íamos ao cinema e depois desistimos.

– Tem certeza de que não foi antes? Na quarta? Quinta-feira ou quem sabe ainda na outra semana?

– Não, querido – disse a sra. Easterbrook. – Eu lembro muito bem. Foi sábado, dia 30. Parece que faz mais tempo por causa dessa confusão toda por que passamos. E sabe por que é que lembro? Exatamente porque foi depois do dia do assalto na casa da srta. Blacklock. Quando vi o revólver, logo me lembrei do que havia acontecido.

– Ah... – disse o coronel Easterbrook. – É um peso que você acaba de me tirar dos ombros.

– Por que, Archie?

– Porque se o revólver tivesse desaparecido antes do assalto, bem... Poderia ser que o suíço tivesse pego a minha arma.

– Mas como ele saberia que você tinha uma?

– Essas quadrilhas são muito bem-informadas. Sabem tudo sobre as pessoas e os lugares onde vão atuar.

– Archie, como você é inteligente!

– Ah! Sim. Tenho alguma experiência de vida... Porém, como você está certa de ter visto o meu revólver depois do assalto, dou o assunto por encerrado. O revólver que aquele suíço usou não poderia mesmo ser o meu.

– É claro que não, querido.

– Que alívio. Teria de ir até a delegacia informar a polícia. E eles fazem todo tipo de pergunta. São obrigados a fazer. Para a falar a verdade, nunca tirei uma licença para ele. Depois da guerra, eu já não dava muita importância para essas coisas. Sempre o considerei mais uma recordação do que uma arma.

– É claro, querido.

– Mesmo assim, onde foi parar essa maldita arma?

– Bem... só se foi a sra. Butt. Ela sempre me pareceu muito honesta, mas talvez tenha ficado nervosa depois do assalto e... Vai ver pensou que se sentiria mais segura com um revólver em casa! É claro, ela nunca vai admitir o furto. Não tenho nem coragem de perguntar. O que vamos fazer? Essa casa é muito grande, eu não tenho como...

– Claro, claro – disse o coronel Easterbrook. – É melhor não dizer nada.

Capítulo 13

Uma manhã em Chipping Cleghorn (continuação)

Miss Marple saiu pelo portão da casa paroquial e seguiu pelo caminho que levava à avenida principal.

Ela caminhava com certa pressa, valendo-se da bengala de madeira do reverendo Julian Harmon.

Ela passou pelo Red Cow e pelo açougue, parando por um momento para dar uma espiada na loja de antiguidades do sr. Elliot. A loja ficava estrategicamente situada ao lado da Bluebird Tearooms, a fim de que a vitrine, montada com cuidado pelo sr. Elliot, pudesse atrair a atenção dos ricos fregueses que estacionavam os carros por ali para tomar uma deliciosa xícara de chá com bolinhos cor de açafrão, eufemisticamente chamados de "caseiros".

Atrás da vidraça em forma de arco, o sr. Elliot buscava atender a todos os gostos. Duas peças de cristal Waterford estavam acomodadas em um belíssimo porta-garrafas. Uma cômoda de nogueira, cheia de aberturas e gavetas, era anunciada como uma "verdadeira pechincha". E, ainda na vitrine, havia uma mesa com um bom sortimento de aldravas e duendezinhos pitorescos, porcelanas de Dresden lascadas, colares de pérolas desbotados, uma caneca escrito "Lembrança de Tunbridge Wells" e utensílios de prata vitoriana.

Miss Marple olhou rapidamente para a vitrine, mas foi o suficiente para que o sr. Elliot corresse para fora da loja, como uma velha aranha barriguda que sente a mosca bater na teia.

Enquanto calculava as potencialidades da nova cliente, acabou por se dar conta de que o encanto da caneca de Tunbridge Wells não surtiria grande efeito sobre uma senhora que se hospedava na casa paroquial. (Como o resto da cidade, o sr. Elliot sabia muito bem quem ela era.) Contudo, Miss Marple já tinha visto com o canto do olho Dora Bunner entrar na Bluebird Tearooms e decidiu que a melhor forma de enfrentar o frio daquela manhã era tomar uma bela taça de café.

Quatro ou cinco senhoras já estavam empenhadas em tornar mais saborosa a sua manhã de compras fazendo uma pausa para um lanchinho. Tentando acostumar-se ao ambiente sombrio do interior do Bluebird, Miss Marple piscava os olhos enquanto desviava das cadeiras, até que foi salva pela voz caridosa de Dora Bunner:

– Ah, bom dia, Miss Marple. Por favor, sente-se aqui. Estou mesmo sozinha.

– Obrigada.

Miss Marple deixou-se cair aliviada em uma das pequenas poltronas azuis e desconfortáveis com que o Bluebird pretendia impressionar os clientes.

– Mas que vento está lá fora! – reclamou. – E por causa do meu reumatismo não posso andar muito rápido.

– Eu sei como é. No outro ano sofri muito com dor ciática. A maior parte do tempo eu não aguentava de dor. Um horror.

As duas senhoras conversaram entusiasmadas sobre reumatismo, ciática e neurite por certo tempo. Uma jovem vestindo um avental cor-de-rosa, na frente do qual se via uma revoada de pássaros azuis, anotou bocejando o pedido de café com bolinhos e saiu mal-humorada.

– Os bolinhos daqui – disse a srta. Bunner, em tom de conchavo – são realmente deliciosos.

– Fiquei tão curiosa para saber mais a respeito daquela bela moça que conheci ao sair da casa da srta.

Blacklock outro dia – disse Miss Marple. – Acho que ela disse que trabalhava com jardinagem. Ou seria em alguma fazenda? Acho que é Hynes o nome dela...

– Ah, Phillipa Haymes. É nossa hóspede – disse a srta. Bunner com um risinho. – Uma ótima moça. Muito bem-educada, se é que a senhora me entende.

– Conheci um coronel Haymes, da cavalaria indiana. Poderia ser pai dela, quem sabe?

– Haymes é o nome de casada. Ela é viúva. O marido foi morto na Sicília ou na Itália. Mas pode ser o pai *dele*, é claro.

– Ah, é mesmo? Pois julguei ter percebido um clima de romance entre ela e aquele rapaz alto... – sugeriu Miss Marple, baixando o tom de voz e dando uma piscadinha.

– Patrick? Ah, não! Não imagino que...

– Estou me referindo àquele jovem de óculos. Eu o vi por aí outro dia...

– Ah, é claro. Edmund Swettenham. É melhor falarmos baixo, porque aquela ali no canto é a sra. Swettenham, a mãe dele. Mas não sei de nada. A senhora acha que ele está interessado nela? Ele é tão estranho... Diz coisas tão esquisitas. E se acha muito inteligente – disse a srta. Bunner em tom desaprovador.

– Inteligência não é tudo – concordou Miss Marple, balançando a cabeça. – Ah, aí está o nosso café.

A moça, ainda de mau humor, colocou ruidosamente a louça sobre a mesa. Miss Marple e a srta. Bunner anteciparam-se ao mesmo tempo para oferecer uma à outra os bolinhos.

– Mas quer dizer então que a srta. Blacklock foi sua colega de colégio? Que interessante!

– Sim, de fato – disse a srta. Bunner, suspirando. – A srta. Blacklock é um caso raro. Poucas pessoas são tão fiéis aos velhos amigos. O tempo passa tão rápido! Ela era tão bonita e tão alegre. É muito triste.

Miss Marple também suspirou e balançou a cabeça, afirmativamente, apesar de não ter a menor ideia do que seria triste.

– A vida não é fácil – murmurou ela.

– Uma grande aflição tem de ser enfrentada com bravura – considerou a srta. Bunner, com os olhos lacrimejantes. – Sempre penso nisso. Ter muita paciência, saber resignar-se. Em algum momento, seremos recompensados. Tem de ser assim, é o que eu digo. Tenho a impressão de que tudo de bom que pudesse acontecer à srta. Blacklock seria merecido. Ela é uma pessoa maravilhosa.

– Dinheiro é uma coisa que sempre nos ajuda.

Miss Marple fez esse comentário pensando que eram as perspectivas financeiras da srta. Blacklock que a amiga dela tinha em mente naquele momento. No entanto, seu próprio comentário fez com que a srta. Bunner desse outro rumo à conversa:

– Dinheiro! – exclamou ela com desgosto. – Só quem já passou realmente por dificuldades pode saber o que o dinheiro, ou melhor, a falta de dinheiro, significa...

Miss Marple, solidária, moveu afirmativamente a sua distinta cabeça branca.

A srta. Bunner seguiu em frente, sem pestanejar, empertigando-se na cadeira e com as faces vermelhas:

– Tenho ouvido as pessoas dizerem: "Prefiro um vaso de flores na mesa a uma refeição sem elas". Mas são pessoas que nunca tiveram de se privar do seu belo almoço. Elas não sabem o que significa passar fome. Só quem já passou por isso é que sabe. Pão, um vidro de caldo de carne e um pouco de margarina... Um dia depois do outro, sempre a mesma coisa. A falta que se sente de um bom bife e alguns vegetais. E o medo de que os outros percebam que a sua roupa foi remendada? E procurar um emprego quando todos lhe chamam de velha? E você mesma não aguentaria se conseguisse um. Acabaria por desmaiar, perderia o emprego, e tudo começaria de novo. Porque é preciso pagar o aluguel. Se você não pagar o aluguel, vai ter de viver nas ruas. E é impossível economizar um tostão. A velha aposentadoria já não dá mais para nada!

– Eu sei, eu sei... – disse Miss Marple, gentilmente.

Ela olhava com compaixão para o rosto angustiado da srta. Bunner.

– Mandei uma carta para Letty. Tinha lido o nome dela no jornal. Um almoço em benefício do Hospital de Milchester. E lá estava ela na foto em preto e branco. O passado me voltou à mente. Estávamos havia anos sem qualquer contato. Ela fora secretária de um homem muito rico, o sr. Goedler. Uma jovem inteligente e de caráter, dessas capazes de enfrentar o mundo. E não por causa da beleza. Imaginei que talvez... Bem, talvez ela ainda se lembrasse de mim... E ela era uma das pessoas a quem eu poderia pedir ajuda. Quero dizer, alguém que eu conhecia desde criança, com quem eu tinha estudado. Ela não iria desconsiderar a minha carta como se fosse a de uma pessoa qualquer...

Os olhos de Dora Bunner encheram-se de lágrimas.

– E Lotty de fato me salvou. Disse que precisava de alguém para ajudá-la. Fiquei surpresa. Muito surpresa. Mas os jornais às vezes se enganam, não? Ela foi muito receptiva e simpática. Lembrava-se muito bem dos velhos tempos. Eu faria tudo por ela. Tudo. E me esforço ao máximo, mas às vezes acho que me atrapalho. Minha cabeça já não é mais a mesma. Eu me esqueço das coisas, digo besteiras. Ela é muito paciente. E sempre dá a entender que sou útil. Isso é que é bondade, não é mesmo?

Miss Marple concordou:

– Sim, isso é que é bondade.

– Eu costumava ficar angustiada, mesmo depois que vim a Little Paddocks. O que seria de mim se algo acontecesse à srta. Blacklock? Há tantos acidentes hoje em dia... carros por toda parte... Nunca se sabe, não é mesmo? É claro que eu nunca *disse* nada, mas ela já deve ter percebido. E um dia acabou me revelando que me incluíra no seu testamento, me deixava uma pequena renda... e uma coisa extraordinária à qual dou muito mais valor: a sua bela mobília! Oh, não pude acreditar... Mas ela disse que ninguém daria mais valor a isso do que eu, e é verdade. Fico indignada quando quebram alguma porcelana, ou vejo a marca de um copo que foi deixado molhado em cima de um móvel. Eu me preocupo com as coisas dela. Algumas pessoas são tão descuidadas... mais do que descuidadas, eu diria!

Ela fez uma pequena pausa, depois continuou:

– Não sou tão burra quanto pareço, sabe? Percebo quando estão abusando de Letty. Não vou dar nomes, mas há pessoas que se aproveitam. Acho que a srta. Blacklock às vezes é um pouco ingênua, confia demais nos outros...

Miss Marple fez que sim com a cabeça e acrescentou:

– Isso é um erro...

– Sim, um erro. Mas nós, Miss Marple, sabemos o que é o mundo! Já a pobre da srta. Blacklock...

Miss Marple imaginava que a srta. Blacklock também soubesse o que era o mundo, afinal ela fora secretária de um grande financista... Mas provavelmente o que Dora Bunner queria dizer era que Letty Blacklock sempre levara uma vida confortável e que os abismos da natureza humana só seriam conhecidos por pessoas que passassem por grandes dificuldades financeiras.

– Aquele Patrick! – disparou a srta. Bunner, e com tal aspereza que fez Miss Marple pular na cadeira. – Pelo menos duas vezes sei que pediu dinheiro a ela. Veio com uma história de que estava precisando, de que tinha ficado devendo para não sei quem... Ela é generosa demais. Quando reclamei, ela disse: "O rapaz é jovem, Dora. A juventude é a época de as pessoas aproveitarem um pouco a vida".

– Bem, ela não deixa de ter razão – considerou Miss Marple. – Ele é um rapaz tão bonito.

– Muito bonito, realmente. E sempre à toa, fazendo gracinhas. E imagino que saia com muitas garotas. Para ele, não passo de uma figura ridícula. Acho que não se importa com os sentimentos dos outros.

– É o que ocorre com a maioria dos jovens – disse Miss Marple.

A srta. Bunner de repente inclinou-se sobre a mesa, com um ar de mistério.

– Querida, posso lhe contar um segredo? – perguntou. – Mas, por favor, não comente com ninguém... Não consigo deixar de pensar que ele esteja envolvido nessa história horrorosa do outro dia. Acho que ele conhecia aquele jovem, ou talvez Julia o conhecesse. Não tenho coragem de dizer nada à srta. Blacklock. Na verdade, outro dia insinuei algo nesse sentido, e ela ficou furiosa comigo. Dá para entender, é claro, porque ele é sobrinho dela. Primo, pelo menos... E, se esse rapaz suíço se suicidou, Patrick pode ser responsabilizado, não é verdade? No caso de ele ter planejado o assalto, é o que quero dizer. Até agora não entendi muito bem o que foi que aconteceu. E isso que o inspetor diz sobre essa outra porta da sala de estar... que foi lubrificada, é uma coisa que também me preocupa. Porque eu vi...

Ela interrompeu-se, abruptamente.

Miss Marple refletiu em busca de uma frase.

– Entendo como deve ser difícil para você, minha querida – disse ela, solidária. – Naturalmente, não quer que nada disso chegue aos ouvidos da polícia...

– Exatamente! – exclamou Dora Bunner. – Passo as noites em claro pensando... Ocorre que surpreendi Patrick entre os arbustos do jardim outro dia. Eu estava procurando ovos (temos uma galinha poedeira) e dei com ele segurando uma pena e um pote. Um pote de óleo. Ele deu um pulo quando me viu e disse: "Eu estava me perguntando o que isso está fazendo aqui". Bem, é claro, ele é esperto. A frase deve ter lhe ocorrido no mesmo momento em que o surpreendi. Como ele ia encontrar algo assim no meio dos arbustos se já não soubesse que estava lá? É claro que fiquei quieta.

– Com toda a razão.

– Mas olhei para ele com uma cara...

Dora Bunner estendeu a mão e beliscou, distraída, um sinistro bolinho cor de salmão.

– Outro dia, ouvi por acaso uma conversa dele com Julia. Parece que discutiam. Ele dizia: "Se eu soubesse que você tinha algo a ver com uma coisa dessas!". E Julia (ela é sempre tão calma): "Bem, irmãozinho, o que é que você faria?". Mas aí, infelizmente, pisei na tábua que sempre faz barulho, e eles me viram. Fui obrigada a perguntar, sorridente: "Estão brigando?". Patrick disse: "Estou proibindo Julia de comprar qualquer coisa no mercado negro". Uma resposta bem inteligente, mas não acredito que fosse esse o motivo da discussão. E não consigo deixar de pensar que Patrick tenha mexido no abajur da sala de estar para que as luzes se apagassem... Porque me lembro perfeitamente que era a pastora, e não o pastor que estava ali. Depois, no dia seguinte...

Ela se interrompeu e ficou com o rosto muito vermelho. Miss Marple virou de lado e deparou-se com a srta. Blacklock, parada atrás das duas. Devia ter acabado de entrar.

– Café com fofoca, Bunny? – disse ela, em tom claro de reprovação. – Bom dia, Miss Marple. Frio, não?

As portas foram abertas de supetão, e Bunch Harmon entrou atrapalhada no Bluebird.

– Olá! – disse ela. – Será que estou muito atrasada para o café?

– Não, minha querida – respondeu Miss Marple. – Sente-se e peça uma taça.

– Precisamos voltar para casa – disse a srta. Blacklock. – Comprou o que precisava, Bunny?

A voz dela assumira novamente um tom indulgente, mas seus olhos continuavam a manifestar um certo desgosto.

– Sim... sim. Obrigada por me lembrar, Letty. Tenho ainda de dar uma passada rápida na farmácia e pegar um analgésico e uma pomada para verrugas.

Depois que elas saíram, Bunch perguntou:

– Sobre o que conversavam?

Miss Marple ficou um tempo em silêncio. Ela esperou que Bunch fizesse o pedido e depois disse:

– O sentimento de solidariedade familiar é muito forte. Muito forte. Há um caso famoso... não consigo me lembrar direito. Diziam que o marido dera veneno à esposa. Num copo de vinho. E então, durante o julgamento, a filha resolveu dizer que tinha bebido metade do copo da mãe e, dessa forma, impediu que ele fosse condenado. Pode ser apenas um boato, mas parece que ela nunca mais dirigiu a palavra a ele. Claro, um pai é uma coisa, um sobrinho ou um primo distante é outra. Mas mesmo assim... Ninguém quer ver um membro da própria família enforcado, não é verdade?

– Não – disse Bunch. – Ninguém quer ver uma coisa dessas.

Miss Marple recostou-se na cadeira e murmurou baixinho:

– As pessoas são muito parecidas, em todos os lugares.

– Com quem eu sou parecida?

– Bem, minha querida, em primeiro lugar, com você mesma. Você não me lembra ninguém em particular, a não ser talvez...

– Ah, lá vem você...

– Estava apenas pensando numa copeira que tive.

– Uma copeira? Eu daria uma péssima copeira.

– Sim, meu anjo, e ela *era* péssima. Fazia tudo errado. Ajeitava mal os pratos, misturava as facas de cozinha com as de mesa, e a touca que ela usava (isso faz muito tempo) estava sempre caindo.

Bunch imediatamente arrumou o chapéu.

– Alguma outra lembrança? – perguntou ela.

– Eu nunca a despedi, porque ela era uma companhia agradável que me fazia rir. Dizia o que pensava com muita franqueza. Um dia, ela chegou para mim e comentou: "Não posso afirmar categoricamente, madame... mas Florrie... Bem! Ela se senta como se fosse uma mulher casada". E era verdade que a pobre Florrie estava em apuros. Tinha se envolvido com o ajudante do cabeleireiro. Felizmente, as coisas puderam ser arranjadas a tempo. Tive uma conversa com o rapaz, e eles logo se casaram e foram morar juntos. Florrie era uma ótima moça, mas muito suscetível à beleza masculina...

– Ela não matou ninguém, matou? – perguntou Bunch. – Eu me refiro à copeira.

– Não, de fato não – disse Miss Marple. – Casou-se com um pastor batista e tiveram cinco filhos.

– Assim como eu – disse Bunch. – Apesar de que até agora só tenho Edward e Susan.

Depois de um minuto ou dois, ela perguntou:

– Em quem mais a senhora está pensando, tia Jane?

– Em várias pessoas, querida, várias pessoas – Miss Marple fez mistério.

– Da sua cidade? St. Mary Mead?

– A maioria delas... Estava pensando na enfermeira Ellerton. Uma mulher excelente. Tomava conta de uma velha senhora, a quem se dedicava inteiramente. Até que um dia a velha senhora faleceu. E depois veio outra que também morreu. Morfina, descobriu-se depois. Aplicada com todo o cuidado para que não houvesse dor alguma. O mais chocante de tudo era que ela não entendia que tivesse feito algo errado. As duas já estavam à beira da morte; uma delas tinha câncer e sofria muito.

– A senhora quer dizer que foi como uma eutanásia?

– Não, não. Haviam incluído o nome dela no testamento. Ela gostava de dinheiro, entende? E há também o rapaz que trabalhava no transatlântico. Sobrinho da senhora Pusey, da papelaria. Levava para casa coisas que tinha roubado e pedia para a tia que as vendesse. Ela achava que eram coisas que ele adquirira no exterior, até que a polícia apareceu e começou a fazer perguntas. O rapaz golpeou-a na cabeça, na esperança de que ela não o denunciasse... Estava longe de ser um sobrinho exemplar, mas era muito bonito. Duas moças apaixonaram-se por ele, que gastou rios de dinheiro com uma delas.

– Que sujeito medonho... – disse Bunch.

– Sim, querida. E há também a sra. Cray, da loja de lãs. Estragou o filho por mimá-lo demais. Ele acabou por se meter com umas pessoas esquisitas. Você se lembra de Joan Croft, Bunch?

– Não... acho que não.

– Achei que você a tivesse visto uma vez em que me visitou. Fumava cigarro e cachimbo. Assaltaram o nosso banco uma vez, e ela estava na agência. Foi ela quem golpeou o assaltante e tirou dele a arma. Recebeu até uma condecoração.

Bunch escutava atentamente. Era como se ela tentasse reter na memória os detalhes do que estava ouvindo.

– E o que mais? – perguntou ela.

– Aquela moça que conhecemos durante um verão em St. Jean des Collines. Uma moça muito calma... Na verdade, mais silenciosa do que calma. Todos gostavam dela, mas não tinham a oportunidade de conhecê-la bem. Ficamos sabendo mais tarde que o marido dela falsificava dinheiro. Era isso que fazia com que ela se distanciasse das outras pessoas. E ela acabou ficando meio esquisita. A solidão enlouquece as pessoas, querida...

– Nenhum coronel anglo-indiano nas suas recordações, tia Jane?

– Mas é claro que sim, querida. O major Vaughan em Larches e o coronel Wright em Simla Lodge. Não havia nada de errado com eles. Mas me lembro do sr. Hodgson, gerente de banco. Num cruzeiro, conheceu uma moça, jovem o suficiente para ser sua filha, e acabou casando-se com ela. Não sabia nada sobre ela, exceto o que ela mesma havia lhe contado, é claro.

– E o que ela dizia não era verdade?

– Não. Definitivamente, não era.

– Nada mau – disse Bunch, contando nos dedos. – Até agora tivemos a devotada srta. Dora Bunner, o belo Patrick, a sra. Swettenham e Edmund, Phillipa Haymes, o coronel Easterbrook e a sra. Easterbrook... E, se a senhora me perguntar, diria que tem toda a razão no que pensa sobre *ela*. Mas ela não teria nenhuma razão para matar Letty Blacklock.

– Vai ver a srta. Blacklock conhece algum segredo dela.

– O velho truque de sir Arthur Wing Pinero em *O passado da sra. Tanqueray*? Oh, tia Jane, tramas como essa já estão muito conhecidas...

– Pode ser e pode não ser. Você não é o tipo de mulher que dê muita atenção ao que os outros pensam, mas...

– Entendo o que a senhora quer dizer – interrompeu Bunch. – Se você passou por dificuldades e depois foi acolhido por alguém, como um desses gatos pesteados que uma criança tira da rua, dá leite, carinho e um nome, depois se torna tudo para ela... Bem, você faria qualquer coisa para se manter nessa situação. Tenho de admitir que a senhora nos apresentou uma bela galeria de tipos...

– Não sei se você entendeu todos eles muito bem, minha querida... – Miss Marple abrandou.

– Não? Onde foi que me perdi? Julia? Julia! Uma bela moça... e muito esquisita!

– Três xelins e seis pence – disse a garçonete, materializando-se das trevas com a sua cara amarrada.

Em seguida, ela acrescentou:

– E eu gostaria de saber, sra. Harmon, o que eu tenho de esquisita? Minha tia certamente faz parte de um grupinho excêntrico de pessoas, mas eu sempre fui uma boa anglicana, como o reverendo Hopkinson pode atestar.

– Ah, me desculpe! – exclamou Bunch. – Estava apenas repetindo a letra de uma velha canção. Eu não estava me referindo a você. Nem sabia que seu nome era Julia.

– Que coincidência... – disse a garçonete mal-humorada, acalmando-se. – Mas sem ofensa. Pensei que estava se referindo a mim... Bem, é natural quando se escuta o próprio nome... Obrigado.

Ela saiu levando a gorjeta.

– Tia Jane? O que foi que aconteceu? – perguntou Bunch para a tia, que parecia preocupada.

– Mas não faz nenhum sentido... Por que alguém faria isso? – murmurou Miss Marple para si mesma.

– Tia Jane!

Miss Marple soltou um suspiro e então sorriu.

– Não é nada, querida.

– A senhora acha que descobriu o assassino? Quem é?

– Na verdade, ainda não sei. Por um momento pensei que tivesse descoberto, mas não pode ser. É uma pena... Temos tão pouco tempo!

– Como assim, pouco tempo?

– Aquela escocesa pode morrer a qualquer momento.

Bunch arregalou os olhos:

– Mas então a senhora acredita nessa história de Pip e Emma? Acha que foram eles? Que podem tentar novamente?

– Mas é claro que vão tentar de novo – disse Miss Marple, um tanto distraída. – Se tentaram uma vez, vão tentar outra. Quem decide matar uma pessoa não desiste só porque a primeira tentativa não deu certo. Especialmente se ninguém desconfia de você.

– Mas, se forem Pip e Emma – disse Bunch –, só duas pessoas poderiam ser eles. Patrick e Julia. Os dois são irmãos, e as únicas pessoas que têm a idade certa.

– Minha querida, nada é assim tão simples. Há ramificações e combinações de todo tipo. Pip pode ser casado, e então teremos sua esposa, ou o marido de Emma. A mãe deles também é parte interessada, mesmo que ela não herde o dinheiro diretamente. Depois de trinta anos sem vê-la, é possível que a srta. Blacklock nem mesmo a reconheça. Mulheres de idade são parecidas. Você não se lembra da sra. Wotherspoon? Além da própria aposentadoria, ela recebia também a da sra. Bartlett, que já estava morta há muitos anos. E, além disso, a srta. Blacklock tem problemas de visão. Você não notou como ela força a vista quando olha para as pessoas? E temos também o pai dos dois, que parece ter sido um sujeito desonesto.

– Mas ele é um estrangeiro.

– Nasceu em outro país, mas nem por isso devemos imaginar que o inglês dele seja estranho, ou que fale fazendo gestos absurdos com as mãos. Ele poderia muito bem desempenhar o papel de um... de um coronel anglo-indiano, e ninguém suspeitaria de nada.

– A senhora acha que foi ele, então?

– Não, eu não acho que foi ele. De forma alguma, querida. O que eu acho é que há muito dinheiro envolvido, uma imensa fortuna. E infelizmente sei muito bem o que as pessoas são capazes de fazer para pôr as mãos numa quantia como essa.

– Suponho que sim – disse Bunch. – E, no final das contas, o dinheiro não lhes traz qualquer felicidade, não é mesmo?

– Não, mas isso elas não sabem.

– Acho que posso entender – disse Bunch com um sorriso amarelo. – Sempre imaginamos que conosco vai ser diferente... Até mesmo eu...

Ela fez uma pausa e depois continuou:

– A pessoa pode mentir para si mesma que empregaria bem o dinheiro. Pode fazer planos de construir orfanatos... asilos para velhos... Uma pensão retirada para senhoras que tivessem passado a vida trabalhando, quem sabe?

O rosto dela tornou-se sombrio. Os olhos escureceram-se, adquirindo um matiz trágico.

– Eu sei exatamente o que você está pensando – disse ela a Miss Marple. – Que eu seria a pior de todas, porque me iludiria facilmente. Quem age por egoísmo, pelo dinheiro, não pode deixar de saber o que está fazendo. Porém, uma vez que você se deixa convencer de que seria por uma boa causa, que começa a se persuadir disso, então parece que fica muito mais fácil matar...

Os olhos dela estavam novamente serenos.

– Mas eu nunca... Eu nunca mataria uma pessoa – disse ela. – Poderia ser alguém velho, doente, que estivesse fazendo um mal terrível aos outros. Mesmo assim. Nem que fosse um chantagista, um monstro...

Ela pescou cuidadosamente, com a ponta do dedo, uma minúscula mosca que boiava na sobra do café e ajeitou-a sobre a toalha na mesa. Depois, continuou:

– Porque as pessoas gostam de viver, não é mesmo? Assim como as moscas. Mesmo quando elas estão velhas e sofrendo por causa de alguma doença. Mesmo se têm de sair de casa arrastadas para tomar um pouco de sol. Julian costuma dizer que essas pessoas gostam até mais de viver do que os jovens. Para elas, é difícil morrer, uma grande luta. Acho que entendo isso, porque gosto de viver. Não me importa apenas estar feliz e me divertindo. Gosto mesmo é de viver, de acordar de manhã e sentir que estou ali, despertando aos poucos.

Ela soprou gentilmente sobre a mosca, que balançou as asas e voou cambaleante.

– A senhora pode ficar tranquila, tia Jane. Eu *jamais* mataria uma pessoa.

Capítulo 14

Uma excursão ao passado

Depois de passar a noite no trem, o inspetor Craddock desembarcou na pequena estação em Highlands.

Por um momento pareceu-lhe estranho que a sra. Goedler, com todo o seu dinheiro e problemas de saúde, tivesse escolhido viver naquela região remota da Escócia em vez de num bairro chique de Londres, numa propriedade rural em Hampshire ou numa casa de campo no sul da França. Com certeza, a escolha a mantinha isolada da maioria dos amigos e das distrações. Devia levar uma vida solitária. Ou será que a doença a impedia de ver o que se passava ao seu redor?

Um carro esperava por ele. Um Daimler desses grandes, bem antigos. O chofer era um senhor de idade. A manhã estava ensolarada, e o inspetor aproveitou a pequena viagem de cerca de trinta quilômetros para conversar com o motorista e tentar descobrir alguma coisa que pudesse explicar aquela preferência misteriosa da sra. Goedler pelo isolamento.

– Foi aqui que ela viveu quando criança. E... ela é a última que sobrou da família. O sr. Goedler também gostava muito daqui, embora fossem poucas as vezes em que conseguia escapar de Londres. Sempre que podia, ele vinha para cá, e os dois se divertiam muito juntos.

Quando começaram a aparecer as paredes cinzentas da torre principal, Craddock sentiu como se voltasse no tempo. Um velho mordomo atendeu a porta; depois de tomar banho e se barbear, Craddock foi conduzido até um quarto com uma enorme lareira acesa. Ali, serviram-lhe o café da manhã.

Depois do café, uma mulher alta, de meia-idade, vestida com um uniforme de enfermeira, apareceu e apresentou-se como sendo a irmã McClelland. Gentil e educada, dava a impressão de ser uma pessoa extremamente competente.

– Minha paciente está pronta para falar com o senhor. Na verdade, ela está ansiosa por vê-lo.

– Farei o possível para não perturbá-la – prometeu Craddock.

– Tenho de preveni-lo sobre o que vai acontecer. A sra. Goedler vai parecer bem-disposta. Ela vai responder sem maiores dificuldades às suas perguntas e vai até se animar com a conversa, mas então de repente vai perder as forças. Quando isso acontecer, o senhor deve deixá-la imediatamente e pedir que me chamem. O senhor precisa entender que a mantemos sob o efeito da morfina. Ela fica dormitando a maior parte do tempo. Em função da sua visita, fui obrigada a aplicar-lhe um forte estimulante. Assim que o efeito do estimulante ceder, ela vai cair em um estado de semiconsciência.

– Eu entendo. Será que a senhorita poderia me descrever o estado de saúde da sra. Goedler?

– Bem, sr. Craddock. Ela é uma mulher que está morrendo. A vida dela não pode ser prolongada por mais do que algumas semanas. Se eu lhe disser que há anos ela já devia estar morta, o senhor vai achar estranho. No entanto, a verdade é essa. O que tem mantido a sra. Goedler viva é a sua intensa alegria e o seu amor pela vida. Soa estranho dizer isso de uma pessoa que tem vivido como uma inválida por anos. Há quinze que ela não sai dessa casa, mas é verdade. A saúde da sra. Goedler sempre foi precária, mas ela tem tido uma vontade de viver fora do comum.

Em seguida, a irmã McClelland acrescentou com um sorriso:

– Ela é uma mulher encantadora, o senhor vai ver.

Craddock foi levado até um amplo aposento, aquecido por uma lareira. Uma senhora estava deitada sob um dossel numa cama espaçosa. Embora tivesse apenas sete ou oito anos a mais do que Letitia Blacklock, sua fragilidade fazia com que parecesse muito mais velha.

Trazia os cabelos brancos muito bem-penteados e os ombros e o pescoço protegidos por uma manta azul de lã. Traços de dor eram visíveis em seu rosto, mas também traços de doçura. E através dos olhos azuis, quase translúcidos, transparecia uma espécie de brilho maroto que perturbou o inspetor, ao pegá-lo de surpresa.

– Bem, isso é interessante – disse ela. – Não é sempre que recebo a visita da polícia. Disseram-me que Letitia Blacklock escapou ilesa do atentado. Como está a minha querida Blackie?

– Ela está muito bem, sra. Goedler. Manda-lhe lembranças.

– A última vez em que a vi foi há muito tempo. Já faz anos que apenas trocamos cartões de Natal. Convidei-a para vir aqui quando retornou à Inglaterra, depois da morte de Charlotte, mas ela disse que seria doloroso depois de tanto tempo, e acho que talvez tivesse razão... Blackie sempre foi muito sensata. Uma antiga colega de colégio veio me ver há cerca de um ano e... ah! – exclamou ela, sorrindo – quase nos matamos de tédio. Depois de terminados todos os "você se lembra?", não tínhamos mais o que dizer uma à outra. Foi constrangedor.

Craddock estava feliz por poder deixá-la falar espontaneamente antes de pressioná-la com suas questões. Queria ter uma ideia do passado, de como era a relação entre a sra. Goedler e a srta. Blacklock.

– Suponho – disse ela com sagacidade – que o senhor queira saber algo sobre o dinheiro. Depois da minha morte, deve ir todo para Blacklock, como era o desejo de Randall. Para falar a verdade, Randall não esperava que eu fosse sobreviver à sua morte. Era um homem robusto, que nunca ficava doente, e eu sempre me lamuriando disso e daquilo, com dores... Os médicos me examinavam e faziam caras espantadas.

– A senhora não parece alguém que tenha o hábito de se lamuriar, sra. Goedler.

A velha dama sacudiu-se numa risada.

– Não digo lamuriar nesse sentido. Nunca levei muito a sério meus problemas de saúde. Mas era tido como certo que eu, por ser a mais fraca, morreria primeiro. Porém não foi o que aconteceu. Não, realmente não foi...

– E qual foi a razão que levou o seu marido a escrever o testamento nesses termos?

– O senhor quer dizer... Por que ele deixou o dinheiro para Blackie? Não tem nada a ver com o motivo que provavelmente está passando pela sua cabeça – disse ela, e o brilho inteligente dos seus olhos intensificou-se. – Vocês da polícia estão sempre pensando o pior das pessoas. Randall nunca foi apaixonado por ela, nem ela por ele. Talvez o senhor tenha reparado que Letitia tem uma cabeça masculina. O que quero dizer é que ela não sofre das mesmas fraquezas de que sofrem a maioria das mulheres. Não é influenciável ou volúvel. Acho que ela nunca se apaixonou por ninguém. Nunca foi muito bonita, nem se importava com roupas. Usava um pouco de maquiagem, mas por uma questão de costume, e não para parecer mais bonita. Nunca aproveitou o que há de divertido em ser mulher – disse ela, em tom melancólico.

Craddock olhou curioso para aquela figura pequena e frágil estendida na cama espaçosa. Belle Goedler sabia o que havia de divertido em ser mulher – e continuava aproveitando isso ao máximo.

Ela deu uma piscadinha para ele.

– Sempre pensei comigo mesma que ser homem deve ser uma coisa muito chata!

Em seguida, ela acrescentou, pensativa:

– Acho que Randall considerava Blackie uma espécie de irmão mais jovem. Ele confiava na capacidade de discernimento dela, que era excelente. E assim pôde evitar inúmeros problemas.

– Ela me contou que uma vez chegou a lhe emprestar uma quantia em dinheiro para tirá-lo de apuros.

– É verdade, mas o que eu dizia vai além disso. Depois de todos esses anos, sei muito bem o que estou dizendo. Randall simplesmente não percebia quando estava sendo envolvido em alguma trapaça. Ele não tinha muita clareza, o senhor entende? O coitado não via a diferença entre um golpe audacioso e uma ação desonesta. Blackie, então, o mantinha na linha. Essa é uma característica de Letitia Blacklock: ela segue à risca o que é correto e jamais se envolveria em algo desonesto. É uma mulher muito íntegra. Sempre a admirei. Ela e a irmã tiveram uma infância terrível. O pai era um desses velhos médicos do interior, com uma mentalidade estreita, um homem rígido que tiranizava a família. Letitia rompeu com ele e veio para Londres estudar contabilidade. A irmã dela era inválida, tinha uma deformidade qualquer e não saía de casa, nem recebia pessoas. Foi por isso que, quando o pai morreu, Letitia abandonou tudo e voltou para casa para cuidar da irmã. Randall ficou furioso, mas pouco adiantou. Ela achava que era seu dever ajudar a irmã, e nada a demoveria daquele propósito.

– Isso foi quanto tempo antes de seu marido morrer?

– Cerca de uns dois anos, creio eu. Randall escreveu o testamento antes de ela sair da firma e depois disso não o alterou. Ele me disse: "não temos ninguém a quem deixar a herança". (Tínhamos um menino, mas ele morreu aos dois anos de idade.) "Depois que eu e você tivermos ido, o melhor é que Blackie fique com o dinheiro. Ela vai continuar investindo e vai surpreender a todos na bolsa." É preciso que o senhor entenda que Randall gostava tanto do jogo quanto do dinheiro. Ele gostava da aventura, dos riscos, da tensão permanente. E Blackie também. Ela tinha o mesmo espírito aventureiro, a mesma mentalidade. A coitada nunca pôde aproveitar o outro lado, mais divertido, da vida: se apaixonar, seduzir e provocar os homens, cuidar da casa e das crianças.

Por um momento, Craddock surpreendeu-se com aquela demonstração genuína de piedade indulgente por parte de uma mulher cuja vida tinha sido tão prejudicada pela doença. Uma mulher que perdera o seu único filho e depois o marido. Uma viúva solitária que durante anos vivia como uma inválida.

Ela concordou com a cabeça.

– Sei o que o senhor está pensando. Mas eu tive todas aquelas alegrias que fazem a vida realmente valer a pena... Elas podem ter sido tiradas de mim, mas por um momento eu as tive. Era uma menina bonita e alegre, casei-me com o homem dos meus sonhos, e ele nunca deixou de me amar... Meu filho morreu, mas ficou comigo por dois preciosos anos... Enfrentei momentos de muita dor física, mas quando você sofre dessa forma também aprende a desfrutar do prazer infinito daqueles momentos em que a dor vai embora. E as pessoas sempre foram gentis comigo... Sou uma mulher de sorte, acredite em mim.

Craddock voltou a um ponto que ela mencionara anteriormente:

– A senhora disse que seu marido deixou a fortuna para a srta. Blacklock porque ele não teria nenhum outro herdeiro. Mas isso não é estritamente verdade, correto? Ele tinha uma irmã...

– Ah, Sonia. Mas eles brigaram muitos anos atrás e não se falavam.

– Ele foi contra o casamento dela?

– Sim. Ela se casou com um homem chamado... Como era mesmo o nome dele?

– Stamfordis.

– É isso. Dmitri Stamfordis. Para Randall, ele era um vigarista. Os dois nunca foram com a cara um do outro. Mas Sonia estava muito apaixonada e determinada a se casar. E, para falar a verdade, acho que ela tinha esse direito. Os homens são muito teimosos. Sonia não era mais uma criança. Ela tinha 25 anos e sabia muito bem o que estava fazendo. Ele era realmente um vigarista, eu diria... conhecido da polícia e tudo. Randall suspeitava que até mesmo o nome dele fosse falso. Mas Sonia sabia de todas essas coisas. Dmitri era um homem muito atraente, e era isso o que Randall não podia admitir. E Dmitri estava apaixonado por Sonia tanto quanto ela estava apaixonada por ele. Ele não estava se casando apenas pelo dinheiro, como Randall teimava em insistir. Sonia era muito bonita. E muito inteligente. Se o casamento não tivesse dado certo, se Dmitri a tivesse tratado mal e sido infiel, Sonia teria rompido com ele. Era uma mulher muito rica e completamente independente.

– A briga entre Randall e a irmã nunca foi resolvida?

– Não. Eles já não se davam muito bem, e o fato de Randall tentar impedir o casamento realmente a magoou. Na época, ela disse: "Muito bem. Você é mesmo impossível! Essa é a última vez em que lhe dirijo a palavra".

– Mas com a senhora ela voltou a falar?

Belle sorriu.

– Mais ou menos um ano e meio depois, recebi dela uma carta. Enviada de Budapeste, mas sem o endereço. Pedia-me que dissesse a Randall que ela estava muito feliz e havia tido gêmeos.

– E ela lhe disse o nome deles?

Belle sorriu novamente.

– Disse que tinham nascido logo depois do meio-dia e que ela pretendia chamá-los Pip e Emma. Devia estar brincando, é lógico.

– Depois disso, a senhora não ouviu mais falar dela?

– Não. A carta informava que ela, o marido e as crianças viajariam para a América por um breve período. Depois disso, não recebi mais nenhuma notícia.

– A senhora por acaso guardou a carta?

– Infelizmente, não... Quando a li para ele, Randall limitou-se a resmungar: "Um dia desses, ela vai se arrepender por ter se casado com esse sujeito". E nunca falou mais nada a respeito. Esquecemos de Sonia. Ela desapareceu da nossa vida...

– Mas, ainda assim, o sr. Goedler deixou os bens para os sobrinhos, no caso de a srta. Blacklock morrer antes da senhora, não é verdade?

– Ah, isso foi ideia minha. Eu disse para ele, quando me informou sobre o testamento: "E no caso de Blackie falecer antes de mim?". Ele parecia não ter considerado essa possibilidade. Eu disse que sabia que "Blackie tinha uma saúde de ferro", ao contrário da minha "que era tão precária", mas "acidentes acontecem, a vida tem suas tragédias". Ele insistiu que "não havia absolutamente nenhuma outra pessoa". "E Sonia?", perguntei. Foi o suficiente para que ficasse indignado. "E deixar aquele sujeito pôr as mãos no meu dinheiro? De jeito nenhum!" "Mas então deixe para os filhos dela", sugeri. "Pip e Emma", e podia ser que àquela altura houvesse mais algum. Ele continuou resmungando, mas acabou por incluí-los no testamento.

– E desde então – disse Craddock, lentamente – a senhora nunca mais ouviu falar da sua cunhada nem dos filhos dela?

– Não. Até onde eu sei, podem estar todos mortos. Podem viver em qualquer parte do mundo.

Podem estar em Chipping Cleghorn, pensou Craddock.

Uma expressão aflita tomou conta dos olhos de Belle Goedler, como se ela tivesse lido o pensamento do inspetor.

– Não deixe que façam nada a ela. Blackie é uma ótima pessoa. Uma pessoa muito boa. O senhor não pode permitir que lhe façam algum...

A voz dela subitamente enfraqueceu, e uma sombra apossou-se do seu rosto, ao redor dos olhos e da boca.

– A senhora está cansada. Preciso ir – disse ele.

Ela moveu a cabeça afirmativamente.

– Chame Mac... – sussurrou ela. – Sim, cansada... – ela esboçou um gesto com a mão. – Cuide de Blackie... Que nada de mal lhe aconteça... cuide dela.

– Farei o possível, sra. Goedler.

O inspetor levantou-se e caminhou até a porta.

A voz dela, um laivo fininho de som, acompanhou-o:

– Em breve vou morrer... Perigo para ela... Cuidado.

Ao sair do quarto, passou por ele a irmã McClelland. Craddock disse constrangido:

– Espero não tê-la prejudicado.

– Ah, não se preocupe, sr. Craddock. Como eu lhe preveni, de repente ela se cansaria.

Mais tarde, ele perguntou à enfermeira:

– Uma pergunta que não tive tempo de fazer à sra. Goedler é se ela não tem velhas fotografias. Caso tenha alguma, eu gostaria...

A srta. McClelland interrompeu-o.

– Receio que não haja nada do gênero. No início da guerra, tudo foi guardado junto com a mobília da casa de Londres. A sra. Goedler estava muito doente na época. Em seguida, o depósito foi bombardeado. Ela ficou muito aborrecida por perder tantas recordações e objetos de família. Acho que não sobrou nada.

Então não havia o que fazer, pensou Craddock.

Mas sua viagem não tinha sido em vão. Pip e Emma não eram meras assombrações.

Craddock pensou: "Temos um casal de irmãos educados em alguma parte da Europa. Sonia Goedler era muito rica na época do casamento, mas o dinheiro na Europa desvalorizou. Durante a guerra, ela pode ter perdido muita coisa. Assim, temos dois jovens, o filho e a filha de um criminoso, conhecido da polícia. Digamos que voltem à Inglaterra sem dinheiro. O que fariam? Investigariam a vida dos parentes ricos. O tio milionário está morto. Precisam descobrir o que aconteceu com a sua fortuna. É possível que alguma coisa tenha sido deixada para eles ou para a mãe. Nos arquivos da Somerset House*, em Londres, encontraram referências ao conteúdo do testamento e talvez à existência da srta. Blacklock. Obtêm informações sobre o paradeiro da viúva. Reside na Escócia, como uma inválida, e não tem muito tempo de vida. *Se essa tal de Letitia Blacklock morre antes da viúva*, eles põem as mãos numa vasta fortuna. E então?".

Craddock seguiu o raciocínio: "Não precisam ir até a Escócia, mas sim até onde Letitia Blacklock está vivendo. E vão até lá com identidades falsas... Vão juntos ou separados? Emma... Quem seria?... Pip e Emma... Se um deles, ou mesmo os dois não estiverem passeando, nesse momento, pelas ruas de Chipping Cleghorn, sou capaz de comer meu chapéu!".

---

* Prédio público que concentrava os registros de nascimentos, casamentos e óbitos da Grã-Bretanha e Irlanda. (N.E.)

Capítulo 15

"Delícia Mortal"

I

Na cozinha, em Little Paddocks, a srta. Blacklock passava algumas instruções a Mitzi.

– Sanduíches de sardinha e sanduíches de tomate. E aqueles bolinhos deliciosos que você fez outro dia. E gostaria também que fizesse para nós uma das suas tortas...

– É uma festa que estão dando? Para a senhorita vir pedir todas essas coisas...

– É o aniversário da srta. Bunner, e algumas pessoas virão para o chá.

– Na idade dela, não se comemora aniversário. O melhor é esquecer.

– Bem, não é essa a opinião dela. Várias pessoas vão trazer presentes. E a comemoração promete ser bastante agradável.

– A senhorita disse o mesmo da última vez. E veja o que aconteceu!

A srta. Blacklock engoliu em seco.

– Bem, não vai ser como da outra vez – disse ela, procurando controlar-se.

– Como é possível saber o que vai ou não acontecer nesta casa? Passo o dia todo tremendo, só durmo de porta trancada e antes de me deitar olho dentro do armário para ver se não tem ninguém escondido.

– Então, se faz tudo isso, não há com que se preocupar – disse a srta. Blacklock, ríspida.

– A torta que a senhorita está me pedindo para fazer é a...

Mitzi disse alguma coisa que aos ouvidos ingleses da srta. Blacklock soou como Schwitzebzr, ou talvez como o barulho de dois gatos brigando.

– Acho que é essa. Uma bem elaborada, com vários ingredientes, não?

– Exatamente. Vários ingredientes, e acontece que não tenho nenhum! É impossível fazer essa torta. Preciso de chocolate, muita manteiga, açúcar e passas de uva.

– Você pode usar essa lata de manteiga que nos foi enviada da América. E algumas das passas que estávamos guardando para o Natal. Aqui tem uma barra de chocolate e meio quilo de açúcar.

O rosto de Mitzi raiou de felicidade.

– Então eu faço... E vai ficar muito bom, muito bom mesmo! – gritou ela, em êxtase. – Muito rico e de dar água na boca. Em cima coloco glacê, um glacê de chocolate... E para deixar ainda melhor escrevo *Felicidades.* Esses ingleses com seus bolos com gosto de areia, duvido que tenham provado algo igual. Delicioso, eles vão dizer... Delicioso...

O rosto dela voltou a ficar sombrio.

– O sr. Patrick... Ele chama minha torta de Delícia Mortal. Minha torta! Não vou permitir que faça isso.

– É um elogio, querida – disse a srta. Blacklock. – O que ele quer dizer é que a sua torta é tão boa que valeria a pena morrer para comer um pedaço...

Mitzi olhou desconfiada para ela.

– Bem, ninguém morre de comer a minha torta. As pessoas se sentem melhor, isso sim.

– Mas é claro, querida.

A srta. Blacklock deu meia-volta e deixou a cozinha com um suspiro de alívio pelo êxito final da conversa. Com Mitzi, ela nunca sabia como as coisas podiam terminar.

Ela encontrou Dora do lado de fora.

– Ah, Letty... você não quer que eu explique a Mitzi como cortar os sanduíches?

– Não – disse a srta. Blacklock, conduzindo a amiga até o corredor. – Ela está bem-humorada agora, e não quero que ninguém a perturbe.

– Mas eu só ia mostrar...

– Por favor, vamos deixá-la quieta, Dora. Essas pessoas da Europa Central não gostam que fiquem *mostrando* como devem fazer as coisas. Eles se irritam com isso.

Dora olhou desconfiada para ela. Depois, abriu-se em sorrisos.

– Edmund Swettenham acaba de ligar. Desejou-me muitas felicidades e disse que está me trazendo um pote de mel de presente. Não é muita gentileza? E como ele soube do meu aniversário?

– Parece que todo mundo sabe. Você deve ter comentado por aí, Dora.

– Bem, eu apenas mencionei que hoje estaria fazendo 59 anos.

– Você tem 64! – disse a srta. Blacklock, com uma piscadinha.

– A srta. Hinchcliffe disse: "Não parece. Que idade acha que eu tenho?". Uma pergunta constrangedora, porque a srta. Hinchcliffe é tão estranha que é difícil saber a sua idade. Ela disse que me traria uns ovos. Disse a ela que as nossas galinhas não estavam pondo muito bem ultimamente.

– Bem, não ficaremos mal depois do seu aniversário – disse a srta. Blacklock. – Mel, ovos... a maravilhosa caixa de chocolates que Julia lhe deu...

– Não sei como ela consegue essas coisas.

– Melhor nem perguntar. Ela deve ter usado algum método completamente ilegal...

– E esse adorável broche que você me deu... – disse a srta. Bunner, olhando orgulhosa para o próprio peito, em que estava espetada uma pequena folha ornada de diamantes.

– Você gostou? Fico feliz. Nunca dei valor a joias.

– Eu achei lindo.

– Ótimo. Agora venha. Temos de alimentar os patos.

II

– Aha! – exclamou Patrick, dramaticamente, quando sentavam-se ao redor da mesa da sala de jantar. – O que estou vendo aqui? Delícia Mortal!

– Quieto, ou ela vai ouvir – disse a srta. Blacklock. – Mitzi não aprova nem um pouco o nome que você deu à torta dela.

– Mas mesmo assim é uma delícia mortal. É a torta de aniversário de Bunny?

– Sim, é sim – disse a srta. Bunner. – Meu aniversário está sendo mesmo divino.

As bochechas dela estavam vermelhas, na verdade desde o momento em que o coronel Easterbrook lhe entregara uma pequena caixa de doces dizendo "porque a senhora é ainda mais doce!".

Julia, sem poder se controlar, teve de virar o rosto imediatamente para o lado, o que fez com que a srta. Blacklock franzisse o cenho para ela.

Todos honraram as guloseimas que estavam servidas na mesa, e só então levantaram-se das cadeiras.

– Estou me sentindo um pouco enjoada – disse Julia. – É a torta. Me lembro que senti a mesma coisa da última vez.

– Mas vale a pena – disse Patrick.

– Esses estrangeiros entendem mesmo de bolos e tortas – disse a srta. Hinchcliffe. – O que eles não sabem é fazer um bom pudim.

As pessoas ficaram quietas por educação, e somente Patrick esteve a ponto de perguntar se alguém realmente sentia falta de pudim por mais bem feito que fosse.

– Estão de jardineiro novo? – perguntou a srta. Hinchcliffe para a srta. Blacklock, quando retornavam à sala de estar.

– Não. Por quê?

– Vi um homem xeretando no galinheiro. Um tipo bem-apresentável, com jeito de militar.

– Ah! É o nosso detetive – disse Julia.

A sra. Easterbrook deixou cair a bolsa.

– Detetive? – exclamou ela. – Mas... por quê?

– Não sei – respondeu Julia. – Ele fica rondando por aí, de olho na casa. Está protegendo a tia Letty, eu acho.

– Que absurdo – disse a srta. Blacklock. – Sei cuidar de mim mesma, obrigada.

– Mas certamente está tudo terminado, não? – perguntou a sra. Easterbrook, aflita. – Eu ia mesmo lhe perguntar por que prorrogaram o inquérito.

– A polícia não está satisfeita – respondeu o marido. – É isso.

– Não está satisfeita com o quê?

O coronel Easterbrook sacudiu a cabeça com o ar de alguém que poderia dizer muito mais coisas se assim o quisesse. Edmund Swettenham, que não gostava do coronel, sugeriu:

– A verdade é que somos todos suspeitos.

– Suspeitos de quê? – insistiu a sra. Easterbrook.

– Deixe pra lá, querida – aconselhou o marido.

– Vadiagem despropositada – disse Edmund. – Com o agravante de que somos todos assassinos em potencial. Basta aparecer a oportunidade...

– Ah, não, por favor, sr. Swettenham – exclamou Dora Bunner. – Não posso acreditar que algum de nós quisesse matar a minha querida Letty...

O constrangimento foi total. Edmund ficou roxo e murmurou:

– Era só uma piada...

Phillipa sugeriu em alto e bom tom que fossem ouvir o noticiário das dezoito horas, e a sugestão foi recebida por todos com grande entusiasmo.

Patrick murmurou para Julia:

– Estou sentindo falta da sra. Harmon. Ela com certeza iria perguntar: "Mas o assassino deve estar realmente esperando uma nova oportunidade para matá-la, não é mesmo, srta. Blacklock?".

– Ainda bem que nem ela e nem aquela velha puderam vir – disse Julia. – Essa Miss Marple é uma fofoqueira. Deve pensar o pior de todo mundo. Uma típica vitoriana.

O noticiário do rádio ensejou uma discussão divertida sobre os horrores de uma guerra nuclear. O coronel Easterbrook concluiu dizendo que a maior ameaça à civilização vinha da Rússia. Edmund observou que tinha vários amigos russos, todos eles muito educados, mas a sua confissão foi acolhida com frieza.

A festa terminou com elogiosos cumprimentos às anfitriãs.

– Feliz com o seu aniversário, Bunny? – perguntou a srta. Blacklock, depois que o último convidado tinha sido despachado.

– Ah, sim. Mas estou com uma dor de cabeça terrível. Acho que foi a agitação.

– É a torta – disse Patrick. – Também me sinto meio mal do fígado. E a senhora ficou beliscando chocolates já de manhã.

– Acho melhor ir me deitar – disse a srta. Bunner. – Vou tomar alguns analgésicos e ver se consigo dormir.

– É uma ótima ideia – disse a srta. Blacklock.

A srta. Bunner subiu as escadas.

– Não quer que eu vá guardar os patos, tia Letty?

A srta. Blacklock lançou a Patrick um olhar severo.

– Se você me garantir que vai fechar direito o trinco da porta...

– Sim. Juro que fecho.

– Tome um cálice de sherry, tia Letty – sugeriu Julia. – Como costumava dizer minha babá, "vai acalmar o estômago". Uma expressão absurda, mas que curiosamente faz sentido em muitos casos.

– Acho que vai mesmo me fazer bem. A verdade é que não estamos acostumados a comer coisas assim. Oh, Bunny! Que susto me deu... O que foi?

– Não consigo achar meus analgésicos – disse a srta. Bunner, desconsolada.

– Pegue algum dos meus, querida. Estão na mesinha ao lado da minha cama.

– Na minha penteadeira também há um frasco – disse Phillipa.

– Obrigada. Muito obrigada. Se não encontrar os meus... Mas tenho certeza de que os guardei em algum lugar, só não sei onde. Eu tinha um frasco novo. Mas onde será que coloquei?

– No banheiro há uma porção. O que não falta nessa casa são analgésicos – impacientou-se Julia.

– Fico tão envergonhada de perder as coisas – respondeu a srta. Bunner, voltando a subir as escadas.

– Pobre Bunny – disse Julia, erguendo o cálice. – Devíamos ter oferecido a ela um pouco de sherry.

– Melhor não – disse a srta. Blacklock. – Ela já se alvoroçou o bastante por um dia. Quero só ver como vai estar amanhã. Mas ao menos parece que ela realmente gostou da festa!

– Ela adorou – disse Phillipa.

– Vamos dar um cálice a Mitzi – sugeriu Julia. – Ei, Pat – disse ela quando ouviu o irmão entrar pela porta lateral. – Vá chamar Mitzi.

E assim trouxeram Mitzi, a quem Julia serviu um cálice de sherry.

– À melhor cozinheira do mundo – disse Patrick.

Mitzi ficou lisonjeada, mas ainda assim achou necessário fazer um esclarecimento.

– Não é verdade. Eu não sou cozinheira. Em meu país, meu trabalho é intelectual.

– Que desperdício! – disse Patrick. – O que é o trabalho intelectual comparado a um *chef d'ouvre* como Delícia Mortal?

– Oh! Já lhe disse que...

– Não importa se você gosta ou não, minha cara – disse Patrick. – É assim que eu a chamo. Um brinde à Delícia Mortal e danem-se os efeitos adversos!

III

– Phillipa, querida, gostaria de falar com você.

– Pois não, srta. Blacklock?

Phillipa Haymes parecia surpresa.

– Você está preocupada?

– Preocupada?

– Notei que você tem estado preocupada. Algum problema?

– Ah, não, srta. Blacklock. Está tudo certo.

– Achei que... talvez, você e Patrick...

– Patrick? – Phillipa parecia realmente surpresa.

– Ora, se está tudo bem, então melhor. Peço desculpas por me meter onde não fui chamada. Mas você tem passado por poucas e boas... E, apesar de Patrick ser meu primo, não penso que daria um bom marido. Pelo menos não agora.

O rosto de Phillipa congelou.

– Não pretendo me casar de novo.

– Ah, mas você deve, sim, minha querida. Você é ainda uma menina... Não precisamos discutir isso agora. Algum outro problema, talvez? Dinheiro?

– Não, não. Está tudo bem.

– Eu sei o quanto você deve se preocupar com a educação do seu filho. É por isso que queria dizer-lhe o seguinte. Fui até Milchester essa tarde para encontrar o sr. Beddingfeld, meu advogado. As coisas têm andado meio confusas ultimamente, e pensei em fazer um novo testamento, em vista de certas eventualidades... Tirando a parte de Bunny, tudo mais vai para você, Phillipa.

– O quê? – exclamou Phillipa, virando-se.

Os olhos dela estavam esbugalhados. Ela parecia consternada, assustada.

– Mas eu não quero... Realmente, eu não... Oh! Mas... E por que *eu*?

– Talvez... – disse a srta. Blacklock, com uma inflexão estranha – porque não haja mais ninguém.

– Mas Patrick e Julia?

– Patrick e Julia... – limitou-se a repetir a srta. Blacklock, e sua voz continuava estranha.

– São seus parentes.

– Parentes muito distantes. Não podem fazer exigência alguma.

– E eu muito menos! Não sei nem o que pensar, srta. Blacklock... Eu não quero, por favor.

O olhar dela era mais hostil do que grato. Parecia assustada.

– Sei o que estou fazendo, Phillipa. Aprendi a gostar de você. E existe esse menino... Se eu morrer agora, você não fica com muita coisa, mas em poucas semanas a situação será outra.

As duas olharam-se sem pestanejar.

– Quem disse que a senhora vai morrer? – protestou Phillipa.

– Se eu não tomar as devidas precauções...

– Precauções?

– Sim. Pense bem... E não se preocupe mais.

Ela deixou a sala abruptamente. Phillipa ouviu-a falar com Julia no corredor.

Julia entrou na sala de estar poucos minutos depois. Nos olhos dela, havia um brilho frio.

– Parabéns, Phillipa. Jogou muito bem. Vejo que você é daquelas que agem caladas e, quando menos se espera...

– Você estava ouvindo a conversa?

– Sim, eu estava ouvindo a conversa. E acho que queriam mesmo que eu ouvisse.

– Do que você está falando?

– Tia Letty não é boba... De qualquer forma, você vai ficar numa situação bem confortável, não é mesmo?

– Julia, por favor... Eu nunca quis...

– Não? É claro que sim. Você tem passado por poucas e boas, certo? Por causa de falta de dinheiro. Mas lembre-se de uma coisa: se derem um fim em tia Letty, você será a suspeita número um.

– De forma alguma. Eu seria uma idiota se por acaso a matasse logo agora que...

– Então você sabe a respeito dessa fulana que está morrendo na Escócia? Você me surpreende, Phillipa... Realmente.

– Eu não quero privar você e Patrick de nada que seja de vocês...

– Não mesmo? Sinto muito, mas não acredito...

Capítulo 16

A volta do inspetor Craddock

Em sua viagem de volta para casa, o inspetor Craddock havia dormido mal. Tivera mais pesadelos do que sonhos. Ele percorria incessantemente corredores cinzentos de um velho castelo, na tentativa desesperada de chegar a algum lugar, de prevenir que algo de ruim acontecesse. E enfim sonhou que tinha acordado. Sentiu um enorme alívio. Mas então a porta da sua cabine se abriu vagarosamente e Letitia Blacklock espichou a cabeça para dentro. Sangue escorria pelo seu rosto, e ela dizia, em tom ressentido: "Por que o senhor não me salvou? Poderia ter conseguido, se tentasse".

Dessa vez, ele realmente acordou.

Voltando a si, o inspetor ficou feliz por chegar finalmente a Milchester. Foi diretamente encontrar Rydesdale, a quem contou sobre a viagem.

– Não nos faz avançar muito – disse o chefe de polícia. – Mas confirma o que a srta. Blacklock lhe disse sobre Pip e Emma...

– Patrick e Julia têm a idade do casal que procuramos, senhor. Se pudéssemos comprovar que a srta. Blacklock só os viu quando eram crianças...

Rydesdale soltou uma risada discreta e depois disse:

– Nossa aliada, Miss Marple, acaba de comprovar isso para nós. Na verdade, a primeira vez que a srta. Blacklock os viu foi há dois meses.

– Mas então... Certamente...

– As coisas não são assim tão fáceis, Craddock. Averiguamos algumas informações. Pelo que descobrimos, não há nada de errado com Patrick e Julia. Ele tem mesmo uma ficha na marinha, que é muito boa, exceto por uma certa tendência à "insubordinação". Entramos em contato com a sra. Simmons em Cannes, e ela, indignada, nos garantiu que o filho e a filha estavam mesmo em Chipping Cleghorn com a sua prima, Letitia Blacklock. Esses são os fatos!

– E essa sra. Simmons é mesmo a sra. Simmons?

– Ela tem sido a sra. Simmons há um bom tempo, isso eu posso lhe garantir – disparou Rydesdale.

– Bem, então não há dúvida. A questão é só que... Se estávamos procurando Pip e Emma, os dois correspondiam muito bem. Têm a idade certa. Não eram conhecidos da srta. Blacklock...

O chefe de polícia concordou com a cabeça, e então empurrou um papel para Craddock por cima da mesa.

– Eis algo que descobrimos sobre a sra. Easterbrook.

O inspetor leu erguendo as sobrancelhas.

– Muito interessante – observou ele. – Parece que ela passou a perna direitinho no nosso velho coronel, não é mesmo? Mas até onde posso ver, não tem ligação alguma com o que estamos investigando.

– Aparentemente, não.

– E há aqui uma coisa referente à sra. Haymes.

Mais uma vez, Craddock ergueu as sobrancelhas.

– Acho que vou conversar com ela de novo – disse ele.

– Você pensa que essa informação pode ser relevante?

– Talvez. Tem pouca chance, é claro, mas nunca se sabe...

Os dois ficaram em silêncio por um momento.

– E Fletcher conseguiu descobrir mais alguma coisa, senhor?

– Ele tem estado lá o tempo todo. Deu uma busca na casa, com a permissão da srta. Blacklock, mas não encontrou nada de significativo. Agora, está investigando quem teria tido a oportunidade de lubrificar a porta. Quer saber quem estava na casa nos dias em que a estrangeira tinha folga. É mais complicado do que esperávamos, porque parece que todas as tardes ela sai para dar um passeio. Em geral, vai até o Bluebird tomar uma xícara de café. Assim, quando a srta. Blacklock e a srta. Bunner estão fora, o que acontece na maioria das tardes (elas vão colher amoras), o terreno fica livre.

– E deixam as portas abertas?

– Era o costume. Agora acho que não mais.

– E o que Fletcher descobriu? Alguém foi visto por lá quando não havia ninguém em casa?

– Praticamente todo mundo.

Rydesdale consultou uma folha que tinha diante de si.

– A srta. Murgatroyd esteve lá com uma galinha para chocar alguns ovos (parece complicado, mas foi o que ela falou). Ficou muito vermelha e se contradisse o tempo todo, mas Fletcher acha que esse é o jeito dela e não significa que estivesse mentindo.

– Pode ser – admitiu Craddock. – Ela é muito atrapalhada.

– Depois esteve lá a sra. Swettenham, para pegar uma carne de cavalo que a srta. Blacklock deixara para ela na mesa da cozinha, porque a srta. Blacklock fora a Milchester de carro naquele dia, e ela sempre traz a carne de cavalo da sra. Swettenham. Faz algum sentido para você?

Craddock refletiu.

– E por que a srta. Blacklock não deixou a carne de cavalo na casa da sra. Swettenham quando passou por ela ao retornar de Milchester?

– Não sei, mas ela não deixou. A sra. Swettenham diz que ela (a srta. B.) sempre deixa a carne para ela na mesa da cozinha, e que ela (a sra. S.) gosta de pegá-la quando Mitzi está fora, porque Mitzi às vezes é muito mal-educada.

– Faz sentido. E o que mais?

– A srta. Hinchcliffe. Ela negou ter ido lá ultimamente. Mas foi. Mitzi a viu sair pela porta lateral, e a sra. Butt (uma das vizinhas) também a viu. A srta. H. acabou então admitindo que esteve lá e se esqueceu. Ela não se lembra do que teria ido fazer. Diz que provavelmente só passava para ver como estavam as coisas.

– Que estranho...

– E Fletcher realmente estranhou o jeito dela. E depois disso temos a sra. Easterbrook. Ela levava os seus adoráveis cãezinhos para passear quando lhe ocorreu pedir emprestado um molde de tricô para a srta. Blacklock, que não estava em casa. Ela diz que esperou um pouco.

– Hum... Pode ter ido lá para bisbilhotar. Ou quem sabe... para lubrificar uma porta? E o coronel?

– Esteve lá levando um livro sobre a Índia, supostamente a pedido da própria srta. Blacklock.

– E ela pediu mesmo o livro?

– Ela disse que não estava interessada no livro, mas foi obrigada a aceitá-lo.

– Realmente faz sentido – suspirou Craddock. – Se alguém está determinado a emprestar um livro a você, é muito difícil negar.

– Não sabemos se Edmund Swettenham esteve lá. Ele foi muito evasivo. Disse que foi lá algumas vezes a pedido da mãe, mas não recentemente.

– Bastante evasivo.

– Sim.

Rydesdale deu um sorrisinho:

– Miss Marple também não dormiu no ponto. Fletcher diz que toda manhã ela toma seu café no Bluebird. Tem ido tomar chá em Little Paddocks e um cálice de sherry nos bangalôs da srta. Hinchcliffe e da srta. Murgatroyd. Tem visitado o jardim da sra. Swettenham e as raridades indianas do coronel Easterbrook.

– Ela pode talvez nos informar se o coronel é de fato um coronel legítimo.

– Ela saberia, com certeza. Mas parece que está tudo certo com ele. Teríamos de consultar as autoridades do extremo leste para confirmar a identificação.

– E nesse meio-tempo... o senhor acha que a srta. Blacklock consentiria em se afastar?

– Afastar-se de Chipping Cleghorn?

– Sim. Talvez ela possa levar consigo a srta. Bunner, sua amiga fiel. Para um lugar que ninguém saiba. Por que ela não viaja à Escócia e passa uns tempos com Belle Goedler? É um lugar isolado.

– Ir para lá e ficar esperando a outra morrer? Não acredito que ela aceite o convite. Só uma mulher desnaturada aceitaria.

– Mas é para salvar a vida dela.

– Vamos lá, Craddock. Também não é tão fácil assim eliminar uma pessoa, como você parece estar sugerindo...

– Não é?

– Por um lado, é muito fácil, concordo. As oportunidades são muitas. Dar-lhe uma cacetada na cabeça quando ela estiver fechando o galinheiro, ou até mesmo disparar detrás de uma moita. Nada mais simples do que isso. Mas é preciso tomar todo tipo de cuidado para não despertar suspeitas... Além disso, já devem ter se dado conta de que estão sendo vigiados. O plano original falhou. O nosso assassino terá de pensar com muito cuidado em outra estratégia...

– Eu sei disso, senhor. Mas precisamos considerar também que ele não tem muito tempo. A sra. Goedler está morrendo. Ela pode morrer a qualquer minuto. Isso significa que nosso assassino não pode se dar ao luxo de esperar.

– É verdade.

– Outro detalhe, senhor. Ele... ou ela devem saber que estamos investigando a vida de todos.

– E isso demanda tempo – suspirou Rydesdale. – Temos de nos comunicar com pessoas na Índia. Sim, é um trabalho cansativo e demorado.

– E essa é outra razão para que ele aja rapidamente. Estou convencido, senhor, de que o perigo é real. É muito dinheiro que está em jogo. Se Belle Goedler morrer...

Um guarda entrou na sala, e Craddock calou-se.

– Legg quer falar com o senhor, chefe, pelo telefone, de Chipping Cleghorn.

– Passe a ligação para cá.

O inspetor viu as feições do chefe de polícia se contraírem e congelarem.

– Muito bem – rosnou Rydesdale. – Estou mandando Craddock para aí agora mesmo.

Ele recolocou o fone no gancho.

– Foi...?

Rydesdale balançou a cabeça negativamente.

– Não – disse ele. – Dora Bunner. Estava procurando um analgésico. Pegou alguns de um frasco na mesinha de cabeceira de Letitia Blacklock. Ela tomou dois e deixou um. O médico mandou esse que sobrou para análise. Ele disse que certamente não é analgésico.

– Ela está morta?

– Sim. Foi encontrada morta na cama esta manhã. Morreu dormindo, diz o médico. Embora a saúde dela não fosse das melhores, ele não acredita que tenha sido morte natural. Acha que foi envenenamento por algum tipo de narcótico. Marcaram a autópsia para hoje à noite.

– Comprimidos de um frasco na mesinha de cabeceira de Letitia Blacklock. O nosso assassino é um maldito espertalhão. Patrick me disse que a srta. Blacklock jogou fora meia garrafa de sherry... abriu uma nova. Talvez ela tenha esquecido de fazer isso com os analgésicos. Quem esteve na casa nos últimos dois ou três dias? Os comprimidos não podiam estar lá há muito tempo.

Rydesdale olhou para ele.

– Todo mundo esteve lá ontem – disse o chefe de polícia. – Era o aniversário da srta. Bunner. Qualquer um pode ter dado uma escapada até o andar de cima e substituído os frascos sem ser visto. E é claro que alguém que more na casa poderia ter feito a substituição a qualquer momento.

Capítulo 17

O álbum

No portão da casa paroquial, bem-agasalhada, Miss Marple apanhou o bilhete da mão de Bunch, que lhe recomendou:

– Diga à srta. Blacklock que Julian sente muito por não poder ir ele mesmo. Um paroquiano está morrendo em Locke Hamlet. Julian pode ir a Little Paddocks depois do almoço, se a srta. Blacklock quiser vê-lo. Neste bilhete, estão as providências que precisam ser tomadas para o enterro. Ele sugere quarta-feira, se o inquérito for terça. Coitada da srta. Bunner. Quem senão ela tomaria analgésicos envenenados deixados para uma outra pessoa? Até mais, titia. Espero que a caminhada até lá não lhe faça mal. Tenho de levar aquela criança ao hospital agora mesmo.

Miss Marple tranquilizou-a dizendo que poderia fazer a caminhada sem problema, e Bunch apressou-se em voltar para dentro de casa.

Enquanto esperava pela srta. Blacklock, Miss Marple deu uma olhada pela sala de estar, refletindo sobre aquilo que a srta. Bunner lhe dissera no Bluebird. Patrick teria mexido no abajur da sala de propósito para que as luzes se apagassem.

A srta. Bunner só poderia estar se referindo ao pequeno abajur na mesinha próxima ao arco central, que separava as duas partes da sala. Ela dissera algo sobre uma pastora ou um pastor, e aquela era mesmo uma bela peça de porcelana de Dresden: um pastor vestido com um casaco azul e culotes cor-de-rosa, segurando um antigo candelabro agora adaptado para o uso de uma lâmpada elétrica. A cúpula era de pergaminho liso e um pouco grande, de modo que a figura ficava meio escondida. O que mais Dora Bunner dissera? "Eu me lembro perfeitamente de que era a pastora e não o pastor que estava ali. No dia seguinte..." Não havia dúvida de que agora era o pastor.

Miss Marple lembrava que, quando ela e Bunch tinham vindo para o chá, Dora Bunner explicara que o abajur fazia parte de um par. É claro, um pastor e uma pastora. No dia do assalto, quem estava ali era a pastora... E, no dia seguinte, era o outro abajur, o mesmo que continuava ali até agora, o pastor. Trocaram os abajures durante a noite. E Dora Bunner, com ou sem razão, achava que fora Patrick quem fizera a troca.

Mas por quê? Porque, se o abajur original fosse examinado, descobririam o truque utilizado por Patrick para que as luzes se apagassem. Que truque seria esse? Miss Marple olhava atentamente para o abajur na sua frente. O cabo corria pelo lado da mesa, encostado na parede, até a tomada em que estava conectado. No meio dele ficava o pequeno interruptor em formato de pera. Para Miss Marple, que nada entendia de eletricidade, aquilo não significava nada.

Onde estaria a pastora? No quarto de hóspedes, no lixo ou... no mesmo local em que Dora Bunner surpreendera Patrick Simmons com uma pena e um pote de óleo? No meio dos arbustos do jardim? Miss Marple tinha de repassar todas aquelas informações ao inspetor Craddock.

Em um primeiro momento, a srta. Blacklock concluíra que seu sobrinho Patrick estava por trás do anúncio colocado na *Gazette.* Esse tipo de intuição dificilmente falhava, ao menos na opinião de Miss Marple. Quando conhecemos bem uma pessoa, sabemos do que ela é capaz...

Patrick Simmons...

Um rapaz atraente. Um jovem capaz de despertar o interesse de mulheres tanto mais jovens quanto mais velhas. O mesmo tipo de homem com quem talvez a irmã de Randall Goedler tivesse se casado. Seria ele Pip? Pouco provável. Durante a guerra, Patrick Simmons estivera na marinha. E a polícia estava verificando aquela informação.

Mas há casos surpreendentes de pessoas que se fazem passar por outras.

Com uma certa audácia, é possível conseguir fazer isso.

A porta se abriu, e a srta. Blacklock entrou. Aos olhos de Miss Marple, ela parecia ter envelhecido anos. Toda a sua vida e energia haviam sido sugadas.

– Peço desculpas por incomodá-la nesse momento – disse Miss Marple. – Mas o vigário foi ver um paroquiano que está morrendo, e Bunch teve de levar uma criança ao hospital. Vim entregar-lhe um bilhete do vigário.

A srta. Blacklock pegou o papel que Miss Marple mostrava a ela.

– Sente-se, por favor. Agradeço pela gentileza de ter se deslocado até aqui.

Ela leu o bilhete.

– O vigário é um homem sensível. Não perde tempo com condolências inúteis. Diga a ele que estou de acordo com todas essas providências. O hino... favorito dela era... *Luz terna e suave.*

A voz da srta. Blacklock soou embargada.

Procurando confortá-la, Miss Marple disse:

– Não sou uma pessoa próxima, mas sinto muito pelo que ocorreu.

E de repente, sem conseguir se controlar, Letitia Blacklock chorou. A tristeza era maior do que ela podia aguentar e tinha algo de desesperado. Miss Marple não se mexeu.

A srta. Blacklock finalmente voltou a si. Seu rosto estava inchado e manchado pelas lágrimas.

– Desculpe-me – disse ela. – Acabo de me dar conta... daquilo que perdi. Ela era a minha única ligação com o passado, a senhora entende? A única que ainda... lembrava. Agora que ela se foi, estou sozinha.

– Entendo o que a senhorita quer dizer. Quando as pessoas que nos conheceram na infância já não existem, é aí que ficamos sozinhas. Eu tenho sobrinhos e sobrinhas, amigos queridos, mas ninguém que se lembre dos velhos tempos. Ninguém que os tenha vivido. Já faz alguns anos que tenho estado sozinha.

As duas permaneceram em silêncio por um bom tempo.

– É exatamente como a senhora disse – confirmou Letitia Blacklock.

Ela se levantou e foi até a mesa.

– Tenho de escrever ao vigário.

Ela segurava a caneta de uma forma estranha e escrevia lentamente.

– É a minha artrite. Às vezes, nem consigo escrever.

Colocou o papel num envelope e entregou-o a Miss Marple.

– Se a senhora puder me fazer a gentileza de entregar a ele...

Ouvindo uma voz de homem no corredor, a srta. Blacklock disse, rapidamente:

– Deve ser o inspetor Craddock.

Ela se dirigiu ao espelho perto da lareira e aplicou um pouco de pó no rosto.

Craddock entrou na sala, aborrecido.

Ele lançou a Miss Marple um olhar irritado.

– Ah... Então a senhora está aqui!

A srta. Blacklock virou-se.

– Miss Marple fez a gentileza de me trazer um recado do vigário.

– Já estava de saída – respondeu Miss Marple. – Não quero atrapalhar o seu trabalho.

– Por acaso a senhora esteve aqui ontem, na festa de aniversário?

– Não... Eu não estive – respondeu Miss Marple, nervosa. – Fui com Bunch visitar uns amigos.

– Então não há nada que possa me dizer – disse Craddock segurando a porta para ela, que saiu apressada, vermelha de vergonha.

– Que velha mais enxerida – disse Craddock.

– O senhor está sendo injusto – disse a srta. Blacklock. – Ela veio, sim, me trazer um recado do vigário.

– É mesmo?

– Sim. Foi por isso que ela veio.

– Pode ser. Mas o mais provável é que tenha tido um súbito ataque de curiosidade.

– É uma criatura que não faz mal a ninguém – disse a srta. Blacklock.

"Mais perigosa do que uma cascavel. Se a senhorita soubesse...", pensou Craddock consigo mesmo, mal-humorado. Mas ele não tinha a intenção de se abrir com ninguém. Estava convencido da existência do assassino, que agia impunemente. O melhor era que ficasse calado. Ele não queria que a próxima a ser eliminada fosse Miss Marple.

O assassino estava em alguma parte... mas onde?

– Melhor do que perder tempo com condolências é eu lhe dizer abertamente que me sinto muito mal com a morte da srta. Bunner. Acho que poderíamos tê-la evitado.

– Não vejo o que poderiam ter feito para impedi-la.

– Bem, não teria sido fácil, mas agora não podemos dormir em serviço. Quem está fazendo isso, srta. Blacklock? Quem tentou assassiná-la duas vezes e vai em breve tentar uma terceira, se não agirmos depressa para impedir?

Letitia Blacklock estremeceu.

– Eu não sei, inspetor. Eu realmente não sei.

– Tive uma conversa com a sra. Goedler. Ela me ajudou o melhor que pôde. São bem poucas as pessoas que se beneficiariam com a morte da senhorita. Para começar, Pip e Emma. Patrick e Julia Simmons têm a idade certa, mas parece que não há nada de errado com a história deles. De qualquer forma, não podemos nos concentrar apenas nos dois. Gostaria de saber uma coisa... a senhorita seria capaz de reconhecer Sonia Goedler se a visse?

– Como? Reconhecer Sonia? Mas é claro que... – ela interrompeu-se bruscamente. – Não... – admitiu ela, com cautela. – Talvez eu não a reconhecesse. Faz muito tempo que não a vejo, trinta anos... Sonia deve estar velha.

– Como era ela?

– Sonia?

A srta. Blacklock refletiu por um momento:

– Uma mulher pequena, de cabelos escuros...

– Alguma peculiaridade?

– Não, acho não. Era uma mulher alegre, muito alegre.

– Agora já não deve ser tanto – disse o inspetor. – A senhorita tem alguma foto dela?

– De Sonia? Deixe me ver... Acho que tenho uma, mas não é muito boa. Está num álbum...

– Ah! Gostaria de dar uma olhada.

– Mas é claro. Só preciso lembrar onde está.

– Diga-me, srta. Blacklock... Seria possível que a sra. Swettenham fosse Sonia Goedler?

– A sra. Swettenham? – perguntou a srta. Blacklock, arregalando os olhos. – Mas o marido dela trabalhava para o governo, primeiro na Índia, eu acho... E depois em Hong Kong.

– Isso foi o que ela mesma lhe contou. A senhorita não sabe disso por nenhuma fonte independente...

– Bem – hesitou a srta. Blacklock –, se o senhor põe as coisas nesses termos... Mas a sra. Swettenham? Não, não! Seria muito absurdo.

– Sonia Goedler nunca fez teatro? Teatro amador?

– Sim. Ela era uma ótima atriz.

– Aí está! Outro detalhe: a sra. Swettenham usa peruca. Ao menos é o que diz a sra. Harmon – corrigiu-se o inspetor.

– Sim. Suponho que seja mesmo uma peruca, com todos aqueles cachinhos prateados. Mas ainda acho a ideia absurda. É uma mulher simpática e às vezes muito engraçada.

– Temos também a srta. Hinchcliffe e a srta. Murgatroyd. É possível que uma delas seja Sonia Goedler?

– A srta. Hinchcliffe é muito alta. Ela é tão alta quanto um homem.

– E a srta. Murgatroyd?

– Como? Ah, não... não. Estou certa de que ela não poderia ser Sonia.

– A senhorita não enxerga direito.

– Sou míope, é isso que o senhor quer dizer?

– Sim. E agora gostaria de ver a foto dessa Sonia Goedler, mesmo que seja uma foto antiga. Somos treinados para reconhecer semelhanças que leigos normalmente nem percebem.

– Vou tentar encontrar o álbum.

– Agora?

– Se o senhor faz questão.

– Acho melhor.

– Muito bem. Então, deixe-me ver. Acho que vi esse álbum quando estávamos reorganizando vários livros que eu tinha guardado. Julia estava me ajudando. Lembro que ela riu por causa das roupas que vestíamos nas fotos... Colocamos os livros na prateleira da sala de estar. Mas onde foi que colocamos os álbuns e as revistas de arte? Que memória horrível é a minha. Talvez Julia se lembre. Ela está em casa.

– Vou procurá-la.

O inspetor saiu para tentar encontrar a moça. Ele não a encontrou em nenhuma das peças do andar de baixo. Quando perguntou a Mitzi onde estava a srta. Simmons, a criada respondeu que não era da conta dela.

– Fico na cozinha e me ocupo apenas da comida. E não como nada que eu mesma não tenha preparado. Nada, o senhor está me ouvindo?

O inspetor chamou a srta. Simmons da escada e, como não ouviu resposta, resolveu subir.

Ele se deparou com Julia logo que fez a volta ao chegar no patamar. Ela saía de uma porta atrás da qual se via uma pequena escada em caracol.

– Eu estava no sótão – explicou ela. – O que foi?

O inspetor Craddock disse o que procurava.

– Os velhos álbuns de fotografia? Sim, é claro que me lembro. Guardamos no armário alto do estúdio. Vou pegá-los para o senhor.

Ela passou à frente dele, desceu as escadas e abriu a porta do estúdio. Perto da janela havia um grande armário. Ela abriu as portas, deixando ver uma grande quantidade de objetos.

– Tudo lixo – disse Julia. – Essas coisas não prestam para nada, mas gente velha não joga nada fora.

O inspetor ajoelhou-se e apanhou um par de álbuns antigos que estavam na prateleira de baixo.

– São esses?

– Sim.

A srta. Blacklock juntou-se aos dois.

– Ah! Então foi aí que os coloquei. Não conseguia lembrar.

Craddock levou os álbuns até a mesa e começou a folheá-los.

Mulheres com enormes chapéus de aba larga, mulheres usando longos vestidos que roçavam o chão e deviam atrapalhar para andar. As fotos tinham belas legendas impressas na base, mas a tinta havia envelhecido e já não era possível lê-las.

– Está neste mesmo – disse a srta. Blacklock. – Na segunda ou terceira página. O outro álbum é da época em que Sonia já havia se casado e viajado para longe. Tem de estar aqui... – disse ela, virando a página.

A página tinha vários espaços vazios. Craddock inclinou-se e decifrou a escrita apagada. "Sonia... Eu... R.G." Um pouco mais adiante: "Sonia e Belle na praia". Ele virou a página: "Charlotte, Eu, Sonia, R.G.".

Craddock levantou-se. Ele tinha um sorriso nos lábios.

– Alguém mexeu nessas fotos, e eu diria que não faz muito tempo.

– Não havia esses espaços em branco quando olhamos da outra vez, não é, Julia?

– Não prestei muita atenção... A não ser nos vestidos. Mas acho que não, tia Letty. Não havia mesmo esses espaços.

Capítulo 18
As Cartas

I

– Desculpe-me por incomodá-la de novo, sra. Haymes.

– Tudo bem – respondeu Phillipa com frieza.

– Será que podemos entrar nessa peça para conversar?

– No estúdio? Sim, se o senhor quiser. Está bem frio. Aqui não tem lareira.

– Não importa, é por pouco tempo. E aqui ninguém vai nos ouvir.

– E que importância tem isso?

– Para mim não tem nenhuma, mas para a senhora talvez tenha.

– O que o senhor quer dizer?

– A senhora me disse que seu marido morreu lutando na Itália.

– Sim?

– Não seria melhor ter dito a verdade, que ele desertou do regimento?

Ele viu o rosto dela empalidecer e as mãos se retorcerem.

Ela disse em tom de amargura:

– Vocês realmente precisam remexer em tudo?

Craddock foi seco:

– Esperamos que as pessoas nos digam a verdade sobre elas mesmas.

Ela ficou em silêncio, depois disse:

– E então?

– O que a senhora quer dizer com "e então"?

– O que o senhor pretende fazer? Contar a todo mundo? É mesmo necessário, justo, educado?

– Ninguém sabe disso?

– Aqui, não. Harry... – disse ela, e sua voz mudara de tom – meu filho não sabe. Eu não quero que ele saiba... nunca.

– Pois a senhora está assumindo um grande risco. Quando ele crescer e tiver condições de entender, é melhor que venha a saber pela senhora do que por outra pessoa. Vai ser horrível para ele descobrir a verdade depois de a senhora ter-lhe enchido a cabeça com histórias de que o pai morreu como um herói.

– Eu não faço isso. Eu não sou completamente desonesta, apenas não toco no assunto. O pai dele... foi morto durante a guerra. Para nós, de qualquer forma, é indiferente.

– Mas o seu marido ainda está vivo?

– Talvez. Como posso saber?

– Quando foi a última vez que o viu?

Phillipa respondeu rapidamente.

– Faz anos que não o vejo.

– Tem certeza? Por acaso a senhora não esteve com ele quinze dias atrás?

– Onde o senhor quer chegar?

– Eu nunca fiquei muito convencido daquela história do seu encontro com Rudi Scherz. Mas Mitzi contou a história com muita convicção. Aposto que o homem que a senhora encontrou no caramanchão aquela manhã foi o seu marido.

– Eu não encontrei ninguém no caramanchão.

– Ele estava mal de dinheiro e veio pedir ajuda, não foi isso?

– Estou lhe dizendo que não o vi. Eu não me encontrei com ninguém no caramanchão.

– Desertores estão sempre em dificuldade. Muitas vezes se envolvem em roubos, assaltos... coisas do tipo. *E eles carregam armas estrangeiras que trazem de outros países.*

– Eu não sei onde está o meu marido. Faz anos que não o vejo.

– Essa é a sua última palavra, sra. Haymes?

– Não tenho mais nada a dizer.

II

Craddock deixou o estúdio irritado. Ele não esperava por aquela reação de Phillipa.

– Teimosa como uma mula – disse ele para si mesmo.

Tinha certeza de que Phillipa estava mentindo e sentia-se frustrado por não ter sido capaz de fazer frente às negativas obstinadas da moça.

Era uma pena que o inspetor não conhecesse mais nada a respeito do ex-capitão Haymes. O que se tinha dele era uma ficha militar negativa, mas isso não significava que fosse um criminoso.

De qualquer modo, o fato de a porta ter sido lubrificada parecia apontar para o envolvimento de alguma pessoa que residia na casa ou que tinha fácil acesso a ela. Esse não era o caso de Haymes.

Craddock estava parado próximo à escada quando de repente lhe veio a curiosidade de saber o que Julia fazia no sótão. O que uma jovem melindrosa como aquela iria procurar lá em cima?

Não era um lugar para ela.

Rapidamente e sem fazer barulho, ele galgou os degraus até o primeiro andar. Não havia ninguém por ali. O inspetor abriu a porta da qual Julia havia saído e subiu pela estreita escada até o sótão.

Lá havia velhos baús e malas, móveis em mau estado, uma cadeira sem uma perna, um abajur de porcelana quebrado e parte de um serviço de jantar.

Ele virou um dos baús e abriu a tampa.

Roupas. Roupas de mulher, antigas, mas de excelente qualidade. Roupas que supostamente pertenciam à srta. Blacklock ou à sua falecida irmã.

Ele abriu outro baú.

Cortinas.

Passou para uma maleta de couro. Nela havia documentos e cartas. Cartas muito antigas, amareladas.

O inspetor leu as iniciais gravadas do lado de fora: C.L.B. A maleta devia ter pertencido à irmã de Letitia, Charlotte. Ele abriu uma das cartas e começou a ler:

Cara Charlotte,
Ontem Belle se sentiu melhor, e saímos para um piquenique. R.G. também tirou folga. As ações da Asvogel estão com uma cotação excelente, e R.G. está muito satisfeito. As ações preferenciais agora valem um absurdo.

Ele pulou o resto e reparou na assinatura:

Da sua querida irmã, Letitia

Ele pegou outra carta.

Cara Charlotte,
Gostaria que você às vezes fizesse um esforço para conhecer mais gente. Você exagera, entende? Não é tão ruim como você pensa. As pessoas no geral não se importam com esse tipo de coisa. Você não está desfigurada da forma como imagina.

O inspetor balançou a cabeça afirmativamente. Lembrou-se de que Belle Goedler dissera que Charlotte Blacklock tinha algum tipo de deformidade. Letitia acabara abandonando o emprego para tomar conta da irmã. Essas cartas deixavam entrever a ansiedade que lhe causava o amor que ela nutria pela irmã doente, a quem escrevia longos relatos contando tudo o que havia de interessante no seu dia a dia. E Charlotte guardara as cartas. Em alguns envelopes havia também fotos.

De repente, Craddock sentiu um grande entusiasmo. Era como se estivesse prestes a descobrir uma pista importante. Aquelas cartas continham informações que Letitia há muito havia esquecido. Retratavam o passado com fidelidade e prometiam uma forma de acesso àquilo que o inspetor desconhecia. As fotografias também. Talvez houvesse ali uma fotografia de Sonia Goedler, uma fotografia ignorada pela pessoa que retirara as outras fotos do álbum.

O inspetor guardou as cartas com cuidado, fechou a maleta e começou a descer as escadas.

Letitia Blacklock, parada no patamar de baixo, olhava surpresa para ele.

– Era o senhor que estava no sótão? Ouvi um barulho. Não sabia quem...

– Srta. Blacklock, encontrei aqui umas cartas escritas para sua irmã anos atrás. Gostaria de lê-las, se me permite levá-las comigo.

Ela ficou vermelha de raiva.

– Que necessidade o senhor tem de fazer isso? Por quê? O que lhe interessam essas cartas?

– Posso descobrir coisas sobre a personalidade de Sonia Goedler, alguma foto, uma indicação, uma referência a algum acontecimento fortuito que se revele útil para a investigação.

– São cartas pessoais, inspetor.

– Eu sei.

– Imagino que vá levá-las de qualquer modo... Deve ter o direito ou vai pedir algum tipo de mandado... Então faça como quiser e leve tudo de uma vez! Mas há pouquíssima coisa aí sobre Sonia. Ela se casou e foi embora um ou dois anos depois que comecei a trabalhar para Randall Goedler.

Craddock insistiu:

– Talvez haja alguma informação. Temos de tentar de tudo. A senhorita está correndo um grande perigo, como já disse.

Ela mordeu os lábios:

– Eu sei disso muito bem. Bunny está morta porque tomou um analgésico que era para mim. O próximo pode ser Patrick, ou Julia, ou Phillipa, ou mesmo Mitzi... Uma pessoa jovem com a vida toda pela frente. Alguém que tome um copo de vinho servido pra mim, ou coma algum chocolate que me deem de presente. Está bem! Leve as cartas, leve-as daqui. E depois pode queimá-las, por favor. Elas não interessam senão a mim e Charlotte. Tudo isso pertence ao passado. Ninguém mais lembra...

Ela levou a mão à gargantilha de pérolas falsas que estava usando. Craddock reparou em como a gargantilha combinava mal com o seu casaco de tweed e a saia.

A srta. Blacklock repetiu:

– Leve as cartas.

III

Só na tarde seguinte o inspetor foi à casa paroquial.

Era um dia escuro e ventoso.

Miss Marple estava sentada ao lado do fogo, tricotando.

Bunch estava agachada no chão, cortando um molde de costura.

Ela se sentou sobre os calcanhares, puxou para trás uma mecha de cabelo que lhe caía sobre os olhos e lançou um olhar curioso para Craddock.

– Eu não sei se isso é quebra de sigilo – disse o inspetor a Miss Marple –, mas gostaria que desse uma olhada nessa carta.

Ele explicou como a tinha descoberto no sótão.

– É uma coleção de cartas muito comovente – disse ele. – A srta. Blacklock fazia tudo o que podia para animar a irmã e mantê-la com saúde e alguma vontade de viver. É possível distinguir também uma imagem subjacente do pai das duas, o dr. Blacklock. Um sujeito teimoso como uma mula, de princípios muito rígidos, que não admitia ser contrariado. Provavelmente matou uma dezena de pacientes por pura obstinação. Não era alguém que pudesse aceitar novos métodos e ideias.

– Realmente eu não sei até onde o condenaria – disse Miss Marple. – Tenho a impressão de que os médicos jovens em geral exageram na sua predisposição a experimentar coisas novas. Depois de nos arrancarem todos os dentes, nos mandarem tomar uma série de elixires esquisitos e arrancarem nossos órgãos, chegam à conclusão de que não temos mais jeito. Ainda prefiro ser tratada com velhos remédios, daqueles que costumam vir em vidros escuros de bom tamanho. E, se não fizerem bem, basta despejá-los no ralo.

Ela pegou a carta que Craddock alcançara-lhe.

– Eu quero que a senhora leia, porque acho que vai entender melhor do que eu o passado das duas. Eu tenho menos experiência a respeito de como eram as coisas naquele tempo.

Miss Marple desdobrou o frágil papel:

Cara Charlotte,

Não escrevi nos dois últimos dias porque estou enfrentando uma série de problemas domésticos. A irmã de Randall, Sonia (você se lembra dela? É aquela que pegou você de carro o outro dia. Como eu queria que você saísse mais!). Sonia anunciou que vai se casar com um homem chamado Dmitri Stamfordis. Eu o vi apenas uma vez. Muito atraente, nada confiável. R.G. não suporta o futuro cunhado, diz que ele é um vigarista e da pior espécie. Belle faz o possível para não se envolver e fica no canto dela com um meio sorriso. O temperamento terrível de Sonia, que parecia tão calma, aflorou. A reação dela não podia ser mais selvagem. Ontem achei que fosse matar o irmão!

Fiz o que pude. Conversei com Sonia e conversei com R.G. Consegui que ambos refletissem e se acalmassem, mas basta ficarem juntos um minuto e a briga começa de novo! Você não tem ideia de como essa situação é desgastante. R.G. está investigando a vida desse Stamfordis e parece que está descobrindo poucas e boas sobre ele.

Enquanto isso, o trabalho dele fica de lado. Quer dizer, em uma semana, tive minha cota anual de trabalho, o que não deixa de ser divertido, já que R.G. me dá carta branca. Ele disse ontem: "Graças a Deus que no mundo ainda existem pessoas sensatas. Não consigo imaginar você se apaixonando por um vigarista, Blackie!". Respondi que não me apaixonaria nem por vigaristas e nem por ninguém. R.G. disse: "Vamos pegar de surpresa esse pessoal da bolsa". Às vezes, ele fica mesmo endemoniado e age como um verdadeiro aproveitador. "Você continua determinada a me manter na linha, Blackie?", perguntou ele outro dia. E é claro que continuo. Não entendo como as pessoas se envolvem em esquemas desonestos

sem nem perceber, mas R.G. realmente não percebe. Ele só considera desonesto o que for gritantemente contra a lei.
Belle só ri. Ela pensa que essa confusão por causa do casamento de Sonia é desnecessária. "Sonia tem o dinheiro dela", diz Belle. "O que a impede de se casar com esse homem?" Eu disse que o casamento podia ser um erro, e Belle respondeu que "nunca é um erro casar-se com o homem que se ama, mesmo que depois a gente se arrependa". E ainda acrescentou: "Imagino que, por causa do dinheiro, Sonia não vá brigar de vez com Randall. O dinheiro conta muito para ela".
Mas agora chega desse assunto. Como está papai? Não vou pedir que diga a ele que estou morrendo de saudades, mas você pode dizer se achar apropriado. Você tem conhecido pessoas novas? Querida, você tem de fazer um esforço. Ficar trancada dentro de casa é uma atitude mórbida.
Sonia manda lembranças. Ela acaba de entrar na sala e está retorcendo as mãos como um gato afia as unhas. Acho que ela e Randall devem ter brigado de novo. Sonia sabe como ser desagradável. Ela tem um olhar frio que tira qualquer um do sério.
Não desanime. Nessa vida, todos temos nossa cota de sofrimento. Você sabe que estou torcendo por você o tempo todo. Esse novo tratamento com iodo pode trazer resultados. Andei me informando a respeito, e dizem que é muito bom.
Com muito amor, da sua irmã
Letitia

Miss Marple dobrou a carta e a devolveu. Ela parecia pensativa.

– E então, o que a senhora acha? – perguntou Craddock. – Que tipo de mulher é ela?

– Sonia? É difícil ver uma pessoa através dos olhos de outra... Eu diria que ela é uma mulher muito determinada, sem dúvida. Que não quer abrir mão do melhor de dois mundos...

– "Retorcendo as mãos como um gato afia as unhas" – murmurou Craddock. – Isso me lembra de alguém...

Ele franziu o cenho.

– Ele mandou investigar a vida do futuro cunhado... – murmurou Miss Marple.

– Se tivéssemos acesso ao que ele descobriu! – exclamou Craddock.

– A carta não lhe trouxe nenhuma recordação de St. Mary Mead? – perguntou Bunch, com a boca cheia de alfinetes, numa pronúncia indistinta.

– Acho que não, querida... O sr. Blacklock é um pouco parecido com o sr. Curtiss, o nosso pastor evangélico. Não permitia que a filha usasse aparelho. Dizia que era a vontade de Deus que ela ficasse dentuça. "Mas o senhor não faz a barba e corta o cabelo?", foi o que um dia lhe perguntei. "Pode ser que Deus prefira o senhor cabeludo", sugeri. Ele disse que era muito diferente. Resposta tipicamente masculina. Mas isso não nos ajuda em nada.

– Jamais descobrimos a origem do revólver, a senhora sabe? Não era de Rudi Scherz. Se eu soubesse quem tinha um revólver em Chipping Cleghorn...

– O coronel Easterbrook tem um – disse Bunch. – Ele deixa na gaveta dos colarinhos.

– Como a senhora sabe disso?

– A sra. Butt me contou. A nossa diarista. Bem... ela vem apenas duas vezes por semana. Ela comentou que achava natural um militar ter uma arma e que devia ser útil no caso de aparecer algum ladrão.

– Quando foi que ela lhe contou isso?

– Ah... tempos atrás! Acho que faz uns seis meses.

– Coronel Easterbrook... – murmurou Craddock consigo mesmo.

– Parece uma roleta de parque de diversões... – disse Bunch, ainda com a boca cheia de alfinetes. – Aponta cada vez para algo diferente.

– Eu que o diga! – rosnou Craddock. – O coronel Easterbrook esteve em Little Paddocks para deixar um livro. Ele poderia ter lubrificado a porta. Mas ele admitiu abertamente ter ido lá. Ao contrário da srta. Hinchcliffe...

Miss Marple deu uma tossidinha:

– O senhor precisa considerar a época em que vivemos, inspetor – disse ela.

Craddock lançou-lhe um olhar atravessado.

– Não se esqueça de que o senhor é da polícia – disse Miss Marple. – As pessoas não podem dizer tudo o que querem à polícia, podem?

– Não vejo por que não – respondeu Craddock. – A menos que sejam criminosos escondendo alguma coisa...

– Ela está se referindo à manteiga – disse Bunch, avançando energicamente ao redor da perna da mesa para segurar um pedaço de papel que ameaçava voar. – Manteiga e milho para as galinhas. Nata... um pedaço de bacon.

– Mostre a ele o bilhete da srta. Blacklock – disse Miss Marple. – São águas passadas, mas ainda soa bem misterioso.

– Onde foi que o coloquei... É esse aqui, tia Jane?

Miss Marple apanhou o pedaço de papel e deu uma olhada.

– Sim. Esse mesmo – sorriu ela.

E passou o bilhete para o inspetor, que leu o que a srta. Blacklock tinha escrito:

Andei me informando... o dia é quinta-feira. Qualquer horário depois das três. Se sobrar um pouco para mim, deixe a minha quota no lugar de sempre.

Bunch cuspiu todos os seus alfinetes e soltou uma gargalhada. Miss Marple olhava para a cara embasbacada do inspetor.

A mulher do vigário encarregou-se da explicação.

– Quinta é o dia que fazem manteiga numa das fazendas daqui. Eles sempre guardam um pouco para os amigos. Quem normalmente vai lá buscar é a srta. Hinchcliffe. Ela se dá com a maioria dos fazendeiros, acho que por causa dos porcos que ela cria. Mas tudo é feito por debaixo dos panos, se o senhor me entende, só entre pessoas conhecidas. Em troca da manteiga, você envia pepinos ou algo parecido... um pedaço de carne de porco. Às vezes, é preciso sacrificar algum animal por causa de um acidente. Ah! Acho que o senhor está me entendendo... Não é o tipo de coisa que se possa declarar abertamente à polícia. Receio que muitas dessas trocas sejam ilegais, hoje em dia as coisas são tão complicadas. Mas imagino que Hinch tenha ido a Little Paddocks com um pouco de manteiga ou algo parecido, que ela deixou *no lugar de sempre*. Quero dizer, na caixa de farinha, no guarda-louça. Ali não tem farinha.

Craddock suspirou.

– Ainda bem que vim falar com as senhoras – disse ele.

– Usávamos também uns cupons de roupa – disse Bunch. – Não eram vendidos, isso não considerávamos honesto. Nada envolvia dinheiro. Mas pessoas como a sra. Butt ou a sra. Finch ou a sra. Huggins gostam de um bom vestido de lã ou um casaco de inverno que não esteja muito velho, e elas costumavam pagar por eles com cupons em vez de pagar com dinheiro.

– É melhor que não me digam mais nada – declarou Craddock. – Tudo isso é ilegal.

– O que devia ser ilegal são essas proibições absurdas – disse Bunch, enchendo novamente a boca de alfinetes. – Não me envolvo em nada disso, porque Julian não gosta, e eu o respeito. Mas eu sei o que acontece, é claro.

O inspetor começava a ficar desanimado.

– Parece tudo tão normal e inofensivo – disse ele. – Até mesmo engraçado, ingênuo. No entanto, um homem e uma mulher já morreram. E é possível que outra mulher venha a morrer antes mesmo que eu possa agir. No momento, deixei Pip e Emma um pouco de lado. Estou me concentrando em Sonia. Gostaria de saber como ela é. Havia uma ou duas fotos junto com as cartas, mas não podiam ser dela.

– E por que diz isso? Por acaso já a viu?

– A srta. Blacklock disse que ela é morena e de baixa estatura.

– É mesmo? – disse Miss Marple. – Que interessante!

– Uma das fotos lembrou-me vagamente de alguém. Uma jovem loira e alta, com o cabelo todo preso num coque no alto da cabeça. Não sei quem ela poderia ser. Qualquer pessoa menos Sonia. A senhora acha que a sra. Swettenham pode ter sido morena quando jovem?

– Não muito – disse Bunch. – Os olhos dela são muito claros.

– Eu esperava que pudéssemos encontrar uma foto de Dmitri Stamfordis, mas seria muita sorte... Bem – disse ele, pegando de volta a carta –, é uma pena que isso não tenha lhe sugerido nada.

– Ah, mas sugeriu! – disse Miss Marple. – Sugeriu muita coisa. Acabo de lê-la de novo, em especial aquela parte que se refere ao fato de Randall Goedler ter mandado investigar o futuro cunhado.

Craddock arregalou os olhos.

O telefone tocou.

Bunch levantou-se e caminhou até o corredor onde, por respeito à tradição vitoriana, o telefone havia sido instalado e permanecia até então.

Ela retornou à sala e disse ao inspetor:

– É para o senhor.

Um pouco surpreso, Craddock foi até onde estava o aparelho, fechando a porta cuidadosamente atrás de si.

– Craddock? Aqui é Rydesdale.

– Sim, senhor.

– Andei examinando o seu relatório. Você diz que Phillipa Haymes nega expressamente ter estado com o marido desde que ele desertou do exército?

– Isso mesmo, senhor. Ela deu muita ênfase a esse ponto, mas na minha opinião estava mentindo.

– Concordo com você. Você se lembra de um caso que aconteceu cerca de dez dias atrás? Um homem atropelado por um caminhão... levado ao hospital geral de Milchester com uma concussão craniana e a bacia fraturada?

– O sujeito que praticamente tirou uma criança das rodas de um caminhão e acabou ele próprio sendo atropelado?

– Esse mesmo. O homem não trazia consigo nenhum documento, e ninguém apareceu para reconhecê-lo. Era como se fosse um foragido. Morreu na noite passada sem recobrar a consciência. Mas acaba de ser identificado. Um desertor do exército. Ronald Haymes, ex-capitão em South Loamshires.

– O marido de Phillipa?

– Ele mesmo. Devo acrescentar que em seu bolso foram encontradas uma velha passagem de ônibus de Chipping Cleghorn e uma boa quantia em dinheiro.

– Então a mulher deu mesmo dinheiro a ele? Eu tinha certeza de que ele era o homem que Mitzi viu conversando com Phillipa no jardim. Mas Phillipa negou tudo terminantemente, é claro. Mas, senhor... esse acidente envolvendo o caminhão foi antes...

Rydesdale encarregou-se ele mesmo de concluir:

– Sim, antes da noite do crime. Ronald Haymes foi levado ao hospital no dia 28, e o suposto assalto em Little Paddocks ocorreu no dia 29. Isso parece isentá-lo de qualquer ligação direta com o caso. Mas a mulher não sabia do acidente. Ela pode ter pensado que ele estava envolvido e por isso não falou nada. Bem ou mal, ele foi marido dela.

– Foi uma atitude heroica, não foi, senhor? – perguntou Craddock, pesando as palavras.

– Salvar a criança? Sim. Uma atitude bastante corajosa. Não acho que ele tenha desertado por covardia. Bem, isso é coisa do passado. Mas foi uma bela morte para um homem que tinha a reputação manchada.

– Fico contente por causa da moça – disse o inspetor. – E por causa do garoto.

– Sim. Ele não tem por que se envergonhar do pai. E agora ela vai poder se casar de novo.

Craddock disse calmamente:

– Era no que eu estava pensando, senhor... Abre algumas possibilidades.

– Aproveite que está aí e dê a notícia você mesmo.

– É o que vou fazer, senhor. Vou dar uma passada lá. Ou talvez seja melhor esperar que ela retorne a Little Paddocks. Pode ser que a notícia seja um choque para ela, e há uma outra pessoa com quem preciso conversar.

Capítulo 19

Uma reconstituição do crime

I

– Vou trazer a lâmpada para cá antes de sair – disse Bunch. – Está tão escuro. Acho que virá uma tempestade.

Ela moveu a pequena lâmpada de leitura para o outro lado da mesa, onde iluminaria o tricô de Miss Marple, que estava sentada numa cadeira larga de espaldar alto.

Tiglath Pileser, o gato, pulou sobre o cabo da lâmpada, que arranhou e mordeu com violência, assim que o viu se esticar sobre a mesa.

– Não, Tiglath Pileser, pare com isso... Esse gato é tão desobediente. Olhe só, os dentes quase atravessaram o fio. Você não entende, seu bobo, que pode tomar um belo choque ao fazer isso?

– Obrigada, querida – disse Miss Marple, esticando a mão para acender a lâmpada.

– Não é aí que se liga, tia Jane. É preciso apertar aquele interruptor ridículo na metade do fio. Espere um pouco. Deixe-me afastar essas flores.

Ela empurrou para um lado o vaso de heléboros que estava sobre a mesa. Tiglath Pileser, de rabo erguido e abanando, esticou audaciosamente a pata e arranhou o braço de Bunch, que se assustou. Um pouco da água do vaso caiu bem em cima da parte desgastada do cabo da lâmpada e sobre Tiglath Pileser, que pulou para o chão com um miado indignado.

Miss Marple apertou o pequeno interruptor em formato de pera. Onde a água entrara em contato com o fio, produziu-se um lampejo e um estalido.

– Meu Deus – disse Bunch. – Deve ser o fusível. Acho que ficamos sem luz nessa parte da casa.

Ela tentou acender o interruptor da parede.

– Não funciona. É uma estupidez ligarem tudo no mesmo fusível. E a mesa ficou queimada. Tiglath Pileser, seu malcriado! É tudo culpa sua. O que foi, tia Jane? A senhora se assustou?

– Não foi nada, querida. Só uma ideia que me ocorreu, e eu já devia ter pensado nisso antes.

– Vou arrumar o fusível e trazer o abajur do escritório de Julian.

– Não, querida, deixe assim. Você vai perder o ônibus. Vou ficar aqui refletindo só mais um pouco. Está claro o suficiente.

Depois que Bunch saiu, Miss Marple aprumou-se na cadeira. O ar estava pesado, por causa da tempestade que se aproximava.

Miss Marple puxou uma folha de papel e escreveu: *lâmpada?* Depois sublinhou.

Não demorou muito e ela escreveu outra palavra.

Em seguida, o lápis começou a correr pelo papel, num traçado enigmático de breves anotações.

II

Na sala de estar em Boulders, escurecida por causa do teto rebaixado e das treliças nas janelas, a srta. Hinchcliffe e a srta. Murgatroyd discutiam.

– Você nem tenta, Murgatroyd. Esse é o seu problema – disse a srta. Hinchcliffe.

– Eu não consigo lembrar, Hinch, acredite em mim.

– Preste atenção, Murgatroyd... Vamos reconstruir a cena. Até agora nossos esforços investigativos não deram em nada. Eu estava completamente errada com relação àquela história da porta. Você não segurou a porta para o bandido. Você é inocente, Murgatroyd!

A srta. Murgatroyd mal esboçou um sorriso.

– De todas as empregadas de Chipping Cleghorn, a nossa é a única que não faz fofoca. Normalmente eu ficaria contente com isso, mas nesse caso é um azar. Todo mundo já sabia dessa história da segunda porta, menos nós, até ontem.

– Mas eu continuo sem entender como...

– Não há mistério algum. Nossas premissas estavam corretas. É impossível manter uma porta aberta, segurar uma lanterna e atirar com um revólver, tudo ao mesmo tempo. Decidimos ficar com o revólver e a lanterna e excluir a porta. Bem, foi nisso que erramos. Era o revólver que devíamos ter excluído.

– Mas ele tinha um revólver – disse a srta. Murgatroyd. – Eu vi. Estava ao lado dele no chão.

– Depois de ele estar morto, é claro. Sim, não há qualquer dúvida. Não foi ele quem atirou com o revólver.

– Mas então quem foi?

– É isso que vamos descobrir. Tem de ser a mesma pessoa que colocou comprimidos envenenados na mesinha de cabeceira do quarto de Letty Blacklock... e assim acabou eliminando a pobre Dora Bunner. E não pode ter sido Rudi Scherz, porque ele está mais morto do que a múmia do faraó. Foi alguém que estava naquela sala na noite do suposto assalto e provavelmente também na festa de aniversário. A única pessoa que podemos excluir, portanto, é a sra. Harmon.

– Você acha que foi durante a festa de aniversário que deixaram lá os comprimidos?

– E por que não?

– Mas como?

– Bem, você foi ao banheiro, não foi? – disse a srta. Hinchcliffe. – Eu mesma fui lá lavar as mãos melecadas por causa daquela torta. Por acaso não foi no quarto da srta. Blacklock que a nojenta da sra. Easterbrook foi retocar a maquiagem?

– Hinch! Você acha que ela...?

– Ainda não sei. Teria sido óbvio demais. A pessoa que colocou os comprimidos não desejaria ser vista no quarto. E oportunidades não faltaram.

– Nenhum dos homens foi ao segundo andar.

– E a escada dos fundos? Se um homem sai da sala, ninguém vai ter coragem de ir atrás conferir onde ele está indo. Seria uma grosseria! Mas pare de me contradizer, Murgatroyd. Precisamos começar refletindo sobre a primeira tentativa de assassinato. Tente se recordar de todos os fatos. Agora tudo depende de você.

A srta. Murgatroyd levou um susto.

– Ah, Hinch... você sabe o quanto essas coisas me confundem!

– Não vai ser preciso puxar pelo seu cérebro, ou seja lá pelo que for que você tenha na cabeça. Bastam os seus olhos. Quero saber o que foi que você viu.

– Mas eu não vi nada.

– Como acabei de dizer, você nem mesmo tenta. Esse é o seu problema. Olhe aqui, Murgatroyd. Preste atenção. É óbvio que quem tentou eliminar Letty Blacklock estava na sala aquela noite. Ele (estou dizendo ele só para facilitar, porque pode muito bem ter sido uma mulher, independentemente do fato de os homens serem todos uns porcos)... Bem, ele já tinha lubrificado a outra porta da sala de estar, que devia estar fechada apenas com um trinco ou algo parecido. E não me venha agora com a pergunta de quando foi que ele lubrificou, porque isso só vai nos confundir. Na verdade, é muito fácil para qualquer um de nós entrar numa casa em Chipping Cleghorn e ficar lá por meia hora fuçando nas coisas, sem ter de dar satisfações a ninguém. Basta escolher o momento adequado do dia. É só conhecer os hábitos da empregada e saber quando os moradores da casa saem, aonde vão e quando voltam. Informações que não são difíceis de conseguir. Mas continuando... Ele já tinha lubrificado a outra porta, que vai abrir sem fazer barulho. O plano é o seguinte: as luzes se apagam, e a porta normal da sala é aberta por um sujeito esquisito. O indivíduo faz um floreio com a lanterna e recita as frases do assalto. Aproveitando que estamos todos com a atenção voltada para o ridículo espetáculo, a pessoa sai silenciosamente da sala pela outra porta, coloca-se atrás do idiota do suíço e atira, primeiro na srta. Blacklock, depois no suíço. O revólver é deixado ali mesmo para que os lerdos como você achem que estava sendo disparado pelo morto. Quando alguém enfim consegue acender o isqueiro, o assassino já está de volta à sala, junto com os outros. Você entendeu?

– Sim... mas quem foi?

– Bem, se você não sabe, Murgatroyd, então ninguém mais pode saber!

– Eu? – perguntou Murgatroyd, à beira de um ataque de nervos. – Mas eu não sei de nada. Nada! Juro que não. Ah, Hinch...

– Use o cérebro, Murgatroyd. Para começar, onde é que estavam as pessoas quando as luzes se apagaram?

– Eu não sei.

– Sim, você sabe. Que coisa mais irritante, Murgatroyd. Onde é que você mesma estava? Isso você sabe, não? Ao lado da porta.

– Sim, isso mesmo. Ela bateu no meu calo quando foi aberta!

– Meu Deus! E por que você não vai a um quiropodista decente, Murgatroyd? Vamos lá, de volta ao assunto... Você está atrás da porta. Eu estou encostada no consolo da lareira, com a boca seca e ansiosa por um drinque. Letty Blacklock está apanhando os cigarros na mesa perto do arco divisório. Patrick Simmons está passando pelo arco na direção da salinha onde Letty Blacklock deixara as bebidas, correto?

– Sim, correto. Disso tudo eu me lembro.

– Muito bem. Agora, alguma outra pessoa seguiu Patrick até a salinha, ou estava a ponto de segui-lo. Um dos outros homens. O problema é que não consigo lembrar se era Easterbrook ou Edmund Swettenham. Você lembra?

– Não lembro.

– Ah, é claro que não, imagine... E há também uma outra pessoa que já tinha ido até a salinha: Phillipa Haymes. Lembro-me disso nitidamente, porque ela tem uma ótima postura, e vendo-a de costas pensei que faria uma bela figura em cima de um cavalo. Foi isso mesmo que pensei quando a vi caminhar na direção da lareira da salinha. Mas não sei o que ela queria por lá, porque as luzes logo se apagaram.

– As posições são essas – continuou a srta. Hinchcliffe. – Na salinha estão Patrick Simmons, Phillipa Haymes e... *ou* o coronel Easterbrook *ou* Edmund Swettenham. Não sabemos qual dos dois. Agora, Murgatroyd, preste atenção. O mais provável é que o assassino seja um desses três. Quem queria sair por aquela porta tomaria o cuidado de estar próximo a ela quando as luzes se apagassem. Então, como eu disse, é muito provável que o assassino seja um desses três. E nesse caso, Murgatroyd, não há nada que você possa fazer!

A srta. Murgatroyd estava visivelmente feliz.

– Por outro lado – continuou a srta. Hinchcliffe –, é possível que não tenha sido nenhum dos três. E é aí que você entra.

– Mas como assim?

– Como eu disse antes, só você pode saber.

– Eu não sei de nada! Eu não podia ver coisa alguma!

– Ah, você podia, sim. Você é a única que podia ver. Porque você estava por trás da porta. A luz da lanterna não lhe batia nos olhos, a porta estava entre ela e você. Você olhava na mesma direção em que a lanterna estava sendo focada. Ao contrário de todos nós, você é a única cuja visão não foi ofuscada.

– Bem, talvez não... Mas eu não vi nada! O facho de luz se movia para todos os lados...

– Mas de vez em quando ele parava no rosto das pessoas, não? E nas mesas e cadeiras...

– Sim, é verdade... Me lembro da srta. Bunner de boca escancarada, com os olhos esbugalhados e piscando.

– É isso! – exclamou a srta. Hinchcliffe.

Ela suspirou aliviada, depois continuou:

– O mais difícil é você pôr o cérebro para funcionar! Agora que ele ligou, continue...

– Mas não vi mais nada! Nada mesmo, é verdade.

– Você quer dizer que a sala estava vazia? Todo mundo tinha sumido?

– Não, é claro que não. A srta. Bunner de boca escancarada, a sra. Harmon sentada no braço de uma cadeira. Ela comprimia os olhos com os punhos fechados, como uma criança.

– Muito bem. Temos então a sra. Harmon e a srta. Bunner. Você não vê onde quero chegar? O problema é que não quero pôr ideias na sua cabeça. Eliminando todas as pessoas que você viu, chegamos ao que é mais importante: quem você *não* viu... Entende? Além das mesas e cadeiras, dos crisântemos e tudo mais, havia na sala algumas pessoas: Julia Simmons, a sra. Swettenham, a sra. Easterbrook... o coronel Easterbrook ou Edmund Swettenham... Dora Bunner e Bunch Harmon. Você viu Dora Bunner e Bunch Harmon. Ótimo. Podemos excluí-las. Agora pense, Murgatroyd... *pense*! Alguma dessas pessoas *não* estava lá?

A srta. Murgatroyd teve um sobressalto por causa de um galho que bateu no vidro da janela. Ela fechou os olhos e murmurou para si mesma:

– As flores... na mesa... a poltrona grande... a luz da lanterna não chegou até onde você estava, Hinch... até a sra. Harmon, sim...

O telefone tocou. A srta. Hinchcliffe foi atender.

– Alô? Como? Da estação?

A srta. Murgatroyd, concentrada, de olhos fechados, continuava obedientemente a reviver a noite do dia 29. A lanterna girando devagar pela sala... um grupo de pessoas... as janelas... o sofá... Dora Bunner... a parede... a mesinha com o abajur... o arco... o súbito disparo do revólver...

– ...mas é fantástico! – exclamou a srta. Murgatroyd.

– O quê? – rosnou o srta. Hinchcliffe ao telefone, indignada. – Chegou aí de manhã? A que horas? E só me avisam agora? Pequeno descuido uma ova! O que eu vou fazer é notificar a Sociedade Protetora dos Animais. Vocês não perdem por esperar, seus idiotas.

E bateu com força o telefone no gancho.

– É aquela cadela – ela disse. – A setter irlandês. Está na estação desde as oito horas da manhã. Sem uma gota de água! E os imbecis só me avisam agora. Estou indo lá buscá-la imediatamente.

A srta. Hinchcliffe saiu voando da sala, e atrás dela a srta. Murgatroyd, chiando esganiçada.

– Hinch, por favor, me escute... É muito estranho, não consigo entender...

Mas a srta. Hinch já tinha saído pela porta na direção do galpão que elas usavam como garagem.

– Continuamos quando eu voltar – gritou ela. – Não posso esperar por você. Para variar, está de pantufas...

A srta. Hinch ligou o carro e saiu de ré com uma única arrancada. A srta. Murgatroyd pulou para o lado.

– Mas Hinch, por favor... tenho de lhe contar!

– Eu já volto...

O carro saiu a toda velocidade na direção do portão, dando solavancos. A srta. Murgatroyd ainda repetiu em seu tom de voz exaltado, mas já sem energia:

– Mas, Hinch, *ela não estava lá...*

III

No céu, as nuvens aglomeravam-se, pesadas. E, enquanto a srta. Murgatroyd observava o carro se afastar, caíram as primeiras gotas de chuva.

Apavorada, correu até o varal em que, algumas horas antes, pusera para secar uns blusões e um conjunto de lã.

Sem fôlego, ela murmurava para si mesma:

– Muito estranho... Ah, meu Deus... não vou conseguir recolher isso a tempo, e está quase seco...

A srta. Murgatroyd lutava para soltar uma roupa que se enrolara sobre o prendedor, quando ouviu alguém se aproximando.

Virou-se para trás e abriu um sorriso de boas-vindas.

– Olá... entre ou vai se molhar!

– Deixe-me ajudá-la.

– Bem, eu agradeço... Vai ser uma pena se a roupa molhar de novo. Eu devia recolher tudo junto com a corda, mas acontece que não alcanço...

– Aqui está o seu cachecol. Deixe-me colocá-lo no seu pescoço.

– Ah, obrigada... Sim, obrigada... Se eu conseguisse pelo menos alcançar esse prendedor...

O cachecol deslizou suavemente ao redor do pescoço da srta. Murgatroyd até que, de súbito, foi apertado.

A boca da srta. Murgatroyd abriu-se, mas a voz ficou engasgada no fundo da garganta.

O cachecol foi apertado com mais força.

IV

Ao voltar da estação, a srta. Hinchcliffe parou o carro para dar uma carona a Miss Marple, que se apressava pela rua como podia a fim de escapar da chuva.

– Ei! A senhora vai se molhar toda. Entre e venha tomar um chá conosco. Vi Bunch na parada de ônibus. Vai ser mais divertido nos ajudar a reconstituir o crime do que ficar sozinha na casa paroquial. Tenho a impressão de que estamos a ponto de descobrir algo importante. Cuidado com essa cadela, ela é traiçoeira.

– Que linda!

– É uma cadela muito bonita, não é mesmo? Aqueles idiotas ficaram com ela até agora na estação sem me avisar. Mas eu os chamei de filhos da mãe, entre outras coisas! Não leve a mal o meu jeito, por favor. Durante a minha infância, na Irlanda, eu costumava passar mais tempo nos estábulos do que em qualquer outro lugar.

Com uma súbita guinada seguida de um solavanco, o pequeno automóvel entrou no pátio dos bangalôs de Boulders.

Logo que as duas desceram do carro, foram rodeadas por um bando impaciente de patos e outras aves domésticas.

– Ah, mas que coisa! Murgatroyd deve ter se esquecido de dar milho a eles.

– Vocês têm muita dificuldade em conseguir milho? – perguntou Miss Marple.

A srta. Hinchcliffe respondeu com uma piscadinha:

– Eu me dou muito bem com a maioria dos fazendeiros.

Espantando as galinhas, ela conduziu Miss Marple para dentro.

– A senhora está muito molhada?

– Não, essa capa é muito boa.

– Vou acender a lareira, se por acaso Murgatroyd ainda não tiver acendido. Mas onde foi que ela se meteu? Murgatroyd! E essa cadela, agora! Fugiu de novo?

Ouviu-se um uivo arrastado e melancólico do lado de fora.

– Mas que cadela desgraçada! – disse a srta. Hinchcliffe.

Ela foi até a porta e chamou:

– Venha cá, venha! Venha, Linda... Um nome idiota, mas ela já está acostumada. Temos de encontrar um outro... não é, minha Linda? Venha, Linda, venha!

A cadela estava cheirando alguma coisa caída no chão, debaixo da corda esticada do varal, onde as roupas se sacudiam com o vento.

– Murgatroyd não pôde sequer recolher a roupa limpa que estava para secar. Mas onde ela foi?

Mais uma vez a cadela fuçou no que parecia ser uma pilha de roupas, levantou o focinho para o alto e uivou.

– O que tem essa cadela?

A srta. Hinchcliffe atravessou o jardim com passos decididos.

E rapidamente, assustada, Miss Marple correu atrás dela. Ficaram paradas uma ao lado da outra, com os pingos de chuva a caírem sobre as duas.

Depois de um tempo, o braço da mulher mais velha colocou-se ao redor do ombro da mais jovem e sentiu os músculos dela se retesarem. De fato, a srta. Hinchcliffe parecia ter congelado enquanto observava o corpo da srta. Murgatroyd ali caído como uma coisa: a face muito azul e inchada, a língua espichada para fora.

– Eu vou matar a pessoa que fez isso – disse ela, com uma voz baixa e tranquila. – A hora em que eu colocar as minhas mãos nela...

Miss Marple perguntou:

– Nela?

A srta. Hinchcliffe virou para ela o rosto enfurecido.

– Sim. Eu sei quem foi... Sei muito bem. Quer dizer, só pode ser uma de três possibilidades.

Ela continuou ali mais um tempo, olhando para a amiga morta, e então se virou para a casa, com um tom de voz frio e seco:

– Temos de chamar a polícia. Enquanto esperamos por eles, vou lhe confessar uma coisa. Murgatroyd está ali caída por minha culpa. Estávamos brincando com fogo... Assassinato não é algo com que se brinque...

– Não, realmente não é.

– A senhora tem alguma experiência, não? – disse a srta. Hinchcliffe, enquanto ela tirava o fone do gancho e discava.

Ela descreveu rapidamente o ocorrido e desligou.

– Vão estar aqui em poucos minutos... Mas é verdade, ouvi dizer que a senhora tem alguma experiência com casos como esse... Acho que foi Edmund Swettenham quem me disse. Quer que lhe conte o que fazíamos? Eu e Murgatroyd?

Sem entrar em muitos detalhes, ela recontou a conversa de antes da sua partida para a estação.

– Ela veio atrás de mim, a senhora entende? Quando eu estava saindo para ir à estação... É por isso que sei que foi uma mulher e não um homem... Se eu tivesse esperado um pouco, se eu tivesse dado atenção a ela! A cadela não ia morrer se ficasse esperando mais meia hora...

– Não fique se culpando, querida. Isso não é bom. Não temos como prever os acontecimentos.

– Não, não temos. Lembro que alguma coisa bateu no vidro da janela. Talvez ela estivesse lá fora... sim, é claro... e deve ter entrado na casa... e ouvido tudo porque eu e Murgatroyd estávamos gritando... só pode ser isso.

– A senhorita ainda não me contou o que foi que a sua amiga disse.

– Uma única frase: *ela não estava lá.*

Ela se interrompeu.

– A senhora está entendendo? Tínhamos em mente três mulheres: a sra. Swettenham, a sra. Easterbrook, Julia Simmons. E uma dessas três... *não estava lá...* Ela não estava na sala de estar porque tinha escapulido para o corredor pela outra porta.

– Sim – disse Miss Marple. – Entendo.

– Uma dessas três. Não sei qual, mas vou descobrir!

– A senhorita me desculpe, mas... foi mesmo isso que a srta. Murgatroyd disse?

– Como assim?

– Ah, minha querida, deixe-me explicar... Estou me referindo à ênfase que ela deu às palavras: *ela não estava lá.* Ela deu a todas elas a mesma ênfase? A frase pode ser dita de várias maneiras. Por exemplo, *ela* não estava lá. Ou ainda: ela *não estava* lá. Uma coisa é diferente da outra. No primeiro caso, a sua amiga teria em mente uma pessoa; no segundo, estaria apenas confirmando uma suspeita prévia. Você parece ter dito assim: ela não estava *lá*, enfatizando o lugar...

– Ah... Bem, isso eu não sei, não consigo lembrar. Como posso saber? Mas não, não! Murgatroyd só pode ter dito "*ela* não estava lá". É o mais natural, imagino... A verdade é que não sei. Que diferença faz?

– É uma diferença bem sutil – disse Miss Marple, pensativa. – Mas acho que é importante. Sim, tenho certeza de que é importante...

Capítulo 20

Miss Marple desaparece

I

Contra a própria vontade, o carteiro agora tinha de entregar cartas em Chipping Cleghorn tanto de tarde quanto de manhã.

Naquela tarde, ele entregara três cartas em Little Paddocks às 16h50.

Uma delas estava endereçada, numa letra de criança, a Phillipa Haymes. As outras duas eram para a srta. Blacklock. Ela as abriu logo que se sentou à mesa para o chá, com Phillipa, que saíra mais cedo de Dayas Hall naquele dia. A chuva torrencial não lhe permitira fazer nada além de fechar bem as estufas.

A srta. Blacklock rasgou o envelope da primeira carta: era a conta a ser paga pelo conserto do aquecedor. Ela bufou irritada.

– Os preços da Dymond são um absurdo, um absurdo! Mas acho que com as outras companhias não chega a ser muito diferente.

Abriu a segunda carta, escrita numa caligrafia que não foi capaz de reconhecer:

Cara prima Letty,
Gostaria de saber se há algum problema de eu chegar na terça-feira. Escrevi perguntando a Patrick dois dias atrás, e ele não me respondeu. Imagino então que não haja problema. Mamãe está vindo à Inglaterra no próximo mês e espera poder visitá-la.

Pego o trem que chega em Chipping Cleghorn às 16h15, está bem?
Beijo carinhoso,
Julia Simmons

Na primeira leitura, a carta pareceu-lhe assombrosa e, na segunda, sinistra. Ela olhou para Phillipa, cuja carta do filho a fazia sorrir.

– Você sabe se Julia e Patrick já voltaram?

Phillipa levantou os olhos.

– Sim, eles entraram logo depois de mim. Subiram para se trocar. Estavam molhados.

– Você se importa de chamá-los para mim?

– É claro que não. Pode deixar.

– Espere... Gostaria que lesse isso.

Ela entregou a Phillipa a carta que acabara de receber.

Phillipa franziu o cenho.

– Mas eu não entendo...

– Nem eu... Mas acho que já está na hora de eu começar a entender. Chame-os, por favor, Phillipa.

A moça foi até o pé da escada, de onde gritou:

– Patrick! Julia! A srta. Blacklock precisa falar com vocês.

Patrick desceu correndo as escadas e entrou na sala.

A srta. Blacklock pediu a Phillipa que presenciasse a conversa.

– Precisa de alguma coisa, tia Letty? – disse Patrick, solícito.

– Sim. Talvez você possa explicar isso.

Ao ler a carta, o rosto de Patrick empalideceu de tal modo que chegou a ser cômico.

– Eu ia telegrafar a ela! Mas que idiota, como pude esquecer?

– Essa carta então é de Julia, a sua irmã?

– Sim... é...

A srta. Blacklock então disse, em um tom de voz ameaçador:

– *Nesse caso, o que eu gostaria de saber é quem é essa jovem que você trouxe para dentro desta casa e me apresentou como sendo Julia Simmons, sua irmã e minha prima...*

– Bem, tia Letty... a verdade é que... eu posso explicar tudo... Sei que não devia ter feito isso, mas parecia algo sem importância... Deixe-me explicar, por favor...

– Pois estou esperando! Quem é essa moça?

– Bem, eu a encontrei numa festa logo depois que fui liberado do exército. No meio da conversa, disse a ela que estava vindo aqui e... Achamos que seria muito engraçado se eu a trouxesse comigo... A verdade é que Julia, a minha irmã mesmo, é louca por teatro... e mamãe não pode nem ouvir falar nisso... Surgiu uma oportunidade para Julia numa companhia muito boa em Perth, e ela quis tentar... Mas não podíamos contar isso a mamãe, e o plano era deixá-la pensando que a filha estava aqui comigo, estudando para ser enfermeira, como uma moça bem-comportada.

– Você ainda não me explicou *quem é* essa moça que você trouxe aqui.

Patrick virou-se e constatou, aliviado, que Julia, altiva como sempre, entrava na sala.

– Fomos descobertos – disse ele.

Julia ergueu as sobrancelhas. Sem perder a calma, aproximou-se da mesa e então se sentou.

– Está bem... É isso mesmo. Suponho que esteja furiosa... – disse ela, examinando friamente o rosto da srta. Blacklock. – Eu também ficaria.

– *Quem é você?*

Julia suspirou.

– Acho que chegou a hora de esclarecer tudo. Pois então... Sou uma das metades da dupla Pip e Emma. Para ser mais exata, fui batizada como Emma Jocelyn Stamfordis. Mas papai não usou o Stamfordis por muito tempo. Acho que o sobrenome seguinte que ele adotou foi De Courcy.

– Meu pai e minha mãe – continuou ela – se separaram três anos depois que Pip e eu nascemos. Cada um deles seguiu o próprio caminho. E eles nos dividiram. Fiquei com papai. Apesar de encantador, ele era péssimo como pai. Tenho péssimas lembranças de ser internada sem mais nem menos em colégios de freiras quando ele ficava sem dinheiro ou preparava algum dos seus golpes sórdidos. Normalmente, ele pagava adiantado todo o primeiro semestre, dando a impressão de que era muito rico, e depois desaparecia. Eu ficava nas mãos das freiras pelo período de um ano ou dois. Nos intervalos, eu e ele levávamos uma vida empolgante e glamourosa, passando a conviver com pessoas de hábitos sofisticados que haviam viajado por diversas partes do mundo. Mas a guerra acabou por nos separar de vez. Não faço a menor ideia de que fim ele levou. Eu mesma vivi algumas aventuras. Me juntei à resistência francesa. Um período muito emocionante. Encurtando a história, acabei em Londres, tendo de pensar sobre o que faria do meu futuro. Eu sabia que o irmão da minha mãe, com quem ela brigara, morrera um homem muito rico. Fui atrás do testamento para ver se ele deixara alguma coisa para mim. Não deixara nada, ao menos não diretamente. Procurei me informar sobre a viúva e fiquei sabendo que vivia apenas à custa de remédios, já completamente gagá. Para ser sincera, a senhorita parecia a minha melhor chance. Estava prestes a herdar uma imensa fortuna e, até onde eu sabia, não teria ninguém a quem deixá-la. Pensei em me aproximar amigavelmente. Era possível que gostasse de mim. Desde que meu tio morreu, tudo mudou, não é verdade? O que quero dizer é que, com os desastres da guerra, as pessoas perderam o que tinham. Pensei que a senhorita poderia se compadecer de uma órfã sozinha no mundo...

– Pensou, é? – disse a senhorita Blacklock, sem achar a menor graça.

– Sim. Bem, eu não a conhecia, é claro... Pensei em aparecer aqui desesperada e chorando... Mas então aconteceu essa incrível coincidência, de eu conhecer Patrick, seu sobrinho, primo ou seja lá o que for. Bem, era uma oportunidade que eu não podia deixar passar. Eu me insinuei para ele, que imediatamente correspondeu. A verdadeira Julia estava louca para ser atriz, e não foi difícil convencê-la a se mudar, em nome da arte, para algum alojamento em Perth, onde ensaiaria dia e noite até se tornar a nova Sarah Bernhardt.

Após um momento de silêncio, ela continuou:

– A culpa não foi de Patrick. Ele compreendeu a minha situação e pensou que seria uma ótima ideia eu vir aqui como Julia.

– E ele também aprovou o fato de você continuar mentindo, até mesmo para a polícia?

– Tenha dó, Letty. Quando aconteceu a encenação ridícula daquele assalto, ou melhor, depois que ela aconteceu, fiquei numa situação muito complicada. A verdade é que eu tinha um excelente motivo para tentar eliminá-la. E o máximo que posso fazer é dar-lhe a minha palavra de que não tentei. Tive de ficar quieta no meu canto. Até Patrick começou a desconfiar de mim. Se ele estava desconfiando de mim, imagine a polícia! Para aquele inspetor, qualquer pessoa era um criminoso em potencial. Contar a verdade seria como incriminar a mim mesma. Não. Eu precisava esperar que a confusão passasse e depois desaparecer.

– Mas como eu podia saber – continuou ela – que Julia, a verdadeira Julia, teria um ataque de nervos, brigaria com o produtor da peça e desistiria de tudo? Ela escreve a Patrick perguntando se poderia vir aqui e, em vez de ele ordenar a ela que se mantenha afastada, ele simplesmente se esquece de responder! – exclamou, lançando ao rapaz um olhar enviesado. – Bando de idiotas!

Ela suspirou.

– Pensam que tenho me divertido em Milchester? É claro que não vou ao hospital, mas não posso ficar o tempo todo zanzando à toa pela cidade. Sou obrigada a passar horas e horas no cinema, assistindo aos filmes mais ordinários, um depois do outro, e sempre os mesmos!

– Pip e Emma... – murmurou a srta. Blacklock. – Apesar da insistência do inspetor, jamais imaginei que realmente existissem.

Ela lançou a Julia um olhar inquiridor.

– Você é Emma? – disse ela. – E Pip, quem é ele?

Os olhos de Julia, limpos e inocentes, encontraram-se com os dela.

– Eu não sei – ela disse. – Não faço a menor ideia.

– Acho que você está mentindo, Julia. Quando foi que o viu pela última vez?

Teria Julia hesitado antes de responder?

Ela disse, em alto e bom som:

– Na última vez em que o vi, tínhamos três anos de idade. Foi quando minha mãe o levou. Nunca mais eu vi nenhum dos dois. Não sei onde estão.

– E é só isso que você tem a dizer?

Julia suspirou.

– Poderia dizer que lamento, mas não estaria sendo honesta. Na verdade, eu faria tudo de novo. A não ser que soubesse de antemão que esses crimes fossem ocorrer.

– Julia... – disse a srta. Blacklock. – Vou chamá-la dessa maneira, porque já estou acostumada. Você disse que se juntou à resistência francesa?

– Sim. Por dezoito meses.

– Imagino que tenha aprendido a atirar.

Mais uma vez, os olhos azuis de Julia encontraram-se com os dela.

– Eu sei muito bem como usar uma arma. E eu não atirei em você, Letitia Blacklock. Dou a minha palavra, e sei que isso não significa muito, mas posso acrescentar que, se quisesse lhe dar um tiro, eu dificilmente erraria.

II

O barulho de um carro que estacionava na frente da casa quebrou a tensão do momento.

– Quem será? – perguntou a srta. Blacklock.

A porta da sala se entreabriu, e a cabeça despenteada de Mitzi apareceu.

– É a polícia outra vez – disse ela, com os olhos arregalados. – Mas que perseguição! A paz é um direito de todos. Assim eu não aguento. Escrevo ao primeiro-ministro, ao rei...

A mão de Craddock afastou-a para o lado, gentilmente, mas com firmeza. Tinha uma expressão tão carregada que todos olharam para ele com medo. Era uma outra pessoa.

Ele disse:

– A srta. Murgatroyd acaba de ser assassinada. Foi estrangulada, não faz nem uma hora.

Os olhos do inspetor pousaram em Julia:

– E a senhorita? Onde foi que esteve o dia todo?

Julia respondeu, cautelosa:

– Em Milchester. Acabo de chegar.

– E o senhor? – perguntou ele, olhando firme nos olhos de Patrick.

– Também.

– Vocês dois voltaram juntos?

– Sim... voltamos – disse Patrick.

– Não – disse Julia. – Não adianta, Patrick. Esse é o tipo de mentira que tem perna curta. O pessoal do ônibus nos conhece muito bem. Eu vim antes, inspetor. Vim no ônibus que chega aqui às quatro.

– E o que foi que a senhorita fez então?

– Dei uma caminhada.

– Na direção de Boulders?

– Não, eu atravessei os campos.

O inspetor cravou os olhos na moça. Julia, muito pálida, com os lábios tensos, encarou-o de volta.

Antes que alguém pudesse falar, o telefone tocou.

A srta. Blacklock tirou o fone do gancho, olhando desconfiada para o inspetor.

– Sim. Quem? Ah, Bunch... O quê? Não. Não, ela não veio. Não faço a menor ideia... Sim, ele está aqui.

Ela abaixou o fone e disse:

– A sra. Harmon gostaria de falar com o senhor, inspetor. Miss Marple não retornou à casa paroquial, e estão preocupados com ela.

Craddock deu dois passos à frente e pegou o aparelho.

– Aqui é Craddock.

– Estou preocupada, inspetor – a voz de Bunch soava apreensiva. – Tia Jane não está em casa, e não sei onde ela foi. Estão dizendo que a srta. Murgatroyd foi assassinada. É verdade?

– Sim, é verdade, sra. Harmon. Miss Marple estava em Boulders com a srta. Hinchcliffe quando as duas encontraram o corpo.

– Ah! Então é lá que ela está... – concluiu Bunch, aliviada.

– Não, não. Receio que ela tenha saído de lá há cerca de, deixe-me ver... meia hora. Ela ainda não chegou em casa?

– Não, não chegou. São só dez minutos de caminhada. Onde será que ela está?

– Talvez na casa de algum vizinho?

– Mas já liguei para todos eles, e ela não está na casa de ninguém. Estou com medo inspetor...

"Eu também", pensou Craddock.

Ele disse rapidamente:

– Estou indo para aí agora mesmo.

– Venha, por favor. Ela estava escrevendo algo antes de sair e deixou aqui o papel. Não sei se significa alguma coisa. Para mim, parecem mais rabiscos sem sentido.

Craddock desligou o telefone.

A srta. Blacklock perguntou ansiosa:

– Aconteceu alguma coisa com Miss Marple? Espero que não...

– Também espero – disse o inspetor, mordendo os lábios.

– Tão velhinha, tão frágil...

– Eu sei.

Remexendo com certo nervosismo a gargantilha de pérolas que lhe enfeitava o pescoço, a srta. Blacklock disse com uma voz rouca:

– A situação está ficando cada vez pior, inspetor. A pessoa que está fazendo isso só pode ter enlouquecido.

– É possível.

A gargantilha que enfeitava o pescoço da srta. Blacklock foi rompida pela pressão dos seus dedos nervosos, e as pérolas espalharam-se pelo chão da sala.

Letitia gritou em tom angustiado:

– Minhas pérolas, minhas pérolas!

A agonia que pareceu tomar conta dela naquele momento chamou a atenção de todos. Sem tirar a mão da garganta e soluçando, ela deixou a sala.

Phillipa começou a juntar as pérolas.

– É a primeira vez que a vejo se descontrolar dessa maneira. Ela nunca tira esse colar. Será que foi presente de alguém especial? Randall Goedler, quem sabe?

– É possível – disse o inspetor, pensativo.

– Será que não são... não poderiam ser... de verdade? – perguntou Phillipa, que continuava ajoelhada juntando as pequenas esferas brancas e brilhantes.

Segurando uma delas, Craddock estava determinado a dar uma resposta negativa e desdenhosa quando subitamente se calou.

Era possível mesmo que fossem de verdade.

Eram tão grandes, lisas e brancas que sua falsidade parecia óbvia, mas Craddock lembrou-se de repente de um caso em que um colar de pérolas de verdade fora comprado por poucos xelins numa loja de penhores.

Letitia Blacklock garantira a ele que não havia joias de valor na casa. Se aquelas pérolas fossem genuínas, valeriam uma fortuna. E, se fossem um presente de Randall Goedler, poderiam valer uma soma ainda maior.

Pareciam falsas, deviam ser falsas... Mas e se fossem verdadeiras?

Por que não? Ela poderia não saber do valor. Ou talvez resolvera proteger o tesouro tratando-o como se fosse uma bijuteria qualquer e barata. Se fossem de verdade, valeriam uma soma fabulosa, o suficiente para motivar um assassinato, se alguém soubesse a respeito delas.

De repente, o inspetor caiu em si. Aquelas divagações teriam de ficar para outro momento. Miss Marple estava desaparecida. Ele tinha de ir à casa paroquial.

III

Bunch e o marido estavam esperando por ele, ambos preocupados e de cenho franzido.

– Ela não voltou – disse Bunch.

– Ela disse que estava vindo para cá quando deixou Boulders? – perguntou Julian.

– Na verdade, não – respondeu Craddock, tentando lembrar-se mais exatamente do que Miss Marple tinha dito.

Ele se lembrou da sua expressão sinistra, os olhos gelados e a boca torcida num ricto.

Ela parecia determinada a fazer algo... fazer o quê? Onde?

– A última vez em que a vi, ela conversava com o sargento Fletcher – disse ele. – Estavam ao lado do portão. Em seguida, ela saiu. Imaginei que tivesse vindo direto para a casa paroquial. Eu teria mandado o motorista trazê-la, mas havia tanto a fazer, e ela deixou a casa muito discretamente. Fletcher talvez saiba de alguma coisa! Onde ele está?

Para sua surpresa, ao ligar para Boulders, o sargento Fletcher não estava lá e não deixara nenhum recado avisando aonde iria. Achavam que ele tinha voltado a Milchester; porém, quando o inspetor ligou para a delegacia de lá, tampouco pôde encontrá-lo.

Craddock então se lembrou do que Bunch lhe dissera ao telefone.

– Onde está o papel? A senhora disse que ela deixou alguma coisa escrita num pedaço de papel.

Bunch foi buscá-lo para ele. O inspetor sentou-se à mesa para lê-lo. Bunch debruçou-se por cima do ombro dele, a fim de ajudá-lo a decifrar a caligrafia difícil:

– *Abajur.*

Em seguida estava escrito *Violetas.*

E depois de um espaço:

Onde está o frasco dos analgésicos?

O item seguinte dessa lista curiosa foi mais difícil de decifrar:

– *Delícia Mortal.* É a torta de Mitzi – explicou Bunch.

O inspetor continuou a leitura:

– *Deixe a minha quota...* Quota? Cota de quê? E isso? *Grande aflição enfrentada com bravura.* Mas que diabo! *Iodo... Pérolas...* Ah, pérolas. E depois *Lotty...* não, Letty. O "e" dela é como um "o". *Berna.* E isso? *Aposentadoria...*

Os dois entreolharam-se, espantados.

Craddock recapitulou brevemente:

– Abajur. Violetas. Onde está o frasco dos analgésicos? Delícia Mortal. Deixe a minha quota... Grande aflição enfrentada com bravura. Iodo. Pérolas. Letty. Berna. Aposentadoria.

Bunch perguntou:

– Mas isso tem algum significado? Não consigo entender.

Craddock disse pensativo:

– Tenho apenas uma vaga ideia, mas não sei. É estranho que ela tenha se referido às pérolas...

– Sim. Mas o que significa?

– A srta. Blacklock sempre usa aquela gargantilha com três voltas de pérolas?

– Sim. Às vezes, até fazemos piada com isso. Elas têm uma aparência tão fajuta, não é mesmo? Mas talvez ela as ache elegantes.

– Pode ser que haja uma outra razão.

– O senhor acha que são verdadeiras? Ah, não é possível!

– Quantas vezes a senhora já teve a oportunidade de examinar pérolas genuínas daquele tamanho?

– Mas parecem de vidro!

Craddock deu de ombros.

– Bem, de qualquer forma, isso agora não importa. Precisamos encontrar Miss Marple.

Tinham de encontrá-la antes que fosse tarde demais. E se já estivessem atrasados? As anotações mostravam que ela seguia uma pista... O que era perigoso, terrivelmente perigoso. E onde Fletcher se metera?

Craddock deixou a casa paroquial a passos largos na direção de onde deixara o carro. Ele teria de procurar. Procurar era a única coisa que ele podia fazer.

Uma voz chamou-o do meio dos loureiros, que ainda pingavam água da chuva:

– Senhor... senhor...

Era o sargento Fletcher.

Capítulo 21

Três mulheres

Tinham terminado de jantar em Little Paddocks. Uma refeição silenciosa e constrangedora.

Patrick, consciente de que não estava mais agradando, reduziu ao mínimo seus comentários que, mesmo esporádicos, foram muito mal recebidos. Phillipa Haymes parecia estar com a cabeça em outro lugar. E a srta. Blacklock já não fazia qualquer esforço para ser agradável. Trocara de roupa para o jantar e usava o seu antigo colar de camafeus. As olheiras e as mãos que não paravam quietas denunciavam o medo que ela agora sentia.

Julia fora a única a conseguir manter o seu ar usual de indiferença cínica durante toda a noite.

– Desculpe-me, Letty, por não fazer as malas e ir embora. Mas acho que a polícia não permitiria. De qualquer forma, não creio que eu continue a envenenar a atmosfera dessa casa por muito tempo. O inspetor Craddock deve aparecer com um mandado e algemas a qualquer momento. Na verdade, eu não sei por que ele ainda não apareceu.

– Ele está procurando por Miss Marple – disse a srta. Blacklock.

– Será que a mataram também? – perguntou Patrick com uma curiosidade despropositada. – Mas por quê? O que ela poderia saber?

– Não sei – respondeu apaticamente a srta. Blacklock. – Talvez a srta. Murgatroyd tenha lhe dito algo.

– Se ela também foi morta – disse Patrick –, o assassino só pode ser uma pessoa.

– Quem?

– Hinchcliffe, é claro – sentenciou Patrick em tom triunfal. – A última vez em que a viram ela estava em Boulders. Meu raciocínio é o de que ela nunca saiu de lá.

– Estou com dor de cabeça – disse a srta. Blacklock, enfadada.

Ela pressionou a testa com os dedos e, em seguida, perguntou:

– Por que Hinch mataria Miss Marple? Não faz nenhum sentido.

– E se foi ela quem matou Murgatroyd antes? – insistiu Patrick.

Phillipa resolveu intervir:

– Hinch não mataria Murgatroyd.

– A menos que Murgatroyd tivesse descoberto alguma coisa provando que Hinch fosse a assassina.

– Hinch estava na estação quando Murgatroyd foi morta.

– Ela pode tê-la assassinado antes de sair.

Assustando a todos, Letitia Blacklock de repente gritou:

– Assassinato, assassinato, assassinato! É só disso que sabem falar? Estou assustada, será que não entendem? Antes eu me sentia protegida, mas agora não. O que se pode fazer contra um assassino que está só esperando, e observando, e aguardando a hora certa de atacar? Oh, Deus!

Ela deixou o rosto cair sobre as mãos. Em seguida, levantou-o e pediu desculpas.

– Desculpem-me, perdi o controle – disse ela, tensa.

– Está tudo bem, tia Letty – disse Patrick afetuosamente. – Confie em mim. Vou protegê-la.

– Você? – foi a única coisa que Letitia Blacklock conseguiu dizer, e soou de forma tão desiludida que pareceu mais uma acusação.

Aquilo ocorreu logo antes do jantar, e em seguida Mitzi mobilizou a atenção de todos ao declarar que não iria fazer a comida.

– Não faço mais nada nessa casa. Me tranco no meu quarto e só saio quando for dia. Tenho medo. Estão matando as pessoas... Aquela srta. Murgatroyd, com sua cara estúpida de inglesa. Quem teria interesse em matá-la? Só um louco! É de um louco que se trata! Alguém que sai matando qualquer um. E eu não quero morrer. Vejo coisas na cozinha, ouço barulhos... Sinto que tem alguém no pátio... aí vejo uma sombra na porta da despensa... passos. Então vou agora para o quarto, tranco a porta e talvez empurre a escrivaninha contra ela. De manhã, comunico àquele policial desalmado que estou indo embora. E, se disserem que não posso, grito, grito e grito! Sem parar, até me deixarem sair.

Todos estremeceram com a ameaça ao se lembrarem da força dos seus pulmões.

– Então eu vou para o quarto – repetiu Mitzi, mais uma vez, para que suas intenções ficassem bem claras.

Num gesto dramático, ela tirou o avental que estava vestindo e acrescentou:

– Boa noite, srta. Blacklock. Talvez a senhorita esteja morta antes de o sol nascer. Nesse caso, adeus.

Ela saiu abruptamente, e a porta, com o mesmo rangido de sempre, se fechou devagar atrás dela.

Julia levantou-se.

– Vou providenciar o jantar – disse ela, decidida. – Vai ser menos constrangedor para vocês do que eu ficar aqui sentada. Patrick, que se instituiu o seu protetor, tia Letty, pode provar cada um dos pratos primeiro. Era só o que me faltava ainda ser acusada de envenená-la.

Julia cozinhou e serviu uma refeição excelente.

Phillipa foi até a cozinha oferecer uma ajuda, que Julia recusou firmemente.

– Preciso dizer-lhe algo...

– Essa não é uma boa hora para trocar confidências – disse Julia, com dureza. – É melhor você voltar para a sala de jantar, Phillipa.

O jantar tinha terminado, e eles estavam na sala de estar, tomando café ao redor da lareira. Ninguém dizia nada. Era como se todos estivessem esperando.

Às oito e meia, o inspetor Craddock ligou.

– Em quinze minutos estarei aí – disse ele. – Vou levar comigo o coronel, a sra. Easterbrook, a sra. Swettenham e o filho dela.

– Mas, francamente, inspetor... Não estou em condições de receber ninguém esta noite...

A voz da srta. Blacklock soava como se ela estivesse à beira de um colapso nervoso.

– Sei muito bem como a senhorita se sente. Desculpe-me, mas é urgente.

– O senhor encontrou Miss Marple?

– Não – disse o inspetor, desligando.

Julia levou a bandeja até a cozinha, onde para sua surpresa encontrou Mitzi contemplando a pilha de louças na pia.

Mitzi soltou o verbo:

– Viu o que você fez na minha cozinha? Essa frigideira eu uso apenas para fazer omeletes! O que você fez com ela?

– Fritei cebolas.

– E arruinou a panela, que agora vai ter de ser lavada. Nunca lavo a frigideira onde faço omeletes, basta passar uma folha de jornal. E essa panela? É a panela do leite! Para que você usou?

– Bem, eu não sei qual é o uso de cada panela, assim como não sei o que você está fazendo aqui de volta, depois de dizer que iria para o quarto – respondeu

Julia, com raiva. – Volte para lá e deixe-me lavar isso tudo em paz.

– Não vou deixá-la arruinar a minha cozinha ainda mais.

– Ah, Mitzi! Você é impossível.

Julia saiu irritada da cozinha no mesmo momento em que tocavam a campainha.

– Eu é que não vou abrir a porta – berrou Mitzi da cozinha.

Julia engoliu em seco um palavrão em francês e caminhou decidida até a porta da frente.

Era a srta. Hinchcliffe.

– Boa noite – disse ela com sua voz áspera. – Desculpe pela invasão. O inspetor ligou para avisar?

– Ele se esqueceu de dizer que a senhorita estaria vindo – disse Julia, conduzindo-a até a sala de estar.

– Ele disse que eu não precisava vir a menos que quisesse – explicou a srta. Hinchcliffe. – Mas eu quis vir.

Ninguém deu os pêsames à srta. Hinchcliffe ou mencionou a morte da srta. Murgatroyd. O rosto descomposto daquela mulher alta e vigorosa deu a entender a todos que qualquer manifestação naquele sentido seria tomada como uma impertinência.

– Acendam todas as luzes – disse a srta. Blacklock. – E ponham mais carvão na lareira. Estou morrendo de frio. Sente-se mais perto do fogo, srta. Hinchcliffe. O inspetor disse que estaria aqui em quinze minutos. Já deve estar chegando.

– Mitzi voltou – disse Julia.

– É mesmo? Às vezes eu desconfio da sanidade dela... Mas talvez todos nós sejamos meio loucos.

– Não tenho paciência alguma com essa história de que assassinos são pessoas que perderam o juízo – cortou a srta. Hinchcliffe. – Ao contrário! Eles têm uma sanidade exagerada e pervertida, isso sim!

Ouviu-se o barulho de um carro estacionando do lado de fora, e em seguida Craddock apareceu com o coronel, a sra. Easterbrook, Edmund e a sra. Swettenham.

Estavam todos curiosamente circunspectos.

O coronel Easterbrook comentou, sem muita convicção:

– Ah... Belo fogo!

A sra. Easterbrook sentou-se ao lado do marido sem tirar o casaco. O rosto dela, normalmente de uma beleza insípida, agora parecia tenso e afinado, lembrando o de uma raposa. Edmund, que estava em um dos seus dias de mau humor, exibiu a todos uma careta azeda. O esforço feito pela sra. Swettenham para quebrar o gelo soou afetado:

– É horrível, não? Quero dizer... Tudo isso. E, realmente, quanto menos se falar, melhor. Porque não sabemos quem será o próximo, é... como a peste na Idade Média. Querida srta. Blacklock, não quer um gole de brandy? Um pouquinho apenas... Para mim, não há melhor estimulante. Eu... bem, é tão constrangedor invadirmos assim a sua casa... O inspetor Craddock nos obrigou! E é realmente terrível que até agora ela não tenha sido encontrada, não é mesmo? Falo daquela pobre velhinha da casa paroquial. Bunch Harmon está desesperada. Ninguém sabe onde ela se meteu em vez de voltar para casa. Não procurou nenhum de nós. Eu nem mesmo a vi hoje. E eu saberia se ela tivesse aparecido por lá, porque eu estava na sala de estar, nos fundos, e Edmund, escrevendo no estúdio, na parte da frente. Um de nós a teria visto. Oh, espero que nada tenha acontecido com ela. Uma preciosidade, naquela idade, com tudo funcionando e tão lúcida!

– Mamãe – disse Edmund num tom de voz realmente agoniado –, será que não poderia calar a boca?

– Graças a Deus *você* não está tendo nenhuma dificuldade em ficar quieto, querido – respondeu ela, sentando-se ao lado de Julia.

O inspetor Craddock estava perto da porta. Diante dele, como se formassem uma fila, estavam três mulheres. Julia e a sra. Swettenham estavam no sofá. A sra. Easterbrook, no braço da poltrona do marido. Ele não determinara aquele arranjo, mas lhe servia bem.

A srta. Blacklock e a srta. Hinchcliffe estavam encolhidas perto da lareira. Edmund estava ao lado delas. Phillipa, mais afastada, nas sombras.

Craddock foi direto ao ponto, sem fazer nenhum preâmbulo:

– Vocês todos sabem que a srta. Murgatroyd foi assassinada. Temos razão para acreditar que a pessoa que a matou foi uma mulher. E temos outras pistas que delimitam ainda melhor a identidade do assassino. Vou perguntar a algumas das mulheres aqui presentes o que fizeram entre as quatro e as quatro e vinte da tarde de hoje. A senhorita que... se faz passar por Julia Simmons já me disse o que esteve fazendo. Vou pedir que repita. E devo fazer a ressalva de que não é obrigada a fazê-lo, caso julgue que seu depoimento possa vir a incriminá-la. Tudo o que disser será anotado pelo cabo Edwards e poderá ser usado no tribunal.

– O senhor tem mesmo de fazer essa ressalva, não é? – disse Julia.

Ela estava pálida, mas não tinha perdido a calma.

– Repito que, entre quatro e quatro e meia, eu caminhava pelo campo, na direção do riacho que corta a fazenda Compton. Voltei para a estrada por aquele lado dos três álamos. Não me lembro de ter encontrado ninguém. Não fui para o lado de Boulders.

– Sra. Swettenham?

Edmund perguntou:

– A ressalva que o senhor fez vale para todo mundo?

O inspetor voltou-se para ele.

– Não. No momento, apenas para a srta. Simmons. Não tenho razão para acreditar que as declarações dos demais possam vir a incriminá-los. Mas todos podem, é claro, exigir a presença de um advogado e se recusar a responder até que ele esteja presente.

– Ah, mas isso seria uma bobagem que só nos faria perder tempo – protestou a sra. Swettenham. – Posso lhe dizer tranquilamente o que eu estava fazendo. É isso que quer saber, não? Posso começar?

– Sim, por favor, sra. Swettenham.

– Deixe-me ver...

A sra. Swettenham fechou os olhos por um momento. Depois os abriu e disse:

– É óbvio que não tenho nada a ver com a morte da srta. Murgatroyd. Tenho certeza de que todos aqui sabem disso. Mas sou uma mulher viajada e sei que a polícia é obrigada a fazer as perguntas mais absurdas e anotar as respostas com todo o cuidado, porque elas ficam para aquilo que se chama de "atas do processo". É assim que se diz, não é, meu filho? – perguntou a sra. Swettenham ao cabo Edwards. – Não estou indo muito depressa, estou? – acrescentou ela, gentilmente.

O cabo Edwards, que era um excelente taquígrafo, mas sem nenhum traquejo social, ficou vermelho e respondeu:

– Está bem assim, madame. Bem, talvez fosse melhor um pouco mais devagar.

A sra. Swettenham retomou a palavra, fazendo pausas enfáticas a cada momento em que julgava poder inserir uma vírgula ou um ponto em seu discurso.

– Bem, é claro que é difícil dizer com precisão, porque a minha noção do tempo não é muito exata. E, desde a guerra, metade dos nossos relógios deixou de funcionar, e os que ainda funcionam estão desregulados, quando não parados porque nos esquecemos de dar corda.

A sra. Swettenham fez uma pausa para que todos pudessem assimilar bem o quadro por ela traçado e então prosseguiu:

– Pelo que me lembro, às quatro horas da tarde eu cerzia a volta do calcanhar da minha meia. E, por alguma razão, eu o costurava do lado errado. Se por acaso eu não estava costurando, então devia estar arrancando os crisântemos mortos do jardim... Mas não, isso foi mais cedo, antes da chuva.

– A chuva – disse o inspetor – começou precisamente às 16h10.

– Foi mesmo? Ah, isso ajuda muito. Então eu estava no segundo andar, colocando uma bacia na passagem do corredor onde sempre aparece uma goteira. E pingava tanto que imaginei que a calha estivesse novamente entupida. Então eu desci, vesti minha capa e calcei as galochas. Chamei Edmund, mas ele não respondeu. Imaginei que estivesse num trecho importante do seu livro e não quis incomodá-lo. Já tinha desentupido a calha outras vezes, com um cabo de vassoura amarrado no ferro de abrir janelas.

– Então a senhorita estava desentupindo a calha? – disse Craddock, observando a expressão de surpresa no rosto do seu subordinado.

– Sim. Estava atulhada de folhas. Levou um bom tempo e me molhei toda, mas, afinal, consegui limpá-la. Aí, entrei para me lavar e trocar de roupa. Folhas mortas têm um cheiro terrível, sabe? Depois fui até a cozinha pôr a chaleira para ferver. O relógio marcava 18h15.

O cabo Edwards piscava os olhos compulsivamente.

– Isso significa – completou a sra. Swettenham, triunfal – que faltavam exatamente vinte minutos para as cinco. Ou mais ou menos isso – acrescentou.

– Alguém a viu limpando a calha?

– Na verdade, não. Se houvesse alguém por perto, teria pedido uma ajuda. É uma coisa difícil de se fazer sozinha!

– Para resumir, no momento em que a chuva começou a cair, a senhora alega ter saído de capa e galochas para limpar a calha, mas não tem ninguém que possa confirmar isso?

– O senhor pode ir olhar a calha – disse a sra. Swettenham. – Está uma beleza de limpa.

– O senhor não ouviu quando a sua mãe o chamou?

– Não – respondeu Edmund. – Eu estava cochilando.

– Edmund! – disse a mãe dele, em tom de reprovação. – Achei que estivesse escrevendo...

O inspetor Craddock dirigiu-se à sra. Easterbrook:

– E a senhora?

– Estava sentada com Archie no estúdio – respondeu ela, com um olhar inocente. – Estávamos ouvindo rádio, não é verdade, Archie?

Houve um momento de silêncio. O coronel estava muito vermelho. Ele segurou a mão da esposa.

– Você não entende dessas coisas, minha criança – disse ele. – Eu... bem, tenho de dizer, inspetor, que o senhor nos assustou vindo nos procurar dessa maneira. Toda essa história abalou a minha esposa. Ela é uma mulher nervosa, muito suscetível, e diz as coisas sem pensar.

– Archie! – exclamou a sra. Easterbrook, em tom de reprovação. – Por acaso você vai dizer que não estava comigo?

– Bem, eu não estava, estava? É preciso ser fiel aos fatos, que são muito importantes nesse tipo de investigação. Eu estava falando com Lampson, o fazendeiro de Croft End, sobre telas de galinheiro. Eram quinze para as quatro. Eu só cheguei em casa depois que a chuva já tinha parado, logo antes do chá. Quinze para as cinco. Laura estava fazendo bolinhos.

– E a senhora também saiu de casa? – perguntou o inspetor à esposa do coronel.

Mais do que nunca ela parecia uma raposa de olhos assustados.

– Não, não. Fiquei em casa ouvindo o rádio. Eu não saí. Não naquele horário. Mais cedo, sim. Por volta das três e meia. Para uma rápida caminhada. Não fui longe.

Ela seguia na expectativa de continuar sendo questionada, mas Craddock disse, calmamente:

– Está bem, sra. Easterbrook.

Depois de um momento de silêncio, ele acrescentou:

– Esses depoimentos serão datilografados. Vocês podem lê-los e assiná-los se estiverem de acordo com o que for escrito.

A sra. Easterbrook lançou a ele um olhar indignado.

– Por que o senhor não pergunta aos outros onde eles estavam? À sra. Haymes, a Edmund Swettenham? Como o senhor pode ter certeza de que ele estava em casa dormindo? Ninguém o viu.

O inspetor Craddock continuava calmo:

– Antes de morrer, a srta. Murgatroyd fez uma afirmação. Na noite do assalto, uma pessoa não estava nesta sala. Uma pessoa que se esperava que estivesse aqui o tempo todo. A srta. Murgatroyd disse à amiga dela o nome de quem ela *viu*. E, por um processo de eliminação, ela acabou descobrindo uma pessoa que ela não vira.

– Mas ninguém podia ver nada – disse Julia.

– Murgatroyd podia – irrompeu de repente a srta. Hinchcliffe, com sua voz encorpada. – Ela estava do lado de lá, atrás da porta, exatamente onde o inspetor Craddock está agora. Era a única pessoa que podia ver o que acontecia.

– *Ah, isso é o que você pensa!* – disse Mitzi, fazendo uma entrada dramática e quase derrubando Craddock ao abrir a porta de supetão.

Estava fora de si.

– Você não pensa em chamar Mitzi para vir aqui junto com os outros, não é, seu policial estúpido? Mitzi, o lugar dela é na cozinha! Ela que apodreça por lá. Mas vou lhe dizer que Mitzi, tanto quanto os outros e talvez até mais do que os outros... sim, mais do que os outros, pode ver coisas. Eu vejo coisas. Vejo coisas no dia do assalto. Vejo coisas em que não posso acreditar, e fico quieta até agora. E não vou dizer o que eu vejo. Vou esperar.

– A fim de pedir uma recompensa à pessoa certa quando tudo ficar calmo? – perguntou Craddock.

Mitzi virou-se para ele como um tigre furioso.

– E o que tem isso? Por que o senhor me olha com essa cara? Se sou generosa o suficiente para ficar quieta, tenho direito a receber um pagamento. Especialmente se ganham mesmo uma fortuna, uma enorme fortuna. Ah! Ouço coisas, sei o que está acontecendo. Conheço Pipemma... Essa sociedade secreta de que *ela* – e apontou dramaticamente o dedo para Julia – faz parte. Sim, eu teria esperado para receber o dinheiro, mas agora estou com medo. Prefiro continuar viva. Vou dizer tudo o que sei para que não me matem.

– Muito bem – disse o cético inspetor. – O que você sabe?

– Vou revelar a todos – respondeu ela, com certa solenidade. – Naquela noite, eu não estou na despensa polindo a prataria. Já estou na sala de jantar quando escuto o disparo. Espio pelo buraco da fechadura. O corredor está escuro, mas a arma dispara novamente e a lanterna cai no chão. A lanterna gira e cai no chão, e eu a vejo. Eu a vejo com a arma na mão ao lado dele. Vejo a srta. Blacklock.

– Eu? – disse a srta. Blacklock, espantada. – Você só pode ter enlouquecido!

– Mas isso é impossível – gritou Edmund. – Mitzi não pode ter visto a srta. Blacklock.

Craddock interrompeu-o, e a sua voz soou corrosiva:

– *Não podia mesmo, não é sr. Swettenham? E por que não?* Porque não era a srta. Blacklock que estava lá parada com a arma. Era *o senhor*!

– Eu? Mas que diabos, é lógico que não!

– Não? Primeiro o senhor furtou o revólver do coronel Easterbrook. Depois, fez o trato com Rudi Scherz, como se tudo não passasse de uma brincadeira. No dia do assalto, o senhor seguiu Patrick Simmons até a outra peça e, quando as luzes se apagaram, escapou cuidadosamente pela porta lubrificada. Aí o senhor atirou na srta. Blacklock e matou Rudi Scherz. No momento seguinte, já estava de volta na sala de estar, acendendo o seu isqueiro.

Por um momento, Edmund parecia ter perdido a fala, mas de repente ele respondeu:

– Que coisa mais *monstruosa*. Por que eu? Que motivo eu teria?

– Se a srta. Blacklock morrer antes da sra. Goedler, duas pessoas herdam a fortuna. Pip e Emma, como sabemos. Descobrimos que Emma é Julia Simmons...

– E pensam que sou Pip? – Edmund soltou uma gargalhada. – Fantástico! O senhor tem mesmo uma imaginação bastante fértil... Eu só tenho a idade certa, nada mais. E eu posso provar, seu lunático, que sou Edmund Swettenham. Tenho certidão de nascimento, certificados escolares, diploma universitário... tudo.

– Ele não é Pip – a voz vinha das sombras, num canto.

Phillipa Haymes deu um passo à frente. Seu rosto estava muito branco.

– Eu sou Pip, inspetor.

– A senhora?

– Sim. Todos tomaram por certo que Pip era um menino. Julia sabia, é claro, que seu irmão gêmeo era uma menina. Não sei por que ela não revelou isso nesta tarde...

– Solidariedade familiar – disse Julia. – De repente, me dei conta de quem você era. Até então, eu não tinha sequer desconfiado.

– Eu agi mais ou menos como Julia agiu – disse Phillipa, com a voz um pouco trêmula. – Depois que... perdi meu marido, e a guerra acabou, fiquei sem saber o que fazer. Faz anos que minha mãe morreu. Descobri minhas ligações com a família Goedler. A sra. Goedler estava morrendo, e com a morte dela o dinheiro seria herdado pela srta. Blacklock. Descobri onde a srta. Blacklock morava e... vim até aqui. Comecei a trabalhar para a sra. Lucas. Como a srta. Blacklock era uma mulher de idade sem parentes, pensei que ela poderia se dispor a me ajudar. Me ajudar com a educação de Harry, quero dizer. Afinal de contas, o dinheiro era mesmo de Goedler, e ela não tinha nada em que pudesse gastá-lo nem ninguém para quem deixá-lo de herança.

Phillipa fez uma pausa. Depois de vencida a própria reserva, ela agora retomava a palavra em ritmo mais acelerado:

– E então aconteceu aquele assalto e comecei a ficar com medo. Eu achava que era a única pessoa que tinha um motivo para matar a srta. Blacklock. Eu não tinha a menor ideia de quem Julia era... Não éramos gêmeas idênticas, não teria como identificá-la pela aparência. Eu pensava ser a única suspeita.

Ela parou de falar e ajeitou o cabelo, que lhe caía sobre o rosto. Craddock imediatamente se deu conta de que a fotografia desbotada que ele vira na caixa de cartas devia ter sido da mãe de Phillipa. A semelhança era inegável. Ele entendia também por que a referência a mãos se retorcendo lhe parecera familiar. Phillipa sempre fazia esse gesto.

– A srta. Blacklock tem sido generosa comigo. Muito generosa... Eu não tentei assassiná-la. Nunca pensei em assassiná-la. Mas sou Pip.

Depois de uma breve pausa, ela acrescentou:

– O senhor não precisa mais suspeitar de Edmund.

– Não preciso? – protestou Craddock, e sua voz tinha ainda o mesmo timbre corrosivo. – Edmund Swettenham, um jovem com uma grande afeição por dinheiro. Um casamento com uma mulher rica estaria longe de desagradá-lo... E ela não seria rica a menos que *a srta. Blacklock morresse antes da sra. Goedler*. Porém, como era quase certo que a sra. Goedler morreria antes da srta. Blacklock, bem... Ele tinha de fazer alguma coisa a respeito, não é verdade, sr. Swettenham?

– Isso é uma mentira nojenta! – exclamou Edmund.

E então, de repente, vindo da cozinha, um grito sobrenatural de horror ecoou pelas paredes da casa.

– É Mitzi! – exclamou Julia.

– Não – disse o inspetor. – É alguém que assassinou três pessoas...

Capítulo 22
A verdade

Assim que o inspetor começou a questionar Edmund Swettenham, Mitzi escapuliu silenciosamente da sala e voltou à cozinha. Ela havia aberto a torneira da pia quando a srta. Blacklock entrou.

Mitzi mal teve coragem de encará-la, sentindo-se envergonhada.

– Que bela mentirosa é você, Mitzi – disse a srta. Blacklock, sem se alterar. – Não é assim que se lava a louça. Primeiro os talheres. Deixe a pia encher até em cima. Dois centímetros de água não são suficientes.

Obediente, Mitzi abriu mais as torneiras.

– A senhorita não está brava por causa do que eu falei, está?

– Se eu fosse dar atenção a todas as mentiras que você conta, acabaria louca.

– Vou até lá dizer ao inspetor que é tudo invenção minha. A senhorita quer que eu faça isso?

– Ele já sabe.

Mitzi fechou as torneiras e, ao fazê-lo, duas mãos surgiram por trás da sua cabeça e, com um único movimento, forçaram-na para dentro da pia cheia de água.

– Só eu sabia que agora você falava a verdade! – exclamou a srta. Blacklock, em um tom de voz depravado.

Mitzi tentou se jogar para trás, mas a srta. Blacklock era forte e manteve com firmeza a cabeça da jovem debaixo da água.

Então, de algum lugar ao lado dela, a voz de Dora Bunner ecoou, lamentosa:

– *Oh, Lotty... Lotty! Não faça isso... Lotty.*

A srta. Blacklock soltou um grito, lançando as mãos para o ar. Mitzi, livre, ergueu a cabeça, tossindo e cuspindo água.

A srta. Blacklock continuava a gritar. Ela não via ninguém mais na cozinha.

– *Oh, Dora, Dora... Me desculpe. Eu fui obrigada... Obrigada...*

Confusa, ela correu na direção da porta da área de serviço, mas o corpo do sargento Fletcher barrou sua saída. No mesmo instante, Miss Marple saiu do armário de vassouras, trazendo no rosto afogueado uma expressão inequívoca de triunfo.

– Eu sempre tive jeito para fazer imitações – disse ela.

– Terá de me acompanhar, madame – disse o sargento. – Sou testemunha de que tentou afogar essa jovem. E há outras acusações. Tudo o que a senhorita disser, Letitia Blacklock...

– Charlotte Blacklock – corrigiu Miss Marple. – Esse é o nome dela. Escondida debaixo do colar, o senhor vai encontrar a cicatriz da operação.

– Operação?

– Operação de bócio.

A srta. Blacklock, agora muito calma, lançou a Miss Marple um olhar admirado.

– Desde quando sabe disso?

– Já faz algum tempo...

Charlotte Blacklock sentou-se ao lado da mesa e começou a chorar.

– A voz de Dora! Justamente a voz de Dora... Eu a amava tanto.

O inspetor Craddock e os outros tinham se aglomerado na porta.

O cabo Edwards, cujas habilidades incluíam respiração artificial e primeiros socorros, dava atenção a Mitzi.

– Eu faço tudo certo, não? Sou esperta! E corajosa! Ah, sou corajosa! Por pouco não me matam também. Mas tenho a coragem de arriscar tudo.

Desembestando do meio dos outros, a srta. Hinchcliffe voou na direção de Charlotte Blacklock, que chorava apoiada na mesa.

O sargento Fletcher teve de fazer uso de toda a sua força para contê-la.

– Calma, srta. Hinchcliffe... – disse ele. – Essa não é a hora, acalme-se, por favor...

Ela rosnava entre os dentes:

– Deixe-me pôr as mãos nela... É só isso que eu quero. Foi essa víbora que matou Amy Murgatroyd.

Charlotte Blacklock levantou o rosto e suspirou.

– Eu não queria matá-la. Eu não queria matar ninguém. Fui obrigada. Mas a morte de Dora foi a que mais me abalou. Depois que ela morreu, fiquei sem ninguém... Me sinto tão sozinha... Oh, Dora, Dora!

Mais uma vez, ela deixou a cabeça cair e chorou.

Capítulo 23

Uma noite na casa paroquial

Miss Marple estava sentada na cadeira larga de espaldar alto. Bunch estava no chão, na frente da lareira, com os braços ao redor dos joelhos.

O reverendo Julian Harmon inclinava-se para a frente e, naquele momento, parecia mais um garoto de colégio curioso do que um homem precocemente envelhecido. O inspetor Craddock fumava seu cachimbo e bebia uma dose de uísque com soda, com a tranquilidade de quem estava certamente de folga. Um pouco mais afastados estavam Julia, Patrick, Edmund e Phillipa.

– Foi a senhora quem solucionou o caso, Miss Marple – disse Craddock.

– Ah, meu rapaz, não exagere. Ajudei um pouco aqui e ali, só isso. Você é que estava encarregado de tudo e sabe mais coisas do que eu.

– Bem, então, contem os dois! – disse Bunch, impacientemente. – Um pouco cada um. Mas deixe tia Jane começar, porque gosto do jeito meio atrapalhado como a cabeça dela funciona. Quando foi que a senhora se deu conta de que a coisa toda tinha sido encenada pela Blacklock?

– Bem, Bunch, querida... É difícil dizer. É claro que, logo de saída, me pareceu óbvio que a própria srta. Blacklock deveria ter organizado o assalto. Ela era meu suspeito número um, digamos assim... Ao que sabíamos, ninguém mais estivera em contato com Rudi Scherz, e é muito mais fácil organizar uma coisa daquelas quando se é o dono da casa. O aquecimento central, por exemplo.

Se, em vez dele, acendessem as lareiras, a sala continuaria iluminada depois que as luzes se apagassem. Quem poderia determinar que não acendessem as lareiras senão a própria dona da casa? Porém, naquela época, não dei importância a essas considerações. Como todo mundo, eu estava inclinada a pensar que alguém realmente queria matar Letitia Blacklock, e essa hipótese acabou me confundindo.

– Sim. Mas o que foi realmente que aconteceu? É isso que eu gostaria de saber – disse Bunch. – Esse rapaz, o suíço... Ele a conhecia?

– Sim. Ele tinha trabalhado em...

Ela hesitou por um momento e olhou para Craddock.

– Na clínica do dr. Adolf Koch, em Berna – disse o inspetor. – Koch era um especialista de fama internacional em cirurgia de bócio. Charlotte Blacklock foi até lá para se operar na mesma época em que Rudi Scherz trabalhava na clínica como ajudante. Quando ele veio à Inglaterra, reconheceu no hotel a mulher que fora outrora uma paciente e, num momento de impulsividade, abordou-a. Eu diria que foi uma atitude impensada da parte dele, porque Rudi Scherz saiu daquele emprego em uma situação delicada. Mas isso, de qualquer forma, aconteceu um pouco depois de Charlotte ter passado pela clínica, e portanto ela não saberia nada a respeito.

– Então ele nunca disse nada para ela sobre Montreux, sobre o pai dele ser o dono do hotel?

– Ah, não. Ela inventou tudo isso para poder justificar o fato de ter conversado com ele.

– Deve ter sido um choque e tanto para ela – considerou Miss Marple. – Ela se sentia razoavelmente segura, até que, de repente, por azar, aparece um conhecido. Não alguém que pudesse reconhecê-la como uma das irmãs Blacklocks. Para isso ela estava preparada.

Mas alguém que poderia reconhecê-la sem sombra de dúvida como Charlotte Blacklock, uma paciente que fora operada de bócio.

Ela fez uma breve pausa e depois continuou:

– Vocês querem saber de tudo desde o início, não? Bem, não sei se o inspetor Craddock concorda comigo, mas penso que tudo começou quando Charlotte Blacklock, uma garota bonita e carinhosa, começou a padecer desse crescimento desmedido da tireoide que se chama bócio. Como ela era muito sensível, a doença acabou arruinando a sua vida. Ela sempre dera uma importância muito grande à aparência física. E essa já é uma preocupação comum de muitas meninas na adolescência. Se a mãe dela fosse viva ou o pai mais razoável, o problema talvez não tivesse adquirido um caráter tão mórbido. Mas ela não tinha ninguém que pudesse fazer com que saísse da concha e conhecesse outras pessoas, levando uma vida normal, sem dar tanta atenção à doença. E, é claro, talvez em outra família a tivessem mandado se operar mais cedo.

"Mas acredito que o dr. Blacklock fosse um homem antiquado, tirânico e obstinado. Ele não acreditava nessas operações. Segundo ele, nada podia ser feito, além de uma dose diária de iodo e outras drogas. Charlotte deve ter acreditado nele, e acho que a irmã dela também depositava mais confiança do que devia nas habilidades médicas do pai.

"A devoção de Charlotte pelo dr. Blacklock não passava de sentimentalismo barato. Ela achava que, pelo simples fato de ser seu pai, ele devia estar certo. O resultado foi que começou a se isolar cada vez mais, conforme a doença se desenvolvia, e já nem recebia mais visitas. Ela era, na verdade, uma moça muito afável e emotiva."

– Que coisa mais esquisita, descrever assim uma assassina! – protestou Edmund.

– Não exatamente – insistiu Miss Marple. – Pessoas muito sensíveis são frequentemente traiçoeiras. Se elas adquirem alguma mágoa da vida, acabam por perder o senso moral.

Ela continuou:

– A personalidade de Letitia Blacklock era muito diferente, é claro. O inspetor Craddock disse-me que Belle Goedler a descreveu como uma pessoa realmente generosa. Uma mulher de grande integridade que não conseguia entender, como ela mesmo dizia, como as pessoas se deixavam envolver em atos desonestos. Por mais que a tentassem, ela jamais cometeria nenhum tipo de fraude. Além disso, Letitia era devotada à irmã, à qual escrevia longos relatos contando tudo o que lhe acontecia a fim de que ela não perdesse o interesse pela vida.

"Em suma, Letitia preocupava-se com a morbidez de Charlotte. O dr. Blacklock acabou falecendo, e ela não teve dúvidas em abandonar o trabalho para cuidar da irmã. Foi ela quem a levou à Suíça para ver se seria possível uma intervenção cirúrgica. Mesmo num caso tão tardio, a operação, como sabemos, foi um sucesso. A deformidade desapareceu, e a cicatriz pôde facilmente ser escondida atrás de uma gargantilha de pérolas. Contudo, por causa do início da guerra, as duas tiveram de permanecer na Suíça trabalhando para a Cruz Vermelha. Estou certa, inspetor?"

– Sim, Miss Marple.

– Elas recebiam notícias esporádicas da Inglaterra, dentre as quais, imagino, a de que Belle Goedler estava para morrer. É natural que as duas fizessem planos para o futuro, quando teriam uma imensa fortuna para gastar juntas. E é claro que essa perspectiva importava muito mais a Charlotte do que a Letitia. Pela primeira vez na vida, Charlotte sentia-se uma mulher normal, uma mulher a quem se olharia sem piedade ou repulsa. Ela agora podia fazer dos anos que lhe restavam o início de uma nova vida. Viajar, ter uma bela casa, roupas, joias, assistir a peças de teatro, concertos, satisfazer todos os seus caprichos... Uma espécie de conto de fadas que se tornava real.

"E então Letitia, forte e saudável, apanhou uma gripe que se transformou em pneumonia e morreu em menos de uma semana! Não foi apenas a irmã que Charlotte perdeu, mas toda uma vida de sonho que ela havia planejado. É possível que ela tenha ficado até mesmo com raiva de Letitia. Por que ela tinha de morrer justo agora? Acabavam de receber a carta informando que a vida de Belle Goedler não podia durar muito. Um mês, quem sabe, e o dinheiro seria de Letitia... e dela quando Letitia morresse...

"Foi nesse momento que a grande diferença existente entre as duas se manifestou da forma mais contundente. Charlotte jamais pensou que aquilo que ela estava prestes a fazer era errado... Errado de verdade. O dinheiro deveria ser herdado por Letitia... Ele *seria* herdado por Letitia dentro de alguns poucos meses, e Charlotte considerava que ela e a irmã eram uma única pessoa.

"Talvez a ideia nunca tenha lhe ocorrido até o momento de algum médico ou alguém lhe perguntar pelo nome de batismo da irmã. Foi aí que ela se deu conta de que eram vistas simplesmente como as duas srtas. Blacklocks, mulheres inglesas de uma certa idade que se pareciam e vestiam o mesmo tipo de roupa. E, como eu outro dia disse a Bunch, mulheres de idade são todas parecidas. O que impedia Charlotte de morrer no lugar de Letitia?

"Talvez tenha sido mais um impulso do que um plano. Letitia foi enterrada com o nome de Charlotte. 'Charlotte' estava morta, e 'Letitia' voltava à Inglaterra. Toda a capacidade de autoiniciativa e toda a energia reprimidas por anos agora emergiam com força total. Charlotte sempre fora uma coadjuvante. Ela agora assumia o papel principal e sentia-se dona da situação, como Letitia. Afinal de contas, não eram tão diferentes, intelectualmente falando, apesar de haver, acredito, uma enorme diferença em termos morais.

"Charlotte tinha de tomar algumas precauções, é claro. Comprou uma casa numa região da Inglaterra onde ninguém a conhecia. Precisava ficar longe das pessoas da sua cidade natal, Cumberland, embora já vivesse lá como uma reclusa. E precisava obviamente evitar Belle Goedler, que poderia sem dúvida desmascará-la. Discrepâncias de ortografia puderam ser explicadas com a alegação de que sofria de artrite. Na verdade, era tudo muito fácil, porque Charlotte tinha conhecido bem pouca gente."

– Mas e se ela encontrasse com alguém que conhecesse Letitia? – perguntou Bunch. – Muitas pessoas deviam conhecê-la.

– Não seria um grande problema. Provavelmente diriam: "Encontrei Letitia Blacklock outro dia. Está tão mudada que mal a reconheci". Mas não lhes passaria pela cabeça que fosse outra mulher. Em dez anos, as pessoas mudam muito. E se *ela* deixasse de reconhecê-los, seria fácil explicar por causa do seu problema de visão. Além disso, Charlotte conhecia todos os detalhes da vida de Letitia em Londres, as pessoas que a irmã encontrara, os lugares que frequentara. Podia consultar as cartas guardadas e, assim, desfazer rapidamente uma suspeita pela simples menção de um incidente ou alguma amizade em comum. Não... a única coisa que tinha a temer era ser reconhecida como *Charlotte.*

"Ela se estabeleceu em Little Paddocks, fez amizade com os vizinhos. Quando recebeu a carta com o pedido de ajuda para os primos queridos, acolheu com prazer os dois jovens que nunca tinha visto. O fato de a chamarem espontaneamente de tia Letty aumentou a sua autoconfiança. Tudo ia às mil maravilhas, até que ela cometeu um erro grave. Um erro espontaneamente causado por sua natureza afável e emotiva. Recebeu a carta de uma antiga colega de colégio, que estava passando por momentos complicados, e não hesitou em ajudá-la. Talvez porque, apesar de tudo, se sentisse muito sozinha. Seu segredo a mantinha isolada de todos. E ela nutrira uma afeição genuína por Dora Bunner, de quem se lembrava como um símbolo da sua própria infância feliz e despreocupada. Seja como for, respondeu à carta da amiga sem titubear. Não é difícil imaginar a surpresa de Dora! Escrevia para uma irmã e quem lhe respondia era a outra! Para a velha amiga, Charlotte nem cogitou em mentir. Dora fora uma das poucas pessoas que ela recebia nos seus dias infelizes de isolamento.

"Como ela sabia que Dora entenderia a situação tal como ela, contou-lhe a história toda, que a amiga aprovou de coração. Na sua cabeça atrapalhada e confusa, nada podia ser mais natural do que Lotty tentar evitar a perda da herança por causa da morte inesperada de Letty. Lotty merecia uma recompensa por todos os dias de sofrimento que ela suportara em silêncio. Seria uma grande injustiça se o dinheiro fosse parar nas mãos de algum desconhecido.

"Ela entendeu que era preciso guardar segredo de tudo. Era como a manteiga comprada no câmbio negro. Se ficassem de bico calado, estava tudo bem. Assim, Dora mudou-se para Little Paddocks, e não demorou muito para que Charlotte percebesse o erro cometido. Dora se atrapalhava, confundia as coisas e deixava tudo fora de lugar. A convivência com ela era francamente enlouquecedora, mas isso Charlotte seria capaz de suportar, porque ela realmente gostava da amiga e sabia pelo médico que Dora não viveria muito. Mas havia um outro problema, bem mais perigoso. Diferentemente das duas irmãs que se chamavam pelos nomes completos, Dora tinha o hábito de chamar todo mundo por apelidos. Para ela, as irmãs eram Letty e Lotty. E, embora ela tivesse se disciplinado para chamar a amiga sempre de Letty, o outro apelido frequentemente escapava. Escapavam também memórias do passado, e Charlotte era obrigada a prestar uma atenção constante a esses deslizes. A situação começou a ficar insuportável.

"Ainda assim, ninguém dava atenção às inconsistências de Dora. Uma ameaça real à segurança de Charlotte veio apenas, como eu disse, com o seu reconhecimento por Rudi Scherz no Royal Spa Hotel.

"Acho que o dinheiro que Rudi Scherz utilizou para repor seus desfalques anteriores no hotel deve ter vindo de Charlotte Blacklock. Mas o inspetor Craddock não acredita, e eu também não, que Rudi Scherz tenha pedido dinheiro a ela com a ideia de fazer chantagem."

– Ele não tinha a menor ideia de que sabia de algo com que poderia chantageá-la – disse o inspetor Craddock. – Era um jovem bem-apresentável, consciente de que rapazes elegantes podem obter alguma ajuda de mulheres mais velhas se contam a elas uma história triste e convincente. Mas ela deve ter visto a situação de modo diferente. Poderia se tratar de uma chantagem, ele poderia saber de algo. E se começassem a sair notícias nos jornais, depois da morte de Belle Goedler, o rapaz se daria conta da mina de ouro que ela representava.

"Charlotte já não podia voltar atrás. Tinha se estabelecido como Letitia Blacklock. Diante do banco. Diante da sra. Goedler. E agora esse mero funcionário de hotel, um sujeito em quem não se podia confiar, vinha atrapalhar tudo. A segurança dela estava em jogo... Era preciso dar um jeito de tirar o rapaz do seu caminho...

“A ideia deve ter surgido como uma simples fantasia. Durante a vida toda, Charlotte esteve carente de emoção e drama. Planejar os detalhes do assalto deve ter sido uma atividade revigorante. Teria ela realmente coragem de eliminá-lo?

“Elaborou o plano. Por fim, decidiu agir. Contou a Rudi Scherz sua ideia da farsa de um assalto no meio de uma festa. Explicou que precisava de um desconhecido para desempenhar o papel de bandido e ofereceu a ele um bom pagamento pela colaboração.

“O fato de Rudi Scherz aceitar fazer parte da ‘brincadeira’ sem suspeitar de nada é o que me dá certeza de que ele não tinha consciência do perigo que representava para ela. Charlotte não passava de mais uma madame excêntrica, com dinheiro para jogar fora.

“Ela lhe deu o anúncio que devia pôr no jornal e combinou com ele uma visita a Little Paddocks, a fim de lhe mostrar a casa e o lugar em que se encontrariam antes de ele fazer sua entrada na festa. Dora Bunner ignorava essas coisas, é claro. Quando chegou o dia...”

O inspetor fez uma pausa. Miss Marple aproveitou a deixa para retomar a narrativa na sua voz suave e melodiosa:

– Foi provavelmente um dia muito difícil para ela. Ainda era possível desistir de tudo. Dora Bunner devia ter razão quando nos disse que Letty passou o dia assustada. Assustada com o que iria fazer, com a possibilidade de algo sair errado... Mas, mesmo assim, não desistiu.

“Furtar o revólver da gaveta do coronel Easterbrook deve ter sido emocionante: levar alguns ovos ou geleia, subir furtivamente até o segundo andar, com a casa vazia... Assim como deve ter sido divertido lubrificar a outra porta da sala de estar para que pudesse ser aberta sem barulho. Ela provavelmente achou graça em sugerir que mudassem de lugar a mesa do lado de fora, com a desculpa de valorizar o arranjo de flores de Phillipa. Até aí, tudo parecia um jogo, uma brincadeira. Mas o que aconteceria depois era sério. Ah, sim... Ela estava assustada... Dora Bunner tinha razão."

– Mas nem por isso desistiu – disse o inspetor Craddock. – E tudo seguiu conforme o planejado. Ela saiu um pouco depois das seis para "recolher os patos". Deu a Scherz a máscara, a capa, as luvas e a lanterna, deixando-o entrar na casa. E logo depois, às seis e meia, quando o relógio começou a tocar, ela estava pronta ao lado da mesa perto do arco, segurando a cigarreira. Nada mais natural. Patrick, como anfitrião, fora servir os drinques. Ela, como anfitriã, ofereceria cigarros. Como era de se esperar, a atenção de todos se voltou para o relógio assim que ele começou a bater. Apenas uma pessoa, a dedicada Dora, ficou atenta à amiga. E ela nos contou de forma exata, em seu primeiro depoimento, o que a srta. Blacklock fez: apanhou o vaso de violetas.

"Ela já havia puído o cabo do abajur, deixando-o quase sem proteção. Não precisou de mais que um segundo. A cigarreira, o vaso e o interruptor estavam todos bem próximos. Ela ergueu o vaso, derrubou água na parte desencapada do fio e ligou o interruptor. A água é um excelente condutor de eletricidade. Houve um curto-circuito."

– Exatamente como aconteceu na outra tarde – disse Bunch. – Foi o que chamou tanto a sua atenção, não é mesmo, tia Jane?

– Sim, minha querida. Eu andara refletindo sobre como as luzes teriam se apagado. Havia dois abajures, que formavam um par, e eles haviam sido trocados, provavelmente durante a noite.

– Isso mesmo – disse Craddock. – Quando Fletcher examinou o abajur, na manhã seguinte, estava em perfeito estado, assim como todas as outras lâmpadas da sala. Nenhum cabo desencapado ou instalação malfeita.

– Eu entendi perfeitamente o que Dora Bunner quis dizer com a sua história de que na noite anterior "era *a pastora*" – disse Miss Marple. – Mas caí no erro de pensar, como ela, que o responsável pela troca dos abajures fosse Patrick. Dora Bunner tinha uma característica peculiar. Ela sempre distorcia o significado das coisas que lhe diziam. Sua imaginação exagerava qualquer história na direção das suas próprias suspeitas absurdas. Contudo ela era muito precisa quando relatava algo que tinha *visto*. Ela viu Letitia pegar o vaso de violetas...

– E ela viu o que descreveu como um "clarão" e um "estampido" – acrescentou Craddock.

– E é claro que, quando minha querida Bunch derrubou a água do vaso de heléboros no cabo do abajur, eu me dei conta de que somente a srta. Blacklock poderia ter provocado o curto-circuito, porque era a única a estar perto da mesa.

– Não sei como não percebi isso! – exclamou Craddock. – Dora Bunner chegou a reclamar que a mesa estava queimada num ponto em que alguém apagara um cigarro... Mas ninguém acendeu cigarro algum. E as violetas estavam mortas porque haviam ficado sem água. Um descuido de Letitia, que devia ter enchido o vaso novamente. Mas ninguém deu importância àquilo, e a srta. Bunner imediatamente assumiu a culpa, achando que se esquecera de dar água às violetas.

Ele continuou:

– Dora Bunner era muito sugestionável, e a srta. Blacklock tirava vantagem disso o tempo todo. Acho que as suspeitas de Bunny com relação a Patrick, por exemplo, foram induzidas por ela.

– E por que logo eu? – perguntou Patrick, ultrajado.

– Não creio que o objetivo dela fosse realmente incriminá-lo, mas manter Bunny distraída e impedir que ela suspeitasse de que a própria srta. Blacklock pudesse estar por trás do suposto assalto. Bem, sabemos o que aconteceu depois. Logo que as luzes se apagaram e começou a confusão, ela escapuliu pela porta lubrificada e colocou-se atrás de Rudi Scherz, que girava entusiasmado o facho de luz pela sala, cumprindo o seu papel. Creio que ele jamais imaginou que ela estava lá, logo atrás dele, vestindo as luvas de jardinagem e segurando uma pistola. Ela espera o momento em que a luz para no local que ele devia estar mirando, a parede perto da qual todos achavam que ela estava. Então atira rapidamente duas vezes; quando ele se vira, assustado, apoia o revólver contra o corpo dele e atira de novo. Deixa o revólver cair ao lado do corpo, joga as luvas na mesa do corredor e volta pela outra porta até o lugar onde estava quando as luzes apagaram. Ela fere a orelha... Não sei exatamente como...

– Uma tesoura de unhas, imagino – disse Miss Marple. – Um talho no lóbulo da orelha faz sair muito sangue. Psicologicamente falando, funciona às mil maravilhas. O sangue correndo pela blusa branca foi o suficiente para convencer a todos de que fora vítima de um atentado que não a matara por pouco.

– Era para tudo ter dado certo – disse Craddock. – A insistência de Dora Bunner de que Scherz mirara de propósito na srta. Blacklock não deixou de ser útil. Ela se convenceu de que a amiga havia sido ferida numa tentativa de assassinato. O caso poderia ter sido encerrado como um assassinato ou morte acidental. Foi Miss Marple quem impediu que isso acontecesse.

– Ah, não, não, por favor... – protestou Miss Marple, sacudindo energicamente a cabeça. – Dei algumas sugestões, nada mais. O senhor mesmo não estava satisfeito. Foi o senhor que não deixou o caso ser encerrado.

– Eu não estava convencido – disse Craddock. – Eu sabia que alguma coisa nos escapava. Só não sabia o que, até que a senhora me mostrou. E, depois disso, a srta. Blacklock passou por uma maré de azar. Descobri que haviam mexido na outra porta. Até aquele momento, o que tínhamos eram teorias, nada mais. Mas aquela porta lubrificada era uma evidência. E eu a descobri inteiramente por acaso, por forçar a maçaneta da porta errada.

– Acho que alguma coisa *o levou* a fazer isso, inspetor. Mas minhas teorias são um pouco antiquadas – disse Miss Marple.

– Bem, a caçada recomeçou – disse Craddock. – E a diferença era que agora procurávamos alguém com um motivo para matar Letitia Blacklock.

– E havia alguém com um motivo, e a srta. Blacklock sabia – acrescentou Miss Marple. – Acho que ela reconheceu Phillipa imediatamente, porque Sonia Goedler parece ter sido uma das poucas pessoas recebidas por Charlotte. E, quando somos velhos (o senhor ainda não sabe disso, inspetor), nos lembramos muito melhor dos rostos que vimos quando éramos jovens do que daqueles que conhecemos há um ou dois anos. Phillipa devia estar com mais ou menos a mesma idade que tinha a mãe dela na lembrança de Charlotte, e ela é muito parecida com a mãe. Por estranho que pareça, acredito que Charlotte ficou contente ao reconhecer Phillipa. Ela se afeiçoou à jovem, imagino que inconscientemente, e isso ajudou a diminuir o peso que trazia na consciência. Prometeu a si mesma que, quando herdasse o dinheiro, cuidaria de Phillipa. Trataria a moça como uma filha. Phillipa e Harry viveriam com ela. Isso fazia com que se sentisse feliz e generosa. Por isso, assim que o inspetor começou a fazer perguntas sobre "Pip e Emma", Charlotte sentiu-se incomodada. Ela não queria que Phillipa se tornasse um bode expiatório. A ideia era a de que tudo parecesse um assalto, planejado por um jovem marginal que acabara acidentalmente se matando. No entanto, por causa da descoberta da porta lubrificada, a situação mudara de figura. E, tirando Phillipa, não havia ninguém que pudesse ter o menor interesse em matá-la (ela não sabia absolutamente nada sobre Julia). Charlote fez o que pôde para esconder a identidade da filha de Sonia. Ao ser perguntada pelo senhor sobre a aparência da irmã de Randall Goedler, Charlotte foi esperta o suficiente para lhe dizer que ela era baixa e morena. Charlotte também retirou fotografias do álbum para que ninguém percebesse a semelhança entre as duas, assim como retirou do álbum fotografias de Letitia.

– E eu cheguei até a pensar que a sra. Swettenham fosse Sonia Goedler – lamentou Craddock.

– Pobre da minha mãe – murmurou Edmund. – Uma mulher de reputação ilibada, ou pelo menos até onde eu sei...

– Mas é claro – continuou Miss Marple – que o verdadeiro perigo era Dora Bunner. A cada dia, ela se tornava mais esquecida e mais tagarela. Eu me lembro perfeitamente da maneira como a srta. Blacklock olhou para ela naquele dia em que fomos tomar chá em Little Paddocks. E sabem por quê? Dora acabara de chamá-la de Lotty mais uma vez. Para nós, pareceu um lapso sem importância e nada mais. Mas Charlotte ficou assustada. E, em vez de Dora se calar, continuou tagarelando. No dia em que tomamos café no Bluebird, tive a estranha impressão de que Dora falava a respeito de duas pessoas, não de uma. E é claro que era isso mesmo. Num momento ela descrevia a amiga como não muito bonita e de excelente caráter, e em seguida se referia a ela como uma bela e encantadora jovem. Ela caracterizara Letty como inteligente e bem-sucedida para depois lamentar a sua triste vida. E chegou a mencionar uma grande aflição, enfrentada com bravura, o que realmente não parecia se encaixar na vida de Letitia. Ao entrar no café, Charlotte deve ter ouvido boa parte daquela conversa. Ela certamente deve ter ouvido Dora mencionar a troca do abajur... O fato de que era a pastora e não o pastor. Foi aí que se deu conta de o quão perigosa podia ser a dedicada Dora Bunner.

"Receio que aquela conversa comigo no café tenha selado o destino de Dora, se me perdoam a expressão melodramática. Mas também acho que, de qualquer modo, era inevitável... Porque Charlotte não estaria realmente segura enquanto Dora Bunner estivesse viva. Ela amava Dora, não queria matá-la, mas não havia outro jeito. E eu imagino que ela tenha feito de tudo para se convencer de que agia por caridade (como no caso da enfermeira Ellerton, de que lhe contei o outro dia, Bunch). Pobre Bunny, sem muito tempo de vida e possivelmente com uma morte dolorosa pela frente. O mais estranho é que Charlotte fez o que pôde para que o último dia de Bunny fosse um dia feliz. A festa de aniversário... A torta..."

– Delícia Mortal – disse Phillipa, estremecendo.

– Sim, sim... Invertendo um pouco as palavras, o que ela tentou dar à amiga foi uma morte deliciosa... A festa, tudo o que ela gostava de comer, e fazer com que as pessoas a tratassem com respeito. E então os comprimidos, no frasco de analgésico, na sua própria mesinha de cabeceira, à disposição de Bunny, quando ela não encontrasse aqueles que acabara de comprar. E as pessoas pensariam, como de fato pensaram, que os comprimidos eram para Letitia...

"E assim Bunny morreu dormindo, feliz, e Charlotte mais uma vez se sentiu segura. Mas ela sentia falta de Dora Bunner. Ela sentia falta da sua afeição e lealdade, de poder falar com alguém sobre os velhos tempos... Ela chorou amargamente no dia em que fui levar o recado de Julian, e a tristeza dela era genuína. Havia matado sua querida amiga...”

– Que horror! – exclamou Bunch.

– Mas é humano – disse Julian Harmon. – As pessoas se esquecem que os assassinos são humanos.

– Entendo o que o senhor quer dizer – concordou Miss Marple. – Humanos e, em geral, dignos de pena. Mas também muito perigosos. Especialmente assassinos fracos e de bom coração como Charlotte Blacklock. Quando uma pessoa assim se assusta de verdade, ela fica tomada de pânico e perde completamente o controle.

– Foi o que causou a morte de Murgatroyd?

– Sim, pobre srta. Murgatroyd. Charlotte deve ter ido até o chalé e escutado as duas amigas reconstituírem o assalto. A janela estava aberta e ela ficou escutando. Até aquele momento, nunca tinha lhe ocorrido que alguma outra pessoa representasse um perigo para ela. A srta. Hinchcliffe estava insistindo para que a amiga lembrasse o que vira, e até então Charlotte não se dera conta de que alguém podia ter visto algo. Ela presumira que todos tinham voltado a atenção para Rudi Scherz. Ela deve ter prendido a respiração do lado de fora da janela e aguçado o ouvido. Descobririam algo? E então, no mesmo momento em que a srta. Hinchcliffe saía correndo para ir à estação, a srta. Murgatroyd deu provas de que havia esbarrado na verdade. Ela saiu atrás da srta. Hinchcliffe, exclamando: “Ela não estava *lá...*”.

– Perguntei à srta. Hinchcliffe como Murgatroyd pronunciara a frase. Se ela tivesse dito “*ela* não estava lá”, o significado teria sido outro.

– Agora a senhora está sendo sutil demais – reclamou Craddock.

Miss Marple virou para ele seu rosto afogueado pela emoção da narrativa:

– Pense no que se passava pela cabeça da srta. Murgatroyd... Às vezes, vemos coisas sem saber que as vemos. Uma vez, depois de um acidente de trem, eu me lembrava da enorme mancha de tinta na lateral de um vagão. Eu seria capaz de desenhar a mancha. E uma outra vez, quando testemunhei a queda de uma bomba em Londres, depois da explosão, com cacos de vidro por todos os lados, aquilo que mais me ficou na memória foi a figura de uma mulher de pé na minha frente, com um rasgo enorme em uma das meias, e as meias não combinavam. Algo semelhante aconteceu com a srta. Murgatroyd. Quando parou de pensar, aquilo que tinha visto emergiu espontaneamente, e ela se lembrou de muitas coisas.

"Acho que ela começou se lembrando do que acontecia nas proximidades da lareira, onde a lanterna deve ter focado primeiro. Depois o facho de luz seguiu pelas janelas, e havia pessoas entre as janelas e a srta. Murgatroyd. A sra. Harmon, com os punhos cerrados sobre os olhos, por exemplo. Ela continuou a acompanhar mentalmente o facho de luz, que passou pela srta. Bunner, de boca aberta e olhos esbugalhados, e depois por uma parede branca, uma mesa com um abajur e uma cigarreira. Vieram então os tiros, e de repente ela se deu conta de algo extraordinário. Ela acabara de ver a parede onde, mais tarde, seriam encontradas as duas marcas de bala, a parede na frente da qual devia estar Letitia quando foi ferida... E, no momento em que o revólver disparou, *Letty não estava lá.*

"O senhor entende o que é que eu queria dizer? Ela estava pensando nas três mulheres mencionadas pela srta. Hinchcliffe. Se uma delas não estivesse ali, ela teria se apegado à pessoa. Na verdade, ela teria dito algo como 'Foi ela! *Ela* não estava lá'. Mas aquilo que lhe chamou a atenção foi um *lugar*... O lugar em que alguém deveria estar, mas não estava. Um lugar vazio. E ela demorou um pouco para compreender. '... é fantástico', ela disse. 'Ela não estava *lá*'... Era a Letitia Blacklock que ela se referia."

– Mas a senhora já sabia disso antes, não? – perguntou Bunch. – No momento do curto-circuito. Quando anotou aquelas coisas no papel.

– Sim, querida. Naquele momento, tudo se encaixou. As várias peças antes isoladas do quebra-cabeça revelaram a sua figura.

Bunch recordou em voz baixa:

– *Abajur*? Sim. *Violetas*? Sim. *Frasco de analgésicos*. A senhora queria dizer que Bunny acabara de comprar um frasco novo e não precisava ter tomado os de Letitia?

– A menos que o seu próprio frasco tivesse sido furtado ou escondido. Tinha de parecer que a pessoa que queriam matar era Letitia Blacklock.

– Sim, entendo. E então "Delícia Mortal". A torta... Porém, mais do que uma torta. Toda a encenação da festa. Antes de morrer, Bunny teria um dia feliz. Como se faz com um cachorro que somos obrigados a sacrificar. Ah, mas que horror! É uma espécie de amabilidade espúria que me dá arrepios.

– Ela era uma mulher amável. O que ela nos confessou na cozinha é verdade: "Eu não queria matar ninguém". O que ela queria era uma enorme fortuna que não lhe pertencia! E, diante desse desejo, nada mais tinha importância. Ela ficou obcecada. O dinheiro seria uma espécie de indenização por tudo o que a vida lhe fizera sofrer. Pessoas ressentidas são sempre muito perigosas. É como se elas acreditassem que a vida ficou lhes devendo algo. Conheci muitas pessoas que sofreram bem mais do que Charlotte, tendo de enfrentar limitações muito mais drásticas, e ainda assim deram um jeito de levar uma vida feliz. É dentro das pessoas que se encontra a felicidade ou a infelicidade. Mas, ah! Receio estar me afastando demais da nossa história. Onde estávamos?

– Verificando a lista da senhora – disse Bunch. – Qual o significado de "deixe a minha quota..."?

Miss Marple, sorrindo, balançou a cabeça afirmativamente para Craddock.

– Essa o senhor deveria ter adivinhado, inspetor. Aquela carta que me mostrou de Letitia Blacklock para a irmã, tinha a palavra "cota", com "c", escrita duas vezes. Porém, no bilhete que pedi para Bunch lhe mostrar, a srta. Blacklock escrevera "quota". É muito raro que as pessoas mudem a grafia de palavras depois de adultas. Pareceu-me um indício muito peculiar.

– Sim – reconheceu Craddock. – Eu devia ter me dado conta.

Bunch seguiu em frente:

– "Grande aflição enfrentada com bravura". Isso foi o que Bunny lhe disse no café, e é claro que não podia se referir a Letitia. Depois... Iodo. Foi isso que lhe deu a pista do bócio?

– Sim, querida. A srta. Blacklock mencionou a Suíça, onde sua irmã teria morrido tísica. Mas eu me lembrei de que as maiores autoridades médicas em bócio estavam naquele país, assim como os cirurgiões mais habilidosos. E tudo se encaixava muito bem com aquela gargantilha de pérolas desproporcionais que a srta. Blacklock nunca tirava do pescoço. Não era do estilo dela, mas servia muito bem para esconder uma cicatriz.

– Agora eu entendo por que ela ficou tão nervosa quando o colar se rompeu – disse Craddock. – Parecia descontrolada.

– E a senhora escreveu *Lotty* deliberadamente, e não Letty conforme pensamos – disse Bunch.

– Sim. Então me veio à memória que o nome da irmã era Charlotte e que Dora Bunner chamara a srta. Blacklock de Lotty uma ou duas vezes, desculpando-se depois com certo exagero.

– E o que quer dizer "Berna" e "Aposentadoria"?

– Rudi Scherz trabalhou em Berna, num hospital.

– E aposentadoria?

– Comentei com você no Bluebird, embora na ocasião não tivesse ligado as duas coisas. A história da sra. Wotherspoon, que recebia, além da própria aposentadoria, a da sra. Barlett, já morta há anos. Mulheres de idade são todas meio parecidas. Sim, todos os detalhes se encaixavam, e eu resolvi dar uma volta para esfriar a cabeça e pensar numa maneira de provar a minha teoria. Foi então que a srta. Hinchcliffe me deu uma carona e encontramos a srta. Murgatroyd...

A voz de Miss Marple baixou subitamente de tom. Não estava mais animada, mas implacavelmente fria.

– Eu sabia que precisava fazer alguma coisa. E rápido! Mas eu não tinha nenhuma prova. Pensei num plano e falei com o sargento Fletcher.

– O que fez com que mais tarde ele ouvisse poucas e boas de mim! – disparou Craddock. – Ele não tinha nada que seguir os planos da senhora sem me consultar antes.

– Ah, mas ele não gostou da ideia. Eu tive de convencê-lo – ponderou Miss Marple. – Fomos até Little Paddocks, e conversei com Mitzi.

Julia soltou um suspiro e disse:

– Não sei como a senhora conseguiu convencê-la.

– Fui dobrando a moça aos poucos, querida – disse Miss Marple. – Para começar, ela pensa demais em si mesma, e seria bom para ela fazer alguma coisa pelos outros. Eu a elogiei, é claro. Disse que era uma moça corajosa, que provavelmente teria se engajado na resistência, caso tivesse ficado em seu país. E ela concordou prontamente. Aí eu acrescentei que ela tinha o temperamento perfeito para aquele tipo de trabalho. Era uma moça destemida, disposta a se arriscar, que além disso tinha o talento de uma grande atriz. Contei a ela algumas façanhas realizadas por moças dos movimentos de resistência, nem todas verdadeiras, tenho de admitir. Mas ela ficou muito impressionada!

– Fantástico! – exclamou Patrick.

– Depois disso, ela acabou concordando em desempenhar o papel. Ensaiamos até que ficasse perfeito. Eu disse então a ela que subisse para o quarto e só descesse quando o inspetor Craddock estivesse de volta. O problema dessas pessoas que se animam muito fácil é que acabam metendo a carroça na frente dos bois e agindo antes da hora.

– Mas no final ela se saiu muito bem – disse Julia.

– Eu ainda não entendi direito essa parte – disse Bunch. – Bem, é claro que eu não estava lá... – justificou-se ela.

– Foi meio complicado, minha filha. A ideia era a de que Mitzi declarasse casualmente que só não dissera a verdade porque pensava em fazer chantagem, mas que agora estava tão apavorada que achava melhor contar tudo. Ela vira, pelo buraco da fechadura, a srta. Blacklock no corredor, segurando o revólver, atrás de Rudi Scherz. O problema é que Charlotte Blacklock poderia se dar conta de que a chave estava na fechadura, o que impossibilitava a Mitzi de ver realmente alguma coisa. Decidi apostar no fato de que, confrontada inesperadamente, Charlotte não fosse se lembrar do detalhe da chave. Ela ficaria em estado de choque.

Craddock assumiu a narrativa:

– Mas o ponto essencial era que eu fingisse receber a revelação de Mitzi com total ceticismo. Ao mesmo tempo, eu deveria acusar com veemência alguém que até aquele momento parecia inteiramente fora de suspeita: Edmund.

– E eu também desempenhei bem o meu papel – disse o sr. Swettenham. – Negar tudo categoricamente. Foi tudo planejado. A única coisa fora dos planos, Phillipa, meu amor, era você entrar em cena, confessando ser Pip abertamente para todo mundo. Nem eu nem o inspetor imaginávamos que você fosse Pip. *Eu* deveria ser Pip! Ficamos sem saber como ir adiante, mas o inspetor fez uma jogada de mestre, que nos trouxe de volta ao ponto com suas insinuações nojentas a respeito do meu desejo de casar com uma mulher rica. Acusação, aliás, que deve ter se fixado no seu inconsciente e vai nos causar problemas para o resto de nossas vidas...

– E qual a necessidade disso tudo?

– Você não percebe? Era preciso que Charlotte pensasse que Mitzi era a única pessoa a saber da verdade. As suspeitas da polícia apontavam em outra direção, porque até aquele momento consideravam a estrangeira uma mentirosa. Apenas com o passar do tempo poderia ser que levassem o depoimento dela a sério. Sendo assim, aquele seria o momento de Mitzi ser silenciada.

– Mitzi saiu da sala e foi até a cozinha, exatamente conforme o combinado – disse Miss Marple. – A srta. Blacklock apareceu atrás dela logo em seguida. Aparentemente, só as duas estavam na cozinha. O sargento Fletcher escondia-se atrás da porta da área de serviço, e eu no armário das vassouras. É uma sorte eu ser tão magra.

Bunch lançou para a tia um olhar desconfiado.

– O que a senhora imaginou que fosse acontecer, tia Jane?

– Apenas duas coisas. Ou Charlotte ofereceria dinheiro para que Mitzi fechasse o bico, e o sargento Fletcher seria testemunha da oferta, ou... Ela tentaria matar Mitzi.

– Mas como ela poderia esperar se safar dessa? Suspeitariam dela de imediato.

– Ah, minha querida, naquele momento ela já estava fora de si. Era como um ratinho acuado. Pense em todas as surpresas daquele dia. A cena entre a srta. Hinchcliffe e a srta. Murgatroyd. A srta. Hinchcliffe sai às pressas para a estação, mas, assim que ela voltar, a srta. Murgatroyd vai lhe contar que Letitia Blacklock não estava na sala àquela noite. A menos que se consiga calar de vez a srta. Murgatroyd. E não há tempo para se pensar muito. Charlotte cumprimenta a pobre mulher e no minuto seguinte a estrangula. É um assassinato grotesco, depois do qual ela tem de correr para casa e se trocar para que quando os outros retornem da rua possa estar calmamente sentada ao lado da lareira, como se nunca tivesse saído de casa.

"Temos então outro susto: a descoberta da identidade de Julia. Charlotte arrebenta o colar e fica em pânico de que vejam a sua cicatriz. Logo depois, o inspetor telefona e avisa que está levando algumas pessoas até Little Paddocks. Ela não tem tempo de refletir, não tem tempo de descansar. Já matou muita gente, e não apenas velhinhas à beira da morte ou jovens indesejáveis. Ela esganou uma outra mulher com as próprias mãos. Até o momento ninguém suspeita dela, mas então Mitzi inventa de acusá-la! É preciso fazer a refugiada engolir a própria língua e de uma única vez. A srta. Blacklock está apavorada. Não age mais como um ser humano, mas como um animal selvagem."

– Mas e por que a senhora teve de se meter no armário das vassouras, tia Jane? Não podia deixar o serviço para o sargento Fletcher? – perguntou Bunch.

– Seria mais seguro se ficássemos os dois. Além disso, eu sabia que poderia imitar a voz de Dora Bunner. Isso deveria fazer cair a máscara de Charlotte Blacklock.

– E fez mesmo!

– Sim, ela desmoronou.

Houve um longo silêncio, quando a lembrança da cena voltou à mente de cada um, até que Julia, por fim, fez um comentário em tom mais ou menos humorístico a fim de aliviar a tensão do ambiente:

– E Mitzi saiu transformada. Ela me disse ontem que arranjou um emprego perto de Southampton: "Eu vou lá, e se dizem que tenho de me registrar junto à delegacia, porque sou estrangeira, respondo a eles que sim, eu me registro! A polícia me conhece muito bem. Eu ajudo a polícia! É graças a mim que prendem um bandido perigoso. Eu arrisco a minha vida porque sou corajosa, corajosa como um leão, e não tenho medo de nada. Então eles dizem: Mitzi, você é maravilhosa, uma heroína! E eu respondo... *ach*! Isso não é nada".

Julia fez uma pausa.

– E esse foi só o início da fala dela – acrescentou.

– Eu acho – ponderou Edmund – que Mitzi ainda vai ajudar a polícia em muitos outros casos!

– Ela ficou mais dócil comigo – disse Phillipa. – Na verdade, ela me deu a receita da Delícia Mortal, como uma espécie de presente de aniversário. Mas me proibiu de divulgar o segredo para Julia, porque Julia teria arruinado a sua panela de fazer omeletes.

– Outra pessoa que ficou muito mais dócil com Phillipa – disse Edmund – foi a sra. Lucas. Especialmente agora que Belle Goedler faleceu, e Phillipa e Julia herdaram a sua fortuna. Ela nos deu um pegador de aspargos de prata como presente de casamento. Mas terei um enorme prazer em *não* convidá-la para a cerimônia!

– E então viveram felizes para sempre – disse Patrick. – Edmund e Phillipa... e, quem sabe, Julia e Patrick? – acrescentou ele timidamente.

– Felizes para sempre? Comigo é que não vai ser – disse Julia. – As insinuações que o inspetor improvisou contra Edmund se aplicam muito mais propriamente a você. É você quem gostaria de uma esposa rica. Sinto muito, mas nada feito.

– Mas que ingratidão... depois de tudo o que eu fiz por você – disse Patrick, em tom jocoso.

– Sim. Por pouco não me mandou para a prisão, sob a acusação de assassinato. Foi isso que o seu descaso quase fez comigo – disse Julia. – Jamais vou me esquecer da noite em que a carta da sua irmã veio à tona. Achei que estava tudo terminado para mim. Não via nenhuma escapatória.

Depois de uma pausa, ela acrescentou, ironicamente:

– Além disso, acho que também vou ser atriz.

– O quê? Você? – rosnou Patrick.

– Sim. Vou até Perth. É possível que me aceitem no lugar de Julia. E, depois que eu aprender a atuar, vou me dedicar, quem sabe, à produção de peças... Pode ser que eu ainda encene algum drama escrito por Edmund.

– Eu achava que você escrevia romances – comentou Julian Harmon.

– Bem, eu também – respondeu Edmund. – Comecei escrevendo um romance. Parecia bom. Páginas e páginas sobre um homem barbudo, que já acordava cheirando mal, e sobre as ruas cheias de fuligem, e uma velha horrorosa que padecia de hidropisia e uma prostituta que vivia babando... Tinham conversas intermináveis sobre a situação atual do mundo e se questionavam o tempo todo a respeito de por que continuavam vivos. E eu mesmo comecei a me questionar... E uma ideia engraçada me ocorreu... Anotei-a e desenvolvi uma pequena cena, meio óbvia, mas interessante... E, antes que me desse conta, estava escrevendo uma farsa rocambolesca em três atos.

– E qual o título? – perguntou Patrick. – *Só o mordomo viu?**

– Bem, poderia ser... Mas, na verdade, a chamei de *O que os elefantes esquecem*. E o que é mais surpreendente: foi aceita e está sendo produzida!

– O que os elefantes esquecem? – murmurou Bunch. – Mas achei que eles se lembrassem de tudo.

O reverendo Julian estremeceu na cadeira.

– Meu Deus! Com essa conversa toda... acabei me esquecendo do meu sermão!

– E de novo por causa de histórias de detetive – disse Bunch. – Dessa vez, uma história de verdade.

– O senhor pode pregar sobre o *não matarás* – sugeriu Patrick.

– Não – respondeu Julian, calmamente. – Não deve ser esse o tema do meu sermão.

– Realmente, Julian – disse Bunch. – Tenho uma ideia muito melhor, mais alegre: "Eis que chega a primavera, e a voz da tartaruga é ouvida em toda parte" – citou ela, em tom cristalino. – Não sei se é bem isso, mas acho que conhecem a passagem. Só não entendo por que tartaruga! Devem ter vozes horríveis.

– Tartaruga não é uma boa tradução – explicou o reverendo Julian Harmon. – O texto na verdade se refere a um tipo de pomba, e não a um réptil. O original em hebreu é...

Bunch interrompeu-o com um abraço, dizendo:

– Uma coisa eu sei: você pensa que o Assuero da Bíblia é Artaxerxes II, mas entre você e eu existe Artaxerxes III!

Como sempre, Julian Harmon se perguntou por que a esposa achava tanta graça naquela história.

---

* Referência à peça *What the Butler Saw*, de Joe Orton.

– Tiglath Pileser quer ajudá-lo com o sermão – disse Bunch. – Ele tem motivo para estar orgulhoso. Foi ele quem nos mostrou como as luzes se apagaram.

Epílogo

– Precisamos encomendar alguns jornais – disse Edmund a Phillipa, no dia em que retornaram a Chipping Cleghorn, depois da lua de mel. – Vamos até a banca do sr. Totman.

O sr. Totman, um homem de movimentos lentos e respiração pesada, recebeu-os com amabilidade.

– É um prazer vê-los de volta. A senhora também, madame.

– Precisamos encomendar alguns jornais.

– Certamente. E com a sua mãe vai tudo bem, espero? Ficou bem-instalada em Bournemouth?

– Ela adora o lugar – disse Edmund, sem ter a menor ideia se o que dizia era verdade ou não.

Como a maioria dos filhos, ele preferia acreditar que estava sempre tudo bem com esses entes queridos, mas geralmente irritantes: os pais.

– Eu acredito, senhor. É um lugar muito agradável. Estive lá durante um feriado no ano passado. A sra. Totman ficou encantada.

– Que bom. Com relação aos jornais...

– E ouvi dizer que estão encenando uma peça sua em Londres. Uma peça muito boa, me disseram.

– Sim, está fazendo sucesso.

– *O que os elefantes esquecem*? O senhor me desculpe, mas achei que eles sempre lembrassem.

– Sim, exatamente. Estou começando a achar que foi um erro dar esse título. As pessoas sempre comentam alguma coisa.

– É um fato de história natural, senhor. Todo mundo sabe.

– Sim. Assim como dizem que as lacraias são excelentes mães.

– São mesmo, senhor? Um fato que eu desconhecia...

– Quanto aos jornais...

– Querem o *The Times*? – perguntou o sr. Totman, com o lápis pronto para anotar o pedido.

– O *Daily Worker* – precisou Edmund, com firmeza.

– E o *Daily Telegraph* – acrescentou Phillipa.

– E o *New Statesman* – replicou Edmund.

– O *Radio Times* – disse Phillipa.

– O *Spectator* – disse Edmund.

– O *Gardener's Chronicle* – disse Phillipa.

Os dois pararam para respirar.

– Tudo anotado – confirmou o sr. Totman. – E a *Gazette*, não vão querer?

– Não – disse Edmund.

– Não – repetiu Phillipa.

– Desculpem, mas vocês querem ou não a *Gazette*?

– Não.

– Não.

– Então vocês *não querem* a *Gazette*? – perguntou pela última vez o sr. Totman, a fim de que não restassem quaisquer dúvidas.

– Não, nós não queremos a *Gazette*.

– Certamente que não.

– Vocês não querem *The North Benham News* e *The Chipping Cleghorn Gazette*...

– Exatamente.

– Posso mandá-la para vocês toda semana, sem problema.

– Não, realmente não queremos. Será que está claro agora?

– Sim, senhor.

Edmund e Phillipa saíram da loja, e o sr. Totman tamborilou no balcão.

– Mamãe, você tem um lápis? O meu está nas últimas.

– Deixe me ver, querido – respondeu a sra. Totman, pegando das mãos dele o caderno dos pedidos. – Deixe que eu anoto. O que eles querem?

– *Daily Worker*, *Daily Telegraph*, *Radio Times*, *New Statesman*, *Spectator* e... deixe me ver, o *Gardener's Chronicle*.

– *Gardener's Chronicle* – repetiu a sra. Totman, que escrevia atabalhoada. – E a *Gazette*...

– Eles não querem a *Gazette*.

– O quê?

– Não querem a *Gazette*. Foi o que disseram.

– Absurdo! – protestou a sra. Totman. – Você não ouviu direito, meu filho. É claro que querem a *Gazette*! Todo mundo recebe a *Gazette*. Como é que eles vão saber o que está acontecendo na cidade?

Coleção L&PM POCKET

400.**Dom Quixote** – (v. 1) – Miguel de Cervantes
401.**Dom Quixote** – (v. 2) – Miguel de Cervantes
402.**Sozinho no Pólo Norte** – Thomaz Brandolin
404.**Delta de Vênus** – Anaïs Nin
405.**O melhor de Hagar 2** – Dik Browne
406.**É grave Doutor?** – Nani
407.**Orai pornô** – Nani
412.**Três contos** – Gustave Flaubert
413.**De ratos e homens** – John Steinbeck
414.**Lazarilho de Tormes** – Anônimo do séc. XVI
415.**Triângulo das águas** – Caio Fernando Abreu
416.**100 receitas de carnes** – Sílvio Lancellotti
417.**Histórias de robôs:** vol. 1 – org. Isaac Asimov
418.**Histórias de robôs:** vol. 2 – org. Isaac Asimov
419.**Histórias de robôs:** vol. 3 – org. Isaac Asimov
423.**Um amigo de Kafka** – Isaac Singer
424.**As alegres matronas de Windsor** – Shakespeare
425.**Amor e exílio** – Isaac Bashevis Singer
426.**Use & abuse do seu signo** – Marília Fiorillo e Marylou Simonsen
427.**Pigmaleão** – Bernard Shaw
428.**As fenícias** – Eurípides
429.**Everest** – Thomaz Brandolin
430.**A arte de furtar** – Anônimo do séc. XVI
431.**Billy Bud** – Herman Melville
432.**A rosa separada** – Pablo Neruda
433.**Elegia** – Pablo Neruda
434.**A garota de Cassidy** – David Goodis
435.**Como fazer a guerra: máximas de Napoleão** – Balzac
436.**Poemas escolhidos** – Emily Dickinson
437.**Gracias por el fuego** – Mario Benedetti
438.**O sofá** – Crébillon Fils
439.**O "Martín Fierro"** – Jorge Luis Borges
440.**Trabalhos de amor perdidos** – W. Shakespeare
441.**O melhor de Hagar 3** – Dik Browne
442.**Os Maias (volume1)** – Eça de Queiroz
443.**Os Maias (volume2)** – Eça de Queiroz
444.**Anti-Justine** – Restif de La Bretonne
445.**Juventude** – Joseph Conrad
446.**Contos** – Eça de Queiroz
448.**Um amor de Swann** – Proust
449.**À paz perpétua** – Immanuel Kant
450.**A conquista do México** – Hernan Cortez
451.**Defeitos escolhidos e 2000** – Pablo Neruda
452.**O casamento do céu e do inferno** – William Blake
453.**A primeira viagem ao redor do mundo** – Antonio Pigafetta
457.**Sartre** – Annie Cohen-Solal
458.**Discurso do método** – René Descartes
459.**Garfield em grande forma (1)** – Jim Davis
460.**Garfield está de dieta** (2) – Jim Davis
461.**O livro das feras** – Patricia Highsmith
462.**Viajante solitário** – Jack Kerouac
463.**Auto da barca do inferno** – Gil Vicente
464.**O livro vermelho dos pensamentos de Millôr** – Millôr Fernandes
465.**O livro dos abraços** – Eduardo Galeano
466.**Voltaremos!** – José Antonio Pinheiro Machado
467.**Rango** – Edgar Vasques
468(8).**Dieta mediterrânea** – Dr. Fernando Lucchese e José Antonio Pinheiro Machado
469.**Radicci 5** – Iotti
470.**Pequenos pássaros** – Anaïs Nin
471.**Guia prático do Português correto – vol.3** – Cláudio Moreno
472.**Atire no pianista** – David Goodis
473.**Antologia Poética** – García Lorca
474.**Alexandre e César** – Plutarco
475.**Uma espiã na casa do amor** – Anaïs Nin
476.**A gorda do Tiki Bar** – Dalton Trevisan
477.**Garfield um gato de peso (3)** – Jim Davis
478.**Canibais** – David Coimbra
479.**A arte de escrever** – Arthur Schopenhauer
480.**Pinóquio** – Carlo Collodi
481.**Misto-quente** – Bukowski
482.**A lua na sarjeta** – David Goodis
483.**O melhor do Recruta Zero (1)** – Mort Walker
484.**Aline: TPM – tensão pré-monstrual (2)** – Adão Iturrusgarai
485.**Sermões do Padre Antonio Vieira**
486.**Garfield numa boa (4)** – Jim Davis
487.**Mensagem** – Fernando Pessoa
488.**Vendeta** *seguido de* **A paz conjugal** – Balzac
489.**Poemas de Alberto Caeiro** – Fernando Pessoa
490.**Ferragus** – Honoré de Balzac
491.**A duquesa de Langeais** – Honoré de Balzac
492.**A menina dos olhos de ouro** – Honoré de Balzac
493.**O lírio do vale** – Honoré de Balzac
497.**A noite das bruxas** – Agatha Christie
498.**Um passe de mágica** – Agatha Christie
499.**Nêmesis** – Agatha Christie
500.**Esboço para uma teoria das emoções** – Sartre
501.**Renda básica de cidadania** – Eduardo Suplicy
502(1).**Pílulas para viver melhor** – Dr. Lucchese
503(2).**Pílulas para prolongar a juventude** – Dr. Lucchese
504(3).**Desembarcando o diabetes** – Dr. Lucchese
505(4).**Desembarcando o sedentarismo** – Dr. Fernando Lucchese e Cláudio Castro
506(5).**Desembarcando a hipertensão** – Dr. Lucchese
507(6).**Desembarcando o colesterol** – Dr. Fernando Lucchese e Fernanda Lucchese
508.**Estudos de mulher** – Balzac
509.**O terceiro tira** – Flann O'Brien
510.**100 receitas de aves e ovos** – J. A. P. Machado
511.**Garfield em toneladas de diversão** (5) – Jim Davis
512.**Trem-bala** – Martha Medeiros
513.**Os cães ladram** – Truman Capote
514.**O Kama Sutra de Vatsyayana**
515.**O crime do Padre Amaro** – Eça de Queiroz
516.**Odes de Ricardo Reis** – Fernando Pessoa

517.**O inverno da nossa desesperança** – Steinbeck
518.**Piratas do Tietê (1)** – Laerte
519.**Rê Bordosa: do começo ao fim** – Angeli
520.**O Harlem é escuro** – Chester Himes
522.**Eugénie Grandet** – Balzac
523.**O último magnata** – F. Scott Fitzgerald
524.**Carol** – Patricia Highsmith
525.**100 receitas de patisseria** – Sílvio Lancellotti
527.**Tristessa** – Jack Kerouac
528.**O diamante do tamanho do Ritz** – F. Scott Fitzgerald
529.**As melhores histórias de Sherlock Holmes** – Arthur Conan Doyle
530.**Cartas a um jovem poeta** – Rilke
532.**O misterioso sr. Quin** – Agatha Christie
533.**Os analectos** – Confúcio
536.**Ascensão e queda de César Birotteau** – Balzac
537.**Sexta-feira negra** – David Goodis
538.**Ora bolas – O humor de Mario Quintana** – Juarez Fonseca
539.**Longe daqui aqui mesmo** – Antonio Bivar
540.**É fácil matar** – Agatha Christie
541.**O pai Goriot** – Balzac
542.**Brasil, um país do futuro** – Stefan Zweig
543.**O processo** – Kafka
544.**O melhor de Hagar 4** – Dik Browne
545.**Por que não pediram a Evans?** – Agatha Christie
546.**Fanny Hill** – John Cleland
547.**O gato por dentro** – William S. Burroughs
548.**Sobre a brevidade da vida** – Sêneca
549.**Geraldão (1)** – Glauco
550.**Piratas do Tietê (2)** – Laerte
551.**Pagando o pato** – Ciça
552.**Garfield de bom humor (6)** – Jim Davis
553.**Conhece o Mário?** vol.1 – Santiago
554.**Radicci 6** – Iotti
555.**Os subterrâneos** – Jack Kerouac
556(1).**Balzac** – François Taillandier
557(2).**Modigliani** – Christian Parisot
558(3).**Kafka** – Gérard-Georges Lemaire
559(4).**Júlio César** – Joël Schmidt
560.**Receitas da família** – J. A. Pinheiro Machado
561.**Boas maneiras à mesa** – Celia Ribeiro
562(9).**Filhos sadios, pais felizes** – R. Pagnoncelli
563(10).**Fatos & mitos** – Dr. Fernando Lucchese
564.**Ménage à trois** – Paula Taitelbaum
565.**Mulheres!** – David Coimbra
566.**Poemas de Álvaro de Campos** – Fernando Pessoa
567.**Medo e outras histórias** – Stefan Zweig
568.**Snoopy e sua turma (1)** – Schulz
569.**Piadas para sempre (1)** – Visconde da Casa Verde
570.**O alvo móvel** – Ross Macdonald
571.**O melhor do Recruta Zero (2)** – Mort Walker
572.**Um sonho americano** – Norman Mailer
573.**Os broncos também amam** – Angeli
574.**Crônica de um amor louco** – Bukowski
575(5).**Freud** – René Major e Chantal Talagrand
576(6).**Picasso** – Gilles Plazy
577(7).**Gandhi** – Christine Jordis
578.**A tumba** – H. P. Lovecraft
579.**O príncipe e o mendigo** – Mark Twain
580.**Garfield, um charme de gato (7)** – Jim Davis
581.**Ilusões perdidas** – Balzac
582.**Esplendores e misérias das cortesãs** – Balzac
583.**Walter Ego** – Angeli
584.**Striptiras (1)** – Laerte
585.**Fagundes: um puxa-saco de mão cheia** – Laerte
586.**Depois do último trem** – Josué Guimarães
587.**Ricardo III** – Shakespeare
588.**Dona Anja** – Josué Guimarães
589.**24 horas na vida de uma mulher** – Stefan Zweig
591.**Mulher no escuro** – Dashiell Hammett
592.**No que acredito** – Bertrand Russell
593.**Odisseia (1): Telemaquia** – Homero
594.**O cavalo cego** – Josué Guimarães
595.**Henrique V** – Shakespeare
596.**Fabulário geral do delírio cotidiano** – Bukowski
597.**Tiros na noite 1: A mulher do bandido** – Dashiell Hammett
598.**Snoopy em Feliz Dia dos Namorados! (2)** – Schulz
600.**Crime e castigo** – Dostoiévski
601.**Mistério no Caribe** – Agatha Christie
602.**Odisseia (2): Regresso** – Homero
603.**Piadas para sempre (2)** – Visconde da Casa Verde
604.**À sombra do vulcão** – Malcolm Lowry
605(8).**Kerouac** – Yves Buin
606.**E agora são cinzas** – Angeli
607.**As mil e uma noites** – Paulo Caruso
608.**Um assassino entre nós** – Ruth Rendell
609.**Crack-up** – F. Scott Fitzgerald
610.**Do amor** – Stendhal
611.**Cartas do Yage** – William Burroughs e Allen Ginsberg
612.**Striptiras (2)** – Laerte
613.**Henry & June** – Anaïs Nin
614.**A piscina mortal** – Ross Macdonald
615.**Geraldão (2)** – Glauco
616.**Tempo de delicadeza** – A. R. de Sant'Anna
617.**Tiros na noite 2: Medo de tiro** – Dashiell Hammett
618.**Snoopy em Assim é a vida, Charlie Brown! (3)** – Schulz
619.**1954 – Um tiro no coração** – Hélio Silva
620.**Sobre a inspiração poética (Íon)** e ... – Platão
621.**Garfield e seus amigos (8)** – Jim Davis
622.**Odisseia (3): Ítaca** – Homero
623.**A louca matança** – Chester Himes
624.**Factótum** – Bukowski
625.**Guerra e Paz: volume 1** – Tolstói
626.**Guerra e Paz: volume 2** – Tolstói
627.**Guerra e Paz: volume 3** – Tolstói
628.**Guerra e Paz: volume 4** – Tolstói
629(9).**Shakespeare** – Claude Mourthé

630.**Bem está o que bem acaba** – Shakespeare
631.**O contrato social** – Rousseau
632.**Geração Beat** – Jack Kerouac
633.**Snoopy: É Natal! (4)** – Charles Schulz
634.**Testemunha da acusação** – Agatha Christie
635.**Um elefante no caos** – Millôr Fernandes
636.**Guia de leitura (100 autores que você precisa ler)** – Organização de Léa Masina
637.**Pistoleiros também mandam flores** – David Coimbra
638.**O prazer das palavras** – vol. 1 – Cláudio Moreno
639.**O prazer das palavras** – vol. 2 – Cláudio Moreno
640.**Novíssimo testamento: com Deus e o diabo, a dupla da criação** – Iotti
641.**Literatura Brasileira: modos de usar** – Luís Augusto Fischer
642.**Dicionário de Porto-Alegrês** – Luís A. Fischer
643.**Clô Dias & Noites** – Sérgio Jockymann
644.**Memorial de Isla Negra** – Pablo Neruda
645.**Um homem extraordinário e outras histórias** – Tchékhov
646.**Ana sem terra** – Alcy Cheuiche
647.**Adultérios** – Woody Allen
651.**Snoopy: Posso fazer uma pergunta, professora? (5)** – Charles Schulz
652(10).**Luís XVI** – Bernard Vincent
653.**O mercador de Veneza** – Shakespeare
654.**Cancioneiro** – Fernando Pessoa
655.**Non-Stop** – Martha Medeiros
656.**Carpinteiros, levantem bem alto a cumeeira & Seymour, uma apresentação** – J.D.Salinger
657.**Ensaios céticos** – Bertrand Russell
658.**O melhor de Hagar 5** – Dik e Chris Browne
659.**Primeiro amor** – Ivan Turguêniev
660.**A trégua** – Mario Benedetti
661.**Um parque de diversões da cabeça** – Lawrence Ferlinghetti
662.**Aprendendo a viver** – Sêneca
663.**Garfield, um gato em apuros (9)** – Jim Davis
664.**Dilbert (1)** – Scott Adams
666.**A imaginação** – Jean-Paul Sartre
667.**O ladrão e os cães** – Naguib Mahfuz
669.**A volta do parafuso** *seguido de* **Daisy Miller** – Henry James
670.**Notas do subsolo** – Dostoiévski
671.**Abobrinhas da Brasilônia** – Glauco
672.**Geraldão (3)** – Glauco
673.**Piadas para sempre (3)** – Visconde da Casa Verde
674.**Duas viagens ao Brasil** – Hans Staden
676.**A arte da guerra** – Maquiavel
677.**Além do bem e do mal** – Nietzsche
678.**O coronel Chabert** *seguido de* **A mulher abandonada** – Balzac
679.**O sorriso de marfim** – Ross Macdonald
680.**100 receitas de pescados** – Sílvio Lancellotti
681.**O juiz e seu carrasco** – Friedrich Dürrenmatt
682.**Noites brancas** – Dostoiévski
683.**Quadras ao gosto popular** – Fernando Pessoa
685.**Kaos** – Millôr Fernandes
686.**A pele de onagro** – Balzac
687.**As ligações perigosas** – Choderlos de Laclos
689.**Os Lusíadas** – Luís Vaz de Camões
690(11).**Átila** – Éric Deschodt
691.**Um jeito tranquilo de matar** – Chester Himes
692.**A felicidade conjugal** *seguido de* **O diabo** – Tolstói
693.**Viagem de um naturalista ao redor do mundo** – vol. 1 – Charles Darwin
694.**Viagem de um naturalista ao redor do mundo** – vol. 2 – Charles Darwin
695.**Memórias da casa dos mortos** – Dostoiévski
696.**A Celestina** – Fernando de Rojas
697.**Snoopy: Como você é azarado, Charlie Brown! (6)** – Charles Schulz
698.**Dez (quase) amores** – Claudia Tajes
699.**Poirot sempre espera** – Agatha Christie
701.**Apologia de Sócrates** *precedido de* **Êutifron** e *seguido de* **Críton** – Platão
702.**Wood & Stock** – Angeli
703.**Striptiras (3)** – Laerte
704.**Discurso sobre a origem e os fundamentos da desigualdade entre os homens** – Rousseau
705.**Os duelistas** – Joseph Conrad
706.**Dilbert (2)** – Scott Adams
707.**Viver e escrever** (vol. 1) – Edla van Steen
708.**Viver e escrever** (vol. 2) – Edla van Steen
709.**Viver e escrever** (vol. 3) – Edla van Steen
710.**A teia da aranha** – Agatha Christie
711.**O banquete** – Platão
712.**Os belos e malditos** – F. Scott Fitzgerald
713.**Libelo contra a arte moderna** – Salvador Dalí
714.**Akropolis** – Valerio Massimo Manfredi
715.**Devoradores de mortos** – Michael Crichton
716.**Sob o sol da Toscana** – Frances Mayes
717.**Batom na cueca** – Nani
718.**Vida dura** – Claudia Tajes
719.**Carne trêmula** – Ruth Rendell
720.**Cris, a fera** – David Coimbra
721.**O anticristo** – Nietzsche
722.**Como um romance** – Daniel Pennac
723.**Emboscada no Forte Bragg** – Tom Wolfe
724.**Assédio sexual** – Michael Crichton
725.**O espírito do Zen** – Alan W.Watts
726.**Um bonde chamado desejo** – Tennessee Williams
727.**Como gostais** *seguido de* **Conto de inverno** – Shakespeare
728.**Tratado sobre a tolerância** – Voltaire
729.**Snoopy: Doces ou travessuras? (7)** – Charles Schulz
730.**Cardápios do Anonymus Gourmet** – J.A. Pinheiro Machado
731.**100 receitas com lata** – J.A. Pinheiro Machado
732.**Conhece o Mário?** vol.2 – Santiago
733.**Dilbert (3)** – Scott Adams
734.**História de um louco amor** *seguido de* **Passado amor** – Horacio Quiroga
735(11).**Sexo: muito prazer** – Laura Meyer da Silva
736(12).**Para entender o adolescente** – Dr. Ronald Pagnoncelli

737(13).**Desembarcando a tristeza** – Dr. Fernando Lucchese
738.**Poirot e o mistério da arca espanhola & outras histórias** – Agatha Christie
739.**A última legião** – Valerio Massimo Manfredi
741.**Sol nascente** – Michael Crichton
742.**Duzentos ladrões** – Dalton Trevisan
743.**Os devaneios do caminhante solitário** – Rousseau
744.**Garfield, o rei da preguiça (10)** – Jim Davis
745.**Os magnatas** – Charles R. Morris
746.**Pulp** – Charles Bukowski
747.**Enquanto agonizo** – William Faulkner
748.**Aline: viciada em sexo (3)** – Adão Iturrusgarai
749.**A dama do cachorrinho** – Anton Tchékhov
750.**Tito Andrônico** – Shakespeare
751.**Antologia poética** – Anna Akhmátova
752.**O melhor de Hagar 6** – Dik e Chris Browne
753(12).**Michelangelo** – Nadine Sautel
754.**Dilbert (4)** – Scott Adams
755.**O jardim das cerejeiras** *seguido de* **Tio Vânia** – Tchékhov
756.**Geração Beat** – Claudio Willer
757.**Santos Dumont** – Alcy Cheuiche
758.**Budismo** – Claude B. Levenson
759.**Cleópatra** – Christian-Georges Schwentzel
760.**Revolução Francesa** – Frédéric Bluche, Stéphane Rials e Jean Tulard
761.**A crise de 1929** – Bernard Gazier
762.**Sigmund Freud** – Edson Sousa e Paulo Endo
763.**Império Romano** – Patrick Le Roux
764.**Cruzadas** – Cécile Morrisson
765.**O mistério do Trem Azul** – Agatha Christie
768.**Senso comum** – Thomas Paine
769.**O parque dos dinossauros** – Michael Crichton
770.**Trilogia da paixão** – Goethe
773.**Snoopy: No mundo da lua! (8)** – Charles Schulz
774.**Os Quatro Grandes** – Agatha Christie
775.**Um brinde de cianureto** – Agatha Christie
776.**Súplicas atendidas** – Truman Capote
779.**A viúva imortal** – Millôr Fernandes
780.**Cabala** – Roland Goetschel
781.**Capitalismo** – Claude Jessua
782.**Mitologia grega** – Pierre Grimal
783.**Economia: 100 palavras-chave** – Jean-Paul Betbèze
784.**Marxismo** – Henri Lefebvre
785.**Punição para a inocência** – Agatha Christie
786.**A extravagância do morto** – Agatha Christie
787(13).**Cézanne** – Bernard Fauconnier
788.**A identidade Bourne** – Robert Ludlum
789.**Da tranquilidade da alma** – Sêneca
790.**Um artista da fome** *seguido de* **Na colônia penal e outras histórias** – Kafka
791.**Histórias de fantasmas** – Charles Dickens
796.**O Uraguai** – Basílio da Gama
797.**A mão misteriosa** – Agatha Christie
798.**Testemunha ocular do crime** – Agatha Christie
799.**Crepúsculo dos ídolos** – Friedrich Nietzsche
802.**O grande golpe** – Dashiell Hammett
803.**Humor barra pesada** – Nani
804.**Vinho** – Jean-François Gautier
805.**Egito Antigo** – Sophie Desplancques
806(14).**Baudelaire** – Jean-Baptiste Baronian
807.**Caminho da sabedoria, caminho da paz** – Dalai Lama e Felizitas von Schönborn
808.**Senhor e servo e outras histórias** – Tolstói
809.**Os cadernos de Malte Laurids Brigge** – Rilke
810.**Dilbert (5)** – Scott Adams
811.**Big Sur** – Jack Kerouac
812.**Seguindo a correnteza** – Agatha Christie
813.**O álibi** – Sandra Brown
814.**Montanha-russa** – Martha Medeiros
815.**Coisas da vida** – Martha Medeiros
816.**A cantada infalível** *seguido de* **A mulher do centroavante** – David Coimbra
819.**Snoopy: Pausa para a soneca (9)** – Charles Schulz
820.**De pernas pro ar** – Eduardo Galeano
821.**Tragédias gregas** – Pascal Thiercy
822.**Existencialismo** – Jacques Colette
823.**Nietzsche** – Jean Granier
824.**Amar ou depender?** – Walter Riso
825.**Darmapada: A doutrina budista em versos**
826.**J'Accuse...! – a verdade em marcha** – Zola
827.**Os crimes ABC** – Agatha Christie
828.**Um gato entre os pombos** – Agatha Christie
831.**Dicionário de teatro** – Luiz Paulo Vasconcellos
832.**Cartas extraviadas** – Martha Medeiros
833.**A longa viagem de prazer** – J. J. Morosoli
834.**Receitas fáceis** – J. A. Pinheiro Machado
835.(14).**Mais fatos & mitos** – Dr. Fernando Lucchese
836.(15).**Boa viagem!** – Dr. Fernando Lucchese
837.**Aline: Finalmente nua!!!** (4) – Adão Iturrusgarai
838.**Mônica tem uma novidade!** – Mauricio de Sousa
839.**Cebolinha em apuros!** – Mauricio de Sousa
840.**Sócios no crime** – Agatha Christie
841.**Bocas do tempo** – Eduardo Galeano
842.**Orgulho e preconceito** – Jane Austen
843.**Impressionismo** – Dominique Lobstein
844.**Escrita chinesa** – Viviane Alleton
845.**Paris: uma história** – Yvan Combeau
846(15).**Van Gogh** – David Haziot
848.**Portal do destino** – Agatha Christie
849.**O futuro de uma ilusão** – Freud
850.**O mal-estar na cultura** – Freud
853.**Um crime adormecido** – Agatha Christie
854.**Satori em Paris** – Jack Kerouac
855.**Medo e delírio em Las Vegas** – Hunter Thompson
856.**Um negócio fracassado e outros contos de humor** – Tchékhov
857.**Mônica está de férias!** – Mauricio de Sousa
858.**De quem é esse coelho?** – Mauricio de Sousa
860.**O mistério Sittaford** – Agatha Christie
861.**Manhã transfigurada** – L. A. de Assis Brasil
862.**Alexandre, o Grande** – Pierre Briant
863.**Jesus** – Charles Perrot
864.**Islã** – Paul Balta
865.**Guerra da Secessão** – Farid Ameur
866.**Um rio que vem da Grécia** – Cláudio Moreno

868.**Assassinato na casa do pastor** – Agatha Christie
869.**Manual do líder** – Napoleão Bonaparte
870(16).**Billie Holiday** – Sylvia Fol
871.**Bidu arrasando!** – Mauricio de Sousa
872.**Os Sousa: Desventuras em família** – Mauricio de Sousa
874.**E no final a morte** – Agatha Christie
875.**Guia prático do Português correto – vol. 4** – Cláudio Moreno
876.**Dilbert (6)** – Scott Adams
877(17).**Leonardo da Vinci** – Sophie Chauveau
878.**Bella Toscana** – Frances Mayes
879.**A arte da ficção** – David Lodge
880.**Striptiras (4)** – Laerte
881.**Skrotinhos** – Angeli
882.**Depois do funeral** – Agatha Christie
883.**Radicci 7** – Iotti
884.**Walden** – H. D. Thoreau
885.**Lincoln** – Allen C. Guelzo
886.**Primeira Guerra Mundial** – Michael Howard
887.**A linha de sombra** – Joseph Conrad
888.**O amor é um cão dos diabos** – Bukowski
890.**Despertar: uma vida de Buda** – Jack Kerouac
891(18).**Albert Einstein** – Laurent Seksik
892.**Hell's Angels** – Hunter Thompson
893.**Ausência na primavera** – Agatha Christie
894.**Dilbert (7)** – Scott Adams
895.**Ao sul de lugar nenhum** – Bukowski
896.**Maquiavel** – Quentin Skinner
897.**Sócrates** – C.C.W. Taylor
899.**O Natal de Poirot** – Agatha Christie
900.**As veias abertas da América Latina** – Eduardo Galeano
901.**Snoopy: Sempre alerta! (10)** – Charles Schulz
902.**Chico Bento: Plantando confusão** – Mauricio de Sousa
903.**Penadinho: Quem é morto sempre aparece** – Mauricio de Sousa
904.**A vida sexual da mulher feia** – Claudia Tajes
905.**100 segredos de liquidificador** – José Antonio Pinheiro Machado
906.**Sexo muito prazer 2** – Laura Meyer da Silva
907.**Os nascimentos** – Eduardo Galeano
908.**As caras e as máscaras** – Eduardo Galeano
909.**O século do vento** – Eduardo Galeano
910.**Poirot perde uma cliente** – Agatha Christie
911.**Cérebro** – Michael O'Shea
912.**O escaravelho de ouro e outras histórias** – Edgar Allan Poe
913.**Piadas para sempre (4)** – Visconde da Casa Verde
914.**100 receitas de massas light** – Helena Tonetto
915(19).**Oscar Wilde** – Daniel Salvatore Schiffer
916.**Uma breve história do mundo** – H. G. Wells
917.**A Casa do Penhasco** – Agatha Christie
919.**John M. Keynes** – Bernard Gazier
920(20).**Virginia Woolf** – Alexandra Lemasson
921.**Peter e Wendy** *seguido de* **Peter Pan em Kensington Gardens** – J. M. Barrie
922.**Aline: numas de colegial (5)** – Adão Iturrusgarai
923.**Uma dose mortal** – Agatha Christie
924.**Os trabalhos de Hércules** – Agatha Christie
926.**Kant** – Roger Scruton
927.**A inocência do Padre Brown** – G.K. Chesterton
928.**Casa Velha** – Machado de Assis
929.**Marcas de nascença** – Nancy Huston
930.**Aulete de bolso**
931.**Hora Zero** – Agatha Christie
932.**Morte na Mesopotâmia** – Agatha Christie
934.**Nem te conto, João** – Dalton Trevisan
935.**As aventuras de Huckleberry Finn** – Mark Twain
936(21).**Marilyn Monroe** – Anne Plantagenet
937.**China moderna** – Rana Mitter
938.**Dinossauros** – David Norman
939.**Louca por homem** – Claudia Tajes
940.**Amores de alto risco** – Walter Riso
941.**Jogo de damas** – David Coimbra
942.**Filha é filha** – Agatha Christie
943.**M ou N?** – Agatha Christie
945.**Bidu: diversão em dobro!** – Mauricio de Sousa
946.**Fogo** – Anaïs Nin
947.**Rum: diário de um jornalista bêbado** – Hunter Thompson
948.**Persuasão** – Jane Austen
949.**Lágrimas na chuva** – Sergio Faraco
950.**Mulheres** – Bukowski
951.**Um pressentimento funesto** – Agatha Christie
952.**Cartas na mesa** – Agatha Christie
954.**O lobo do mar** – Jack London
955.**Os gatos** – Patricia Highsmith
956(22).**Jesus** – Christiane Rancé
957.**História da medicina** – William Bynum
958.**O Morro dos Ventos Uivantes** – Emily Brontë
959.**A filosofia na era trágica dos gregos** – Nietzsche
960.**Os treze problemas** – Agatha Christie
961.**A massagista japonesa** – Moacyr Scliar
963.**Humor do miserê** – Nani
964.**Todo o mundo tem dúvida, inclusive você** – Édison de Oliveira
965.**A dama do Bar Nevada** – Sergio Faraco
969.**O psicopata americano** – Bret Easton Ellis
970.**Ensaios de amor** – Alain de Botton
971.**O grande Gatsby** – F. Scott Fitzgerald
972.**Por que não sou cristão** – Bertrand Russell
973.**A Casa Torta** – Agatha Christie
974.**Encontro com a morte** – Agatha Christie
975(23).**Rimbaud** – Jean-Baptiste Baronian
976.**Cartas na rua** – Bukowski
977.**Memória** – Jonathan K. Foster
978.**A abadia de Northanger** – Jane Austen
979.**As pernas de Úrsula** – Claudia Tajes
980.**Retrato inacabado** – Agatha Christie
981.**Solanin (1)** – Inio Asano
982.**Solanin (2)** – Inio Asano
983.**Aventuras de menino** – Mitsuru Adachi
984(16).**Fatos & mitos sobre sua alimentação** – Dr. Fernando Lucchese
985.**Teoria quântica** – John Polkinghorne
986.**O eterno marido** – Fiódor Dostoiévski

987.**Um safado em Dublin** – J. P. Donleavy
988.**Mirinha** – Dalton Trevisan
989.**Akhenaton e Nefertiti** – Carmen Seganfredo e A. S. Franchini
990.**On the Road – o manuscrito original** – Jack Kerouac
991.**Relatividade** – Russell Stannard
992.**Abaixo de zero** – Bret Easton Ellis
993(24).**Andy Warhol** – Mériam Korichi
995.**Os últimos casos de Miss Marple** – Agatha Christie
996.**Nico Demo: Aí vem encrenca** – Mauricio de Sousa
998.**Rousseau** – Robert Wokler
999.**Noite sem fim** – Agatha Christie
1000.**Diários de Andy Warhol (1)** – Editado por Pat Hackett
1001.**Diários de Andy Warhol (2)** – Editado por Pat Hackett
1002.**Cartier-Bresson: o olhar do século** – Pierre Assouline
1003.**As melhores histórias da mitologia: vol. 1** – A.S. Franchini e Carmen Seganfredo
1004.**As melhores histórias da mitologia: vol. 2** – A.S. Franchini e Carmen Seganfredo
1005.**Assassinato no beco** – Agatha Christie
1006.**Convite para um homicídio** – Agatha Christie
1008.**História da vida** – Michael J. Benton
1009.**Jung** – Anthony Stevens
1010.**Arsène Lupin, ladrão de casaca** – Maurice Leblanc
1011.**Dublinenses** – James Joyce
1012.**120 tirinhas da Turma da Mônica** – Mauricio de Sousa
1013.**Antologia poética** – Fernando Pessoa
1014.**A aventura de um cliente ilustre *seguido de* O último adeus de Sherlock Holmes** – Sir Arthur Conan Doyle
1015.**Cenas de Nova York** – Jack Kerouac
1016.**A corista** – Anton Tchékhov
1017.**O diabo** – Leon Tolstói
1018.**Fábulas chinesas** – Sérgio Capparelli e Márcia Schmaltz
1019.**O gato do Brasil** – Sir Arthur Conan Doyle
1020.**Missa do Galo** – Machado de Assis
1021.**O mistério de Marie Rogêt** – Edgar Allan Poe
1022.**A mulher mais linda da cidade** – Bukowski
1023.**O retrato** – Nicolai Gogol
1024.**O conflito** – Agatha Christie
1025.**Os primeiros casos de Poirot** – Agatha Christie
1027(25).**Beethoven** – Bernard Fauconnier
1028.**Platão** – Julia Annas
1029.**Cleo e Daniel** – Roberto Freire
1030.**Til** – José de Alencar
1031.**Viagens na minha terra** – Almeida Garrett
1032.**Profissões para mulheres e outros artigos feministas** – Virginia Woolf
1033.**Mrs. Dalloway** – Virginia Woolf
1034.**O cão da morte** – Agatha Christie
1035.**Tragédia em três atos** – Agatha Christie
1037.**O fantasma da Ópera** – Gaston Leroux
1038.**Evolução** – Brian e Deborah Charlesworth
1039.**Medida por medida** – Shakespeare
1040.**Razão e sentimento** – Jane Austen
1041.**A obra-prima ignorada *seguido de* Um episódio durante o Terror** – Balzac
1042.**A fugitiva** – Anaïs Nin
1043.**As grandes histórias da mitologia greco-romana** – A. S. Franchini
1044.**O corno de si mesmo & outras historietas** – Marquês de Sade
1045.**Da felicidade *seguido de* Da vida retirada** – Sêneca
1046.**O horror em Red Hook e outras histórias** – H. P. Lovecraft
1047.**Noite em claro** – Martha Medeiros
1048.**Poemas clássicos chineses** – Li Bai, Du Fu e Wang Wei
1049.**A terceira moça** – Agatha Christie
1050.**Um destino ignorado** – Agatha Christie
1051(26).**Buda** – Sophie Royer
1052.**Guerra Fria** – Robert J. McMahon
1053.**Simons's Cat: as aventuras de um gato travesso e comilão – vol. 1** – Simon Tofield
1054.**Simons's Cat: as aventuras de um gato travesso e comilão – vol. 2** – Simon Tofield
1055.**Só as mulheres e as baratas sobreviverão** – Claudia Tajes
1057.**Pré-história** – Chris Gosden
1058.**Pintou sujeira!** – Mauricio de Sousa
1059.**Contos de Mamãe Gansa** – Charles Perrault
1060.**A interpretação dos sonhos: vol. 1** – Freud
1061.**A interpretação dos sonhos: vol. 2** – Freud
1062.**Frufru Rataplã Dolores** – Dalton Trevisan
1063.**As melhores histórias da mitologia egípcia** – Carmem Seganfredo e A.S. Franchini
1064.**Infância. Adolescência. Juventude** – Tolstói
1065.**As consolações da filosofia** – Alain de Botton
1066.**Diários de Jack Kerouac – 1947-1954**
1067.**Revolução Francesa – vol. 1** – Max Gallo
1068.**Revolução Francesa – vol. 2** – Max Gallo
1069.**O detetive Parker Pyne** – Agatha Christie
1070.**Memórias do esquecimento** – Flávio Tavares
1071.**Drogas** – Leslie Iversen
1072.**Manual de ecologia (vol.2)** – J. Lutzenberger
1073.**Como andar no labirinto** – Affonso Romano de Sant'Anna
1074.**A orquídea e o serial killer** – Juremir Machado da Silva
1075.**Amor nos tempos de fúria** – Lawrence Ferlinghetti
1076.**A aventura do pudim de Natal** – Agatha Christie
1078.**Amores que matam** – Patricia Faur
1079.**Histórias de pescador** – Mauricio de Sousa
1080.**Pedaços de um caderno manchado de vinho** – Bukowski
1081.**A ferro e fogo: tempo de solidão (vol.1)** – Josué Guimarães
1082.**A ferro e fogo: tempo de guerra (vol.2)** – Josué Guimarães
1084(17).**Desembarcando o Alzheimer** – Dr. Fernando Lucchese e Dra. Ana Hartmann
1085.**A maldição do espelho** – Agatha Christie

1086.**Uma breve história da filosofia** – Nigel Warburton
1088.**Heróis da História** – Will Durant
1089.**Concerto campestre** – L. A. de Assis Brasil
1090.**Morte nas nuvens** – Agatha Christie
1092.**Aventura em Bagdá** – Agatha Christie
1093.**O cavalo amarelo** – Agatha Christie
1094.**O método de interpretação dos sonhos** – Freud
1095.**Sonetos de amor e desamor** – Vários
1096.**120 tirinhas do Dilbert** – Scott Adams
1097.**200 fábulas de Esopo**
1098.**O curioso caso de Benjamin Button** – F. Scott Fitzgerald
1099.**Piadas para sempre: uma antologia para morrer de rir** – Visconde da Casa Verde
1100.**Hamlet (Mangá)** – Shakespeare
1101.**A arte da guerra (Mangá)** – Sun Tzu
1104.**As melhores histórias da Bíblia (vol.1)** – A. S. Franchini e Carmen Seganfredo
1105.**As melhores histórias da Bíblia (vol.2)** – A. S. Franchini e Carmen Seganfredo
1106.**Psicologia das massas e análise do eu** – Freud
1107.**Guerra Civil Espanhola** – Helen Graham
1108.**A autoestrada do sul e outras histórias** – Julio Cortázar
1109.**O mistério dos sete relógios** – Agatha Christie
1110.**Peanuts: Ninguém gosta de mim... (amor)** – Charles Schulz
1111.**Cadê o bolo?** – Mauricio de Sousa
1112.**O filósofo ignorante** – Voltaire
1113.**Totem e tabu** – Freud
1114.**Filosofia pré-socrática** – Catherine Osborne
1115.**Desejo de status** – Alain de Botton
1118.**Passageiro para Frankfurt** – Agatha Christie
1120.**Kill All Enemies** – Melvin Burgess
1121.**A morte da sra. McGinty** – Agatha Christie
1122.**Revolução Russa** – S. A. Smith
1123.**Até você, Capitu?** – Dalton Trevisan
1124.**O grande Gatsby (Mangá)** – F. S. Fitzgerald
1125.**Assim falou Zaratustra (Mangá)** – Nietzsche
1126. **Peanuts: É para isso que servem os amigos (amizade)** – Charles Schulz
1127(27).**Nietzsche** – Dorian Astor
1128.**Bidu: Hora do banho** – Mauricio de Sousa
1129.**O melhor do Macanudo Taurino** – Santiago
1130.**Radicci 30 anos** – Iotti
1131.**Show de sabores** – J.A. Pinheiro Machado
1132.**O prazer das palavras** – vol. 3 – Cláudio Moreno
1133.**Morte na praia** – Agatha Christie
1134.**O fardo** – Agatha Christie
1135.**Manifesto do Partido Comunista (Mangá)** – Marx & Engels
1136.**A metamorfose (Mangá)** – Franz Kafka
1137.**Por que você não se casou... ainda** – Tracy McMillan
1138.**Textos autobiográficos** – Bukowski
1139.**A importância de ser prudente** – Oscar Wilde
1140.**Sobre a vontade na natureza** – Arthur Schopenhauer
1141.**Dilbert (8)** – Scott Adams
1142.**Entre dois amores** – Agatha Christie
1143.**Cipreste triste** – Agatha Christie
1144.**Alguém viu uma assombração?** – Mauricio de Sousa
1145.**Mandela** – Elleke Boehmer
1146.**Retrato do artista quando jovem** – James Joyce
1147.**Zadig ou o destino** – Voltaire
1148.**O contrato social (Mangá)** – J.-J. Rousseau
1149.**Garfield fenomenal** – Jim Davis
1150.**A queda da América** – Allen Ginsberg
1151.**Música na noite & outros ensaios** – Aldous Huxley
1152.**Poesias inéditas & Poemas dramáticos** – Fernando Pessoa
1153.**Peanuts: Felicidade é...** – Charles M. Schulz
1154.**Mate-me por favor** – Legs McNeil e Gillian McCain
1155.**Assassinato no Expresso Oriente** – Agatha Christie
1156.**Um punhado de centeio** – Agatha Christie
1157.**A interpretação dos sonhos (Mangá)** – Freud
1158.**Peanuts: Você não entende o sentido da vida** – Charles M. Schulz
1159.**A dinastia Rothschild** – Herbert R. Lottman
1160.**A Mansão Hollow** – Agatha Christie
1161.**Nas montanhas da loucura** – H.P. Lovecraft
1162(28).**Napoleão Bonaparte** – Pascale Fautrier
1163.**Um corpo na biblioteca** – Agatha Christie
1164.**Inovação** – Mark Dodgson e David Gann
1165.**O que toda mulher deve saber sobre os homens: a afetividade masculina** – Walter Riso
1166.**O amor está no ar** – Mauricio de Sousa
1167.**Testemunha de acusação & outras histórias** – Agatha Christie
1168.**Etiqueta de bolso** – Celia Ribeiro
1169.**Poesia reunida (volume 3)** – Affonso Romano de Sant'Anna
1170.**Emma** – Jane Austen
1171.**Que seja em segredo** – Ana Miranda
1172.**Garfield sem apetite** – Jim Davis
1173.**Garfield: Foi mal...** – Jim Davis
1174.**Os irmãos Karamázov (Mangá)** – Dostoiévski
1175.**O Pequeno Príncipe** – Antoine de Saint-Exupéry
1176.**Peanuts: Ninguém mais tem o espírito aventureiro** – Charles M. Schulz
1177.**Assim falou Zaratustra** – Nietzsche
1178.**Morte no Nilo** – Agatha Christie
1179.**Ê, soneca boa** – Mauricio de Sousa
1180.**Garfield a todo o vapor** – Jim Davis
1181.**Em busca do tempo perdido (Mangá)** – Proust
1182.**Cai o pano: o último caso de Poirot** – Agatha Christie
1183.**Livro para colorir e relaxar** – Livro 1
1184.**Para colorir sem parar**
1185.**Os elefantes não esquecem** – Agatha Christie
1186.**Teoria da relatividade** – Albert Einstein
1187.**Compêndio da psicanálise** – Freud
1188.**Visões de Gerard** – Jack Kerouac
1189.**Fim de verão** – Mohiro Kitoh
1190.**Procurando diversão** – Mauricio de Sousa
1191.**E não sobrou nenhum e outras peças** – Agatha Christie

1192.**Ansiedade** – Daniel Freeman & Jason Freeman
1193.**Garfield: pausa para o almoço** – Jim Davis
1194.**Contos do dia e da noite** – Guy de Maupassant
1195.**O melhor de Hagar 7** – Dik Browne
1196(29).**Lou Andreas-Salomé** – Dorian Astor
1197(30).**Pasolini** – René de Ceccatty
1198.**O caso do Hotel Bertram** – Agatha Christie
1199.**Crônicas de motel** – Sam Shepard
1200.**Pequena filosofia da paz interior** – Catherine Rambert
1201.**Os sertões** – Euclides da Cunha
1202.**Treze à mesa** – Agatha Christie
1203.**Bíblia** – John Riches
1204.**Anjos** – David Albert Jones
1205.**As tirinhas do Guri de Uruguaiana 1** – Jair Kobe
1206.**Entre aspas (vol.1)** – Fernando Eichenberg
1207.**Escrita** – Andrew Robinson
1208.**O spleen de Paris: pequenos poemas em prosa** – Charles Baudelaire
1209.**Satíricon** – Petrônio
1210.**O avarento** – Molière
1211.**Queimando na água, afogando-se na chama** – Bukowski
1212.**Miscelânea septuagenária: contos e poemas** – Bukowski
1213.**Que filosofar é aprender a morrer e outros ensaios** – Montaigne
1214.**Da amizade e outros ensaios** – Montaigne
1215.**O medo à espreita e outras histórias** – H.P. Lovecraft
1216.**A obra de arte na era de sua reprodutibilidade técnica** – Walter Benjamin
1217.**Sobre a liberdade** – John Stuart Mill
1218.**O segredo de Chimneys** – Agatha Christie
1219.**Morte na rua Hickory** – Agatha Christie
1220.**Ulisses (Mangá)** – James Joyce
1221.**Ateísmo** – Julian Baggini
1222.**Os melhores contos de Katherine Mansfield** – Katherine Mansfield
1223(31).**Martin Luther King** – Alain Foix
1224.**Millôr Definitivo: uma antologia de *A Bíblia do Caos*** – Millôr Fernandes
1225.**O Clube das Terças-Feiras e outras histórias** – Agatha Christie
1226.**Por que sou tão sábio** – Nietzsche
1227.**Sobre a mentira** – Platão
1228.**Sobre a leitura *seguido do* Depoimento de Céleste Albaret** – Proust
1229.**O homem do terno marrom** – Agatha Christie
1230(32).**Jimi Hendrix** – Franck Médioni
1231.**Amor e amizade e outras histórias** – Jane Austen
1232.**Lady Susan, Os Watson e Sanditon** – Jane Austen
1233.**Uma breve história da ciência** – William Bynum
1234.**Macunaíma: o herói sem nenhum caráter** – Mário de Andrade
1235.**A máquina do tempo** – H.G. Wells
1236.**O homem invisível** – H.G. Wells
1237.**Os 36 estratagemas: manual secreto da arte da guerra** – Anônimo
1238.**A mina de ouro e outras histórias** – Agatha Christie
1239.**Pic** – Jack Kerouac
1240.**O habitante da escuridão e outros contos** – H.P. Lovecraft
1241.**O chamado de Cthulhu e outros contos** – H.P. Lovecraft
1242.**O melhor de Meu reino por um cavalo!** – Edição de Ivan Pinheiro Machado
1243.**A guerra dos mundos** – H.G. Wells
1244.**O caso da criada perfeita e outras histórias** – Agatha Christie
1245.**Morte por afogamento e outras histórias** – Agatha Christie
1246.**Assassinato no Comitê Central** – Manuel Vázquez Montalbán
1247.**O papai é pop** – Marcos Piangers
1248.**O papai é pop 2** – Marcos Piangers
1249.**A mamãe é rock** – Ana Cardoso
1250.**Paris boêmia** – Dan Franck
1251.**Paris libertária** – Dan Franck
1252.**Paris ocupada** – Dan Franck
1253.**Uma anedota infame** – Dostoiévski
1254.**O último dia de um condenado** – Victor Hugo
1255.**Nem só de caviar vive o homem** – J.M. Simmel
1256.**Amanhã é outro dia** – J.M. Simmel
1257.**Mulherzinhas** – Louisa May Alcott
1258.**Reforma Protestante** – Peter Marshall
1259.**História econômica global** – Robert C. Allen
1260(33).**Che Guevara** – Alain Foix
1261.**Câncer** – Nicholas James
1262.**Akhenaton** – Agatha Christie
1263.**Aforismos para a sabedoria de vida** – Arthur Schopenhauer
1264.**Uma história do mundo** – David Coimbra
1265.**Ame e não sofra** – Walter Riso
1266.**Desapegue-se!** – Walter Riso
1267.**Os Sousa: Uma famíla do barulho** – Mauricio de Sousa
1268.**Nico Demo: O rei da travessura** – Mauricio de Sousa
1269.**Testemunha de acusação e outras peças** – Agatha Christie
1270(34).**Dostoiévski** – Virgil Tanase
1271.**O melhor de Hagar 8** – Dik Browne
1272.**O melhor de Hagar 9** – Dik Browne
1273.**O melhor de Hagar 10** – Dik e Chris Browne
1274.**Considerações sobre o governo representativo** – John Stuart Mill
1275.**O homem Moisés e a religião monoteísta** – Freud
1276.**Inibição, sintoma e medo** – Freud

1277.**Além do princípio de prazer** – Freud
1278.**O direito de dizer não!** – Walter Riso
1279.**A arte de ser flexível** – Walter Riso
1280.**Casados e descasados** – August Strindberg
1281.**Da Terra à Lua** – Júlio Verne
1282.**Minhas galerias e meus pintores** – Kahnweiler
1283.**A arte do romance** – Virginia Woolf
1284.**Teatro completo v. 1: As aves da noite** ***seguido de*** **O visitante** – Hilda Hilst
1285.**Teatro completo v. 2: O verdugo** ***seguido de*** **A morte do patriarca** – Hilda Hilst
1286.**Teatro completo v. 3: O rato no muro** ***seguido de*** **Auto da barca de Camiri** – Hilda Hilst
1287.**Teatro completo v. 4: A empresa** ***seguido de*** **O novo sistema** – Hilda Hilst
1289.**Fora de mim** – Martha Medeiros
1290.**Divã** – Martha Medeiros
1291.**Sobre a genealogia da moral: um escrito polêmico** – Nietzsche
1292.**A consciência de Zeno** – Italo Svevo
1293.**Células-tronco** – Jonathan Slack
1294.**O fim do ciúme e outros contos** – Proust
1295.**A jangada** – Júlio Verne
1296.**A ilha do dr. Moreau** – H.G. Wells
1297.**Ninho de fidalgos** – Ivan Turguêniev
1298.**Jane Eyre** – Charlotte Brontë
1299.**Sobre gatos** – Bukowski
1300.**Sobre o amor** – Bukowski
1301.**Escrever para não enlouquecer** – Bukowski
1302.**222 receitas** – J. A. Pinheiro Machado
1303.**Reinações de Narizinho** – Monteiro Lobato
1304.**O Saci** – Monteiro Lobato
1305.**Memórias da Emília** – Monteiro Lobato
1306.**O Picapau Amarelo** – Monteiro Lobato
1307.**A reforma da Natureza** – Monteiro Lobato
1308.**Fábulas** ***seguido de*** **Histórias diversas** – Monteiro Lobato
1309.**Aventuras de Hans Staden** – Monteiro Lobato
1310.**Peter Pan** – Monteiro Lobato
1311.**Dom Quixote das crianças** – Monteiro Lobato
1312.**O Minotauro** – Monteiro Lobato
1313.**Um quarto só seu** – Virginia Woolf
1314.**Sonetos** – Shakespeare
1315(35).**Thoreau** – Marie Berthoumieu e Laura El Makki
1316.**Teoria da arte** – Cynthia Freeland
1317.**A arte da prudência** – Baltasar Gracián
1318.**O louco** ***seguido de*** **Areia e espuma** – Khalil Gibran
1319.**O profeta** ***seguido de*** **O jardim do profeta** – Khalil Gibran
1320.**Jesus, o Filho do Homem** – Khalil Gibran
1321.**A luta** – Norman Mailer
1322.**Sobre o sofrimento do mundo e outros ensaios** – Schopenhauer
1323.**Epidemiologia** – Rodolfo Sacacci
1324.**Japão moderno** – Christopher Goto-Jones
1325.**A arte da meditação** – Matthieu Ricard
1326.**O adversário secreto** – Agatha Christie
1327.**Pollyanna** – Eleanor H. Porter
1328.**Espelhos** – Eduardo Galeano
1329.**A Vênus das peles** – Sacher-Masoch
1330.**O 18 de brumário de Luís Bonaparte** – Karl Marx
1331.**Um jogo para os vivos** – Patricia Highsmith
1332.**A tristeza pode esperar** – J.J. Camargo
1333.**Vinte poemas de amor e uma canção desesperada** – Pablo Neruda
1334.**Judaísmo** – Norman Solomon
1335.**Esquizofrenia** – Christopher Frith & Eve Johnstone
1336.**Seis personagens em busca de um autor** – Luigi Pirandello
1337.**A Fazenda dos Animais** – George Orwell
1338.**1984** – George Orwell
1339.**Ubu Rei** – Alfred Jarry
1340.**Sobre bêbados e bebidas** – Bukowski
1341.**Tempestade para os vivos e para os mortos** – Bukowski
1342.**Complicado** – Natsume Ono
1343.**Sobre o livre-arbítrio** – Schopenhauer
1344.**Uma breve história da literatura** – John Sutherland
1345.**Você fica tão sozinho às vezes que até faz sentido** – Bukowski
1346.**Um apartamento em Paris** – Guillaume Musso
1347.**Receitas fáceis e saborosas** – José Antonio Pinheiro Machado
1348.**Por que engordamos** – Gary Taubes
1349.**A fabulosa história do hospital** – Jean-Noël Fabiani
1350.**Voo noturno** ***seguido de*** **Terra dos homens** – Antoine de Saint-Exupéry
1351.**Doutor Sax** – Jack Kerouac
1352.**O livro do Tao e da virtude** – Lao-Tsé
1353.**Pista negra** – Antonio Manzini
1354.**A chave de vidro** – Dashiell Hammett
1355.**Martin Eden** – Jack London
1356.**Já te disse adeus, e agora, como te esqueço?** – Walter Riso
1357.**A viagem do descobrimento** – Eduardo Bueno
1358.**Náufragos, traficantes e degredados** – Eduardo Bueno
1359.**Retrato do Brasil** – Paulo Prado
1360.**Maravilhosamente imperfeito, escandalosamente feliz** – Walter Riso
1361.**É...** – Millôr Fernandes
1362.**Duas tábuas e uma paixão** – Millôr Fernandes
1363.**Selma e Sinatra** – Martha Medeiros
1364.**Tudo que eu queria te dizer** – Martha Medeiros
1365.**Várias histórias** – Machado de Assis
1366.**A sabedoria do Padre Brown** – G. K. Chesterton
1367.**Capitães do Brasil** – Eduardo Bueno
1368.**O falcão maltês** – Dashiell Hammett
1369.**A arte de estar com a razão** – Arthur Schopenhauer
1370.**A visão dos vencidos** – Miguel León-Portilla

lepmeditores

www.lpm.com.br

o site que conta tudo

IMPRESSÃO:

PALLOTTI
GRÁFICA

Santa Maria - RS | Fone: (55) 3220.4500
www.graficapallotti.com.br